ありきたりの狂気の物語

チャールズ・ブコウスキー
青野　聰 訳

新潮社

CHARLES
BUKOWSKI
TALES OF
ORDINARY MADNESS

目次

カバー写真　藤原新也
装幀　馬場崎　仁

ありきたりの狂気の物語

狂った生きもの
Animal Crackers in My Soup

　失業して、部屋を追いだされ、そして（たぶん）正気からもつきはなされていた当時、私は飲んでばかりいた。その日、裏通りで寝て過ごしたあとで、朝日のなかでゲロを吐いた。それから五分おいて、コートのポケットにあったワインの残りを飲んで、町のなかを歩きだした。いくあてなどなかった。でも歩いていると、なんだか目的を持って行動しているかのような気がしてきた。むろん錯覚である。裏通りにいたってしょうがなかっただけだ。

　どうにか意識を保って、しばらく歩いた。私は飢え死の魅力に、なんとなくとりつかれていた。横になって待っていられる場所がありさえすればよかった。社会にたいする恨みは微塵もなかった。そもそも社会に属していなかった。そんなことはずっと前からわかっていた。

　まもなく町外れにきた。家がまばらになって、原っぱや小さな畑が見えてきた。空腹を通りこして気分が悪かった。暑かったので、コートを脱いで腕にさげた。しだいに喉が乾いてきた。水が飲めそうな場所は見あたらなかった。髪はぼさぼさで、顔は昨晩転んだせいで血がついていた。

喉の乾きで死ぬのは、安らかに死にたいという私の考えにそむく。私は水を飲ませてもらいにいく決心をした。最初の家は、よそよそしく見えたのでやりすごした。しばらくして、蔓や灌木や豊かな木々に囲まれた、緑色の三階建ての家が見えてきた。玄関まで上がっていくと、妙な音が聞こえた。それに生の肉や排泄物の臭いがしてるようだった。しかしその家とは、しっくりいくものがあったのでベルを鳴らした。

赤らんだ長い髪をした、三十ぐらいの女が出てきた。茶色い目の、きれいな女だった。ぴったりしたブルージーンズにブーツをはいて、薄いピンクのシャツを着ていた。その顔からは、警戒心があるようには感じられなかった。

「なんでしょう？」という彼女は、いまにも笑みで顔がくずれそうだった。

「喉が乾いているんです」と私はいった。「水を一杯いただけますか？」

「どうぞ入って」と彼女はいい、私はそのあとについて玄関のわきの居間に入った。

「坐っててね」

彼女は水をくみに台所へいった。私は古びた椅子に坐った。まもなく、なにかが廊下を抜けてこちらのほうに走ってくる音がした。そいつは部屋のなかを走りまわって、私の正面まできて足をとめた。オランウータンである。私を見てニンマリ笑い、飛んだり跳ねたりした。それから走ってきて膝に飛びのり、顔を押しつけてきた。ちょっとのあいだ私の目をのぞきこんだ。そのあとで私のコートをつかんで飛びおり、そのままコートを持って走っていってしまった。

彼女は水をコップに注いで戻ってきた。

「あたしは、キャロル」とコップを手わたして、いった。

「おれはゴードン」と私はいった。「どうでもいいことだけどな」

「どうして、どうでもいいの？」

「おれは終わりだよ、人生の幕がおりつつある」

「どうしたの？　アルコール？」と彼女はきいた。

「アルコール」と私はいい、外の世界に向けて手を振った。「それにあっちの連中」

「あたしも『連中』はにがてだわ。あたしは一人きりなの」

「このでっかい家に、たった一人で住んでるというのかい？」

「まあ、そういうことね」と彼女は笑った。

「ああそうだ、あの大きなサルがおれのコートを持っていった」

「ビルボね。かわいいわよ。クレージーなの」

「今晩いるんだよ、あのコート。だいぶ寒くなってきたからな」

「ここに泊まっていきなさいよ。少しのんびりして疲れをとったほうがよさそうよ」

「のんびりしたら、遊んじゃいそうだ」

「そうすべきなんじゃないの。遊び方をまちがえなければ、楽しくていいもんよ」

「どうだろうかな。それにだよ、なんできみはおれなんかを相手にするのかな？」

「あたしってビルボに似てるのよ」と彼女はいった。「クレージーなの。少なくとも世間の人にはそう思われたわ。精神病院に三ヵ月入っていたの」

「ひどいな」と私はいった。

「ひどいのよ。……それではまず、あったかいスープかなんかつくるわね」と彼女はいい、少ししてつづけた。「あたしここから追い出されそうなの。もうじき訴訟がはじまるわ。でもツイてるの。父がかなりの額のお金を残していってくれたから、連中と争える。あたし、自由動物園のクレージー・キャロルって呼ばれてるのよ」

「自由動物園って？　おれは新聞を読まないからな」

「動物が大好きなの。人とはうまくいかないけど、動物だと、ちゃんと通じあえるの。あたしって、どうかしてんのかもしれないわ。わかんないけど」

「きみはものすごくいい人だと思うよ」

「ほんとうに？」

「ほんとうに」

「人々はあたしのこと、こわがってるみたい。あなたはそうじゃないから嬉しいわ」

彼女の茶色の目が大きくなった。なかに鳥の巣でもかくしてるかのような深い茶色だった。こうやって話しているうちに、私のなかで引っかかっていたものが少しずつ落ちていった。

「もうしわけない」と私はいった。「バスルームにいかせてもらえないかな」

「廊下をいって左に曲がって最初のドアよ」

「わかった」

廊下を歩いていって左に曲がった。ドアは開いていた。私の足が止まった。バスタブのシャワーを引っかける金具にオウムがいた。それに足ふきマットのうえで、大きく育った虎が寝そべってるではないか。オウムは私を無視したが、虎は退屈しきった感じの、無関心な目で見つめてきた。私はいそいで部屋に戻った。

「キャロル！　バスルームにいるんだよ、虎が！」

「ドーピー・ジョーのことね。大丈夫よ、ドーピー・ジョーはなにもしないから」

「でもなあ、虎に見つめられながら用をたすのはたいへんだよ」

「ばかねえ。ついてらっしゃい！」

私はキャロルのあとをついていった。彼女はバスルームに入って、虎にいった。

「おいで、ドーピー、あっちにいきなさい。こちらの方が、あんたに見られてたらウンチができ

ないんだって。噛みつかれそうな気がするんだって」

虎は首をまわして、つまらなそうにキャロルを見た。

「ドーピー、いいかげんにしなさい、同じことをなんどもいわせないの！　いい、あたしが三つ数えるまでにいくのよ。いいわね、一、二、三……」

虎は動かなかった。

「そういうことね、あれをしてもらいたいのね！」

彼女は虎の耳をつかんだ。引っぱって、横になっていた場所から立ち上がらせた。猫科のこのデカい動物は歯をむきだして、つばを吐いた。私には牙と舌が見えた。キャロルは気にもとめていないようで、耳を引っぱって連れだし、廊下を歩かせた。そして耳を放して、いった。

「さあドーピー、自分の部屋にいきなさい！　すぐにいきなさい！」

虎は廊下を歩いていった。途中で半円を描いて、その場にすわりこんだ。

「ドーピー！」と彼女はいった。「自分の部屋に戻りなさい！」

虎はじっと動かず、こっちを見つめた。

「あんちくしょう、いうことをきかない気だわ」と彼女はいった。「痛い目にあわせなくちゃだめみたいね。でもやりたくないのよね。彼を愛してるんだもの」

「彼を愛してる？」

「もちろん、ペットはどれも愛してるわ。それでオウムはどうなの？　やっぱり邪魔なの？」

「オウムならな、まあ我慢できるよ」と私はいった。

「それじゃ、どうぞごゆっくり、いいウンチをして」

彼女はドアを閉めた。オウムは私から目をそらさなかった。それから『それじゃ、どうぞごゆっくり、いいウンチをして』といい、その通りに実行した。バスタブのなかに。

彼女とは午後から夜まで、たくさんの話をした。食事はおいしかった。すべては精神錯乱が原因の一大スペクタクルなのか。それとも私はすでに死んでるのか、それともまた幻覚でも見ているのか。私には定かではなかった。

キャロルがその家で、どのくらいの種類の動物を飼っていたのかはわからない。その多くは、わがもの顔でふるまっていた。まさに自由動物園だった。

キャロルは「ウンチと運動の時間」というのをつくっていた。飼ってるすべての動物を、五匹か六匹のグループにわけて庭に連れ出すのである。きつね、おおかみ、サル、虎、ピューマー、蛇——これだけいれば、動物園にいるような気にもなってくる。彼女には、こと動物相手には、できないことはなにもないようだった。動物たちがおたがいの邪魔をしないのは、ふしぎだった。エサをふんだんに与えられていたからなんだろうと思う（エサ代は目が飛び出そうな額だった。父君はかなりの金を残していったにちがいない）。私はしかし、キャロルの動物たちにたいする愛情が、彼らをおとなしい、滑稽なくらい受け身の状態にしたんだろうと思った。愛情の串刺しっていうやつだ。動物たちはただただ満足して過ごしていた。

「ねえ、あの動物たちを見て。ようく見て。かわいくて仕方ないでしょ。観察してたらわかるけど、一匹一匹ちがうのよ。みんな自分のいのちを、ほんとうに生きてるの。自分そのもの。人間たちとはそこがちがう。自分の境遇に満足して、どんなときでも自分自身なの。だから取り乱したりはしない。見苦しい真似をしないのよ。生まれつきの才能なのね、そういうしかないわ」

「わかるよ、きみのいってることの意味……」

その夜は眠れなかった。服を着て、はだしで、廊下を歩いて玄関わきの居間へいった。気づかれずに中を見ることができた。私は立ちつくした。

キャロルは裸だった。コーヒーテーブルのうえで仰向けになって、足をぶらぶらさせていた。

まるで太陽にあたったことがないかのような、興奮するほどの白さである胸は大きいなんていうものではなかった。独立した生きもののようで、いまにも空へ飛んでいきそうに見えた。乳首は多くの女の黒ずんだそれとはちがって、明るいピンクといったらいいのか、火のような色といったらいいのか、まるでネオンのようだった。そうだ、ネオンに輝く胸！　それに唇もだ。同じ色をして、夢みごこちに開かれていた。頭はコーヒーテーブルからはみだして柔らかく垂れ、長い髪が絨毯の上でうず巻いて揺れていた。軀は肌がつるつるして膝や肘が目だたず、とがったところがまったくなく、果てしなく広がっているような感じだった。オイルを塗ったような滑らかさ、それが彼女の軀だった。ピンと突きたった乳首だけが、その印象にそぐわない。それから彼女のまわりでくねっているもの。種類はわからないが、それは大蛇だった。舌をひゅるひゅる出してキャロルの頭の方へ、ゆっくりと流れるように動いていった。それから首を立てて、キャロルの鼻を、唇を、目を見た。舌でなめながら。

蛇は彼女の肌のうえを、ゆっくりとすべっていった。愛撫そのものである。それが終わると、蛇は身を少し縮めて彼女にからみついて力をくわえたり、ぐるぐる巻いたりした。キャロルはあえいだ。全身がふるえた。蛇は彼女の耳もとにすべり落ちていって、首を起こすと、鼻を、唇を、目を見た。その動きをくりかえした。蛇の舌が速くなるにつれてキャロルの性器が開いた。ランプの明かりに照らされて、陰毛が赤く、美しかった。

私は寝室に戻った。運のいい蛇である。あんな素晴らしい女の軀を、それまでに見たことがなかった。なかなか寝つけず、眠るまでにずいぶん時間がかかった。

翌朝、朝食のテーブルで私はいった。

「ここの動物たちをほんとうに愛してんだね」

「そうよ、全員、どの種類のどの一匹も」と彼女はいった。

あまり言葉をかわさずに朝食を終えた。キャロルはますます輝きを増して、昨日よりもきれいだった。髪の毛は活きいきとして、彼女の動きに合わせて踊り、跳ねた。窓から差しこむ陽光に洗われ、赤らんだ美しさが際立っていた。

大きく開かれた目には、恐れも、疑いもなかった。来るものは拒まず、去るものは追わずという目だった。動物的であり、そして人間的だった。

「あのサルからコートを取り返してくれないかな、そうしたらおれは出ていけるんだけどな」と私はいった。

「ここにいて欲しいわ」と彼女はいった。

「きみの動物園の一員にしたいのかい？」

「そうね」

「でもおれは人間だぜ」

「でもあなたには生まれたままのものがある。世間の連中とはちがうわ。あなたはまだ心の中でさまよってる。彼らは自分を見失ったうえに、かたくななの。あなたも自分を見失ってるけど、まだ柔軟さがある。あなたに必要なのは、人に正しく見つけてもらうことだわ」

「でもおれは年をとり過ぎてるかもしれないよ……きみの動物たちみたいに愛されるには」

「あたしにも……わからない。でもあなたのこと好きよ。ここにいられないの？　あたしたちなら、あなたの助けになれると思うけど……」

つぎの夜もまた眠れなかった。廊下を歩いていって、ビーズのすだれのところまでいって中を覗いた。キャロルは部屋のまんなかのテーブルにいた。オーク材の黒っぽい色の、がんじょうな脚がついていた。彼女はそのうえで軀をのばし、尻が縁にかかって、脚は開き、爪先がちょうど床に届いていた。性器を覆っていた片手がやがて動きだした。肌があざやかなピンク色に染まっ

た。血がどっと流れこんできて、さっと引いていく。顎の下、喉のあたりに、最後のピンク色が一瞬とどまっていたが、それも消えていった。

虎がゆっくりとテーブルの回りを歩いていた。そして女陰がかすかに開いた。しだいに速くなり、尻尾が揺れた。キャロルが低く呻いた。すると虎は開かれた彼女の脚のあいだにきて立ち止まり、前足をあげて片方を彼女の頭のわきにおいた。ペニスがのびた。巨大である。入口をさがしながら、膣を押した。キャロルは自分の手をあてがって導き入れようとした。二つの肉体がからみあってもだえた。その時ペニスの先が中に入った。虎は腰をふりはじめ、ペニスは根もとまで入っていった……。キャロルは悲鳴をあげた。虎の動きが激しくなると、彼女の両手は虎の首をつかんだ。

私は寝室に戻った。

翌日は、昼食を動物たちといっしょに庭でとった。ピクニックのようだった。私がポテトサラダを頬ばってるとき、オオヤマネコがギンギツネといっしょに横を通っていった。なにもかもがはじめての経験だった。町の圧力で、高い鉄条網を張らされていたが、動物たちが歩きまわれる、広い手つかずの原野が残っていた。昼食のあと、キャロルは草の上に寝ころんで手足を広げ、空を見あげた。

ああ、もしも私が若ければ!

「こっちにおいでよ、オールド・タイガー!」

「なんだって?」

「虎よ、虎よ、燃えたつ虎よ……。あなたが死ぬときになったらわかるわよ、虎の模様が出てくるから」

私はキャロルのとなりに寝ころがった。彼女は横むきになって、私の腕に頭をのせた。空と大地が彼女の目の中を過ぎていった。

「ランドルフ・スコットにハンフリー・ボガートをかけたみたいな顔ね」と彼女はいった。

「楽しい人だな」と私はいった。

私たちは見つめあった。彼女の目を見ていると、そのなかに落っこちていくような感じにとらわれる。

私たちはキスをした。彼女を抱きよせ、片方の手は髪の中に入った。愛のキス。愛の長いキスだった。私は勃起していた。そこに彼女が腰を押しつけてきた。蛇のような動きだった。横をダチョウが通りすぎていった。

「ああ、なんていうことだ」と私はいった。「ちくしょう」

またキスをした。それから彼女がいいだした。

「なにしてるの、早くケダモノになってよ」

キャロルは私の手をとってジーンズの中へ入れた。毛に触れた。割れ目は少し濡れていた。私はこすり、撫でまわした。それから指を入れた。彼女のキスが燃えた。

「ばかよ、あんたはばかよ！」と、軀を引きはなした。「はやすぎるの！　ゆっくり、ゆっくりするものなの……」

起き直ると、彼女は私の手をとって手相を見た。

「あなたの生命線は」といった。「あなたはまだ少ししかこの星にいないわね。ほらこの線よ、わかる？」

「うん」

「それが生命線。あたしのを見てみる？　あたしはいままでに、この星で何度も生まれ変わってるのよ」

彼女は真剣だった。私はいうことを信じた。彼女にたいして疑いをいだくなんていうことは、

まるで意味がなかった。虎は二十メートルほどはなれたところから見ていた。そよ風が吹いてきて、背中に垂れた髪の毛が肩に舞い上がった。私は我慢できなかった。彼女をつかんで、もう一度キスをした。私たちは後ろへ倒れた。

「だめねえ、いったでしょ、ゆっくりやんなきゃだめだって！」

私たちはもう少し話をした。彼女はいった。

「あたしもわからないのよ、どう表現したらいいのか。それについて夢をずいぶん見たわ。世界は消耗しきって、終末がそこまできてるのよ。人々はだめな方向でどんどん無気力になってる。揺り起こしてやんないといけないの。みんな自分自身にうんざりして、死を願ってるんだわ。だからそうなる。でもあたしは、あたしは、そうね、あたしはむしろ、残された地球に住む新しい生きものをつくるつもり。思うけど、どこかで誰かがすでに新しい生きものを用意してるんじゃないかしら。しかも何ヵ所かで。そういう生きものたちが出会って、繁殖して、生き残っていくのよ。わかる？　でもそうやって生きのびていくためには、人間をふくめて、そのなかに、もっとも有能なものが入ってないとだめなのよ。……それが夢のお告げなの。……あたしの頭、狂ってると思う？」

彼女は私を見て笑った。

「あたしはクレージー・キャロル？」

「わからないよ」と私はいった。「なんともいいようがない」

その晩もやはり眠れなかった。私は例の部屋のほうへいって、ビーズのすだれから中をのぞいた。キャロルはソファで寝ていた。そばで小さなランプが燃えている。彼女は裸だった。眠ってるみたいだった。私はすだれをくぐって中に入り、彼女の向かいの椅子に坐った。ランプの明かりが上半身を照らしていた。

私は裸になってソファの端に坐った。彼女が目をあけた。私を見ても、おどろいた様子はなかった。茶色の目は深く澄んではいたが、張りというか、アクセントがなかった。まるで私は、彼女が名前も接し方も知らないなにものか——私自身とは別個のものになってしまったみたいだった。だが受け入れられた。

ランプの明かりで見る彼女の髪は、太陽の光を浴びているときと同じだった。茶色の髪の中に赤毛が透けて見え、火が燃えてるようだった。彼女の内部で燃えてる炎に照らされているのだ。私は身をかがめて耳の後ろにキスをした。彼女が息を吸い、吐くのがわかった。すべるように軀を寄せると、私の両足がソファからはみ出た。彼女の胸を舐め、おなかを舐め、ヘソを舐め、また胸を舐めてから、下のほうにすべって股のあいだにいった。毛のはえぎわを一度軽く嚙んで、もっと下へいき、太股の内側にキスをした。彼女は動いて小さな声を出した。

開かれた性器の唇のまわりを、時間をかけてゆっくりと舐めまわした。つぎは逆回りに舐めて、軽く嚙んだ。吸ったりくわえたりをくりかえし、それからまた円を描くように舐めた。そこが濡れてきた。かすかに塩辛い味がした。また円を描いた。

「ああ、ああ……」

花が開いて、小さな蕾が見えた。舌の先で、できるだけ優しく、くすぐり、舐めた。彼女は足で宙をけった。その足で私の頭をはさんで絡みあわせようというとき、私は身を起こして、上に向かって舐めていき、喉まであがって軽く嚙んだ。固くなったペニスはさらに固くなって血がボッキボッキと脈打った。彼女はその開いた唇に招き入れ、滑りこむと同時に私は口を彼女のに重ねた。私たちは二ヵ所で結合した。口は冷たく濡れていたが、花は濡れていても熱かった。私はペニスを彼女のなかに納めたまま、静かにした。

「ああ、ああ……」

「へたくそ……バカタレ……動かしてよ！」

彼女はもだえた。私はまだじっとしていた。ソファの肘かけのところに押しつけていた爪先にさらに力を加えた。軀は動かさなかった。それから膣にはめたままペニスを三度ジャンプさせた。彼女は痙攣で応えた。同じことをまたくりかえし、これ以上我慢できないというときになって、ペニスを八割ほど抜き出して、また差しこんだ。ほてるような熱さと、なめらかさを感じた。もう一度だ。すると彼女が揺れ動いた。まるで私が釣バリで、彼女がそれに引っかかった魚のようだった。私はくりかえした。だんだんやりかたが荒くなってきた。ペニスがだんだん大きくなってきているような感じがした。私たちは一つになってよじ登った。いい言葉ではないか。まさにその通りだ。私たちは一つになって歴史を越え、私たち自身を越え、エゴを越えてよじ登った。あるのは香り高い神の密やかな歓喜である。

私たちはいっしょに絶頂に達した。ペニスは萎えることなく、その後も彼女の中に陣取っていた。キスをすると彼女の唇はゆるみきって、なされるがままになった。完全に降参していた。私たちは明かりの中で三十分ほど抱き合っていた。それから彼女が立ちあがって、最初にバスルームへいった。それからわたしがいった。その晩はそこに虎はいなかった。らんらんと燃え立つオールド・タイガーがいるだけだった。

私たちの関係は、性的、精神的、どちらの意味でもつづいた。しかし私は認めよう、そのあいだもキャロルは動物たちともつながっていた。安らかな幸せの中、月日は過ぎていった。それからキャロルが妊娠した。私は水が飲みたくて立ち寄っただけだったのだが。

ある日、町まで買い出しにいくことになった。動物たちの食料は毎日運ばれてきたが、自分たちの分は町にいかなくてはならなかった。いつもしているように戸じまりをした。ピューマーや

虎や、その他いろいろ猛獣と呼ばれてるものがいるから、泥棒に入られる心配はそれほどしなくてもよかった。キャロルは有名人だった。店に入ると、必ずじろじろ見られた。いまでは私もである。彼女の新しいペットだから。新しい老いぼれペットだから。

はじめに映画を見にいった。私たちにはおもしろくなかった。外は小雨が降っていた。キャロルはマタニティドレスを二、三着買った。それから残りの買物のためにマーケットへいった。私たちはおしゃべりとドライブを楽しみながら、ゆっくりと帰った。私たちは満ち足りていた。必要としてるものといったら、買物したものぐらいだった。人々のことはどうでもよかった。人々が考えてるようなことには、ずっと昔に興味を失っていた。だが人々のほうは私たちを嫌っている。それは感じた。

私たちはアウトサイダーだった。ともに暮らしてる動物たちは社会にたいする脅威だ、と人々は思っていた。それからキャロルと私は彼らの生活様式にたいする脅威だった。私たちはボロの服を着ていたし、私などは顎ひげの手入れもせず、髪の毛も伸び放題にしていた。五十を越えていたが、髪はたくさんあってつやつやしていた。キャロルの髪は腰まできていた。私たちはなにかにつけて笑った。笑いの天才だった。人々にはそれが理解できなかった。マーケットにいったときである、キャロルはいった。

「ほら、とうちゃん！　塩がいくからね！　ちゃんと捕ってよ、ほらいい、おいぼれじじい！」

通路のはしに立つ彼女とのあいだには、三人の客がいた。彼女はその人たちの頭越しに塩を投げてよこした。私は受け取った。そして二人して笑った。それから私は塩を見た。

「ちがうぞ、お嬢さんよ、このフラッパア！　おれを動脈硬化にするつもりか？　おれたちがいるのはヨードだろ？　ほら、いいか、投げるぞ、捕れよ、でも赤ん坊に気をつけろ！　そいつもいずれは、こづきまわされることになるんだろうがな！」

キャロルは受け取って、ヨードを投げ返してきた。それを見ていた人々の顔といったら……。私たちはあまりに気楽すぎた。

こうしてその一日を楽しんだのだった。見た映画はひどかったが、大いに愉快だった。私たち自身の映画を作ったようなものだった。雨さえも嬉しかった。車の窓をさげて、中に入ってくるようにした。そして帰ってきて、家の車寄せにきたときである、キャロルが呻き声をあげた。苦渋に満ちた、つらい呻きだった。急に沈んで顔が蒼白になった。

「キャロル！　どうした？　大丈夫か？」と私は抱き寄せた。「いってくれ、どうしたんだ？」

「平気よ。でも、やられたわね、あいつらに。あたしにはわかる。ちくしょう、ああ、なんてこと、あの人間のクズども、あいつらがやったのよ、腐りきったブタの糞みたいなやつらが」

「なにをしたんだ？」

「殺したのよ――家をこわして――なにもかもを……」

「ここにいろ」と私はいった。

最初に見たのは居間のオランウータンのビルボである。左のこめかみに銃弾の痕があった。頭は水たまりのような血の中に横たわっていた。死んでいた。殺されたのだ。むきだしになった歯が苦痛を物語っていた。その苦痛を通りこして笑っているようでもあった。まるでばったり出会った「死」が、死ではない他のなにか――彼の理解を越えて不意に訪れたものであるかのようだった。そのせいで、痛いにもかかわらず、驚きのあまり歯をむきだして笑ったのだろう。そう、彼は私よりも死について多くのことを知って、そこにいた。

虎のドーピーは彼の好きなバスルームで殺されていた。殺し屋たちを怖がらせたのか、銃弾をいっぱい浴びていた。かなりの出血で、半ばはすでに固まっていた。目は閉じていたが、口はうなり声をあげた時のまま硬直して、大きく美しい牙が突き出ていた。死んでもなお、生きている

人間よりも威厳があった。

バスタブにはオウムがいた。一発でやられて、排水の穴のそばで、体を半分に折り曲げ、片方の翼を下にして横たわっていた。もう片方の翼はすっかり広がっている。その様子はなんだか、その翼が叫ぼうとして、それができなかったように見えた。

他の部屋も見てまわった。生き残っているものはいなかった。黒熊も。コヨーテも。アライグマも。みんな殺され、ひっそり静まりかえっていた。動くものはなにもなかった。私たちにできることは、なにひとつなかった。私は盛大な埋葬計画を立てた。動物たちは彼らの命を支払ったのである——私たちの分まで。

映画を見ているときに起きたにちがいない。私は居間と寝室をきれいにし、できるだけ血のあとを消してからキャロルを中に入れて、ソファに坐らせた。彼女は泣かなかったが、ふるぶる震えていた。私は撫でる手を休めずに、なにか話すようにつとめた。彼女はときどき軀を震わせて呻いた。

「ああ、ひどい、ひどすぎる……」

二時間はそうやっていただろう。そのあとで彼女は泣きだした。私はずっといっしょにいて支えていた。まもなく眠ったので、ベッドまで運んで、服を脱がせ、毛布をかけた。それから私は外へ出て裏庭を見た。ありがたいことに、そこは広かった。自由動物園が一夜にして動物の墓場に変わるのである。

全部を埋めるのに二日かかった。キャロルがレコードで葬送行進曲を流し、私が穴を掘って遺体を埋め、土をかけた。悲しくてやりきれなかった。キャロルが墓に印をつけた。私たちは無言でワインを飲んだ。人々がやってきて鉄条網のあいだからのぞきこんだ。新聞社から派遣された記者やカメラマンたちもいた。子供たちもいた。夕暮れになってようやく最後の墓が埋まった。

キャロルは私がつかっていたシャベルをつかむと、人々がいる方へゆっくりと歩いていった。人々はおどろいて、なにごとかぶつぶついいながら引きさがった。キャロルがシャベルを鉄条網に投げつけた。突き抜けて飛んできたわけではないのに、人々は身をかわして、腕を振りあげた。

「人殺しども」とキャロルは叫んだ。「喜んだらいいわ！」

私たちは家のなかへ入った。庭の墓は五十五あった……。

数週間して私は、提案した。また動物園をつくったらどうだろう、こんどは常時見張りをつけておくんだ。

「もういいの」と彼女はいった。「夢が告げてるわ。もうすぐやってくるのよ。世界は終わるの。あたしたちはちょうどいい時にいたの。間に合ったのよ」

私はなにも尋ねなかった。彼女はやるべきことをやりつくしたように思えた。出産が間近に迫ってもいた。キャロルは結婚したいといった。婚姻届けなんてどうでもいいのだが、身寄りがいないので財産を私が相続できるようにしておきたい、というのだった。もちろん彼女が出産のときに死んでしまうか、彼女の終末の夢がまちがっていた場合のことだが。

「夢がまちがってることだってあるのよ」と彼女はいった。「いままでのところ、そういうことはなかったけど」

そうして私たちは静かな結婚式をあげた——墓場で。ドヤ街にいって昔なじみを一人、証人と付添人の役をしてもらうために連れてきた。また見物人があらわれた。式はあっというまに終わった。私は昔なじみに金を少しとワインをあげて、ドヤ街まで送り届けた。

その途中、ワインをラッパ飲みしながら、そいつはきいた。

「あの女をはらませたんだな、え？」

「そうらしいな」

「他にも男がいるってことか？」

「まあそうだ」

「世間の女どもと変わらねえな。おまえはわかってないんだ。ドヤ街にいる男の半分は女たちのせいで、あんなとこに住んでんだぞ」

「酒のせいだと思ってたな」

「女が先で、酒はそのあと」

「なるほどな」

「女のことは、おまえにはわからんよ」

「そんなことない」

昔なじみは、こっちをじろっと見て車から下りた。

私は病院の一階で待った。思えばなにもかもが妙だった。私がドヤ街を出てあの家へ歩いていったことから、すべてははじまった。愛と苦しみ。その闘いは、愛の方が勝っていたが、苦しみはまだ終わっていなかった。私は新聞を広げて、野球のスコアや競馬の結果を読もうとした。見ても頭に入ってこなかった。そんなことはどうでもよかった。それよりも考えるべきはキャロルの夢だ。彼女のことを信じるほど強くは、彼女の夢を信じていたわけではなかった。夢というのは、いったいなんなのだろう。私にはわからなかった。

そのとき、受付でキャロルの担当医が看護婦に話しかけているのが見えた。私け医師の方へ歩いていった。

「ああ、ジェニングスさん」と医師はいった。「奥さんは大丈夫です。お子さんは、男の子で、四千二百グラムです」

「ありがとう、先生」

私はエレベーターで上がってガラス張りの部屋へいった。泣いてる赤ん坊は百人はいただろう。いつまでも、いつまでも泣いていた。生きるということ。そして死ぬということ。誰ひとりそこから逃れることはできない。私たちはこの世界にたった一人でやってきて、たった一人で去っていくのである。そのほとんどが寂しく、おびえて、人生の大半を無駄に送るのだ。……いまこうして生きていても、死はかならずやってくる。生まれたばかりのこの子供らだが、やがて憎しみをおぼえ、痴呆になったり、ノイローゼになったり、馬鹿になったり、弱虫になったり、人殺しになったりする。生きたって死んだって、どのみち無ではないか。……そんなことを思ったら、私はたとえようもない悲しみに襲われた。

私は看護婦に名前をいった。彼女はガラスの部屋に入っていって、私たちの赤ん坊を見つけた。抱き上げたときの看護婦のほほえみは、とても寛大で豊かだった。笑みとはこうでなければいけない。私は赤ん坊を見た。医学的にはありえないことだが、その子は虎であり、熊であり、蛇であり、そして人間だった。ヘラジカであり、コヨーテであり、オオヤマネコであり、そして人間だった。その子は泣いていなかった。その目は私を見た。私のことがわかった。そのことが私にもわかった。その子は私の感覚を越えていた。人であって超人、超人であって超獣だった。信じられないことだ。その子は私を見た。自分の父親を、父親たちのなかの一人を、大勢いる父親たちのなかの一人の父親を。

そのとき太陽のかけらが病院に落ちた。建物が揺れて、赤ん坊たちは泣きわめいた。光のかたまりが砕けて、目の前のガラスが紫色に光った。看護婦たちは悲鳴をあげた。天井の蛍光灯が三本、鎖が切れて生まれたばかりの赤ん坊たちのうえに落ちた。私の子供は、あのほほえみを浮かべた看護婦の腕のなかにいた。最初の水素爆弾がサンフランシスコに落ちたその時。

日常のやりくり

A .45 to Pay the Rent

デュークにはララという名の四歳になる娘がいた。いつか自分はなんかの理由で殺されるんじゃないかという恐れから、子供はつくらないように気をつけていた。彼女ははじめての子供だった。いまの彼は頭がだいぶいかれている。娘は喜びをもたらす宝だった。彼女は父親が考えてることがわかった。二人は見えない強い糸で結ばれていた。

デュークとララはスーパーマーケットに買物にいき、おしゃべりしながら歩いた。なんでもかんでも二人は話した。娘は頭にうかぶことはなんでも口に出した。いろんなことについて、よく知っていた。本能的に知識をつかみとっていた。デュークのほうはたいしたことない。知ってる範囲で応じた。それでよかった。二人は大いに楽しんだ。

「なあに、あれ」と娘はきいた。

「あれはココナッツ」

「なかはどうなってるの？」

「ミルクと果肉が入ってるんだ」

「どうして、そうなってるの？」

「居心地がいいんだよ。ミルクと果肉は、固い殻にまもられて、気持ちがいいんだ。なんて素敵なんでしょう、ここはって、そういってるんだ」

「どうしてそこは、そんなにいいの？」

「なにもかもいいからだよ。おれだってそう感ずると思うよ」

「そんなことないわ。あのなかに入ったら車に乗れないもん。それにあたしのことだって見れないわ。あのなかではベーコンエッグだって食べられないわ」

「ベーコンエッグなんてどうでもいいことだよ」

「なにがどうでもよくないことなの？」

「おれにもわからん。太陽のなかの凍った物質かもしれない」

「**太陽のなか……？　凍った物質？**」

「うん」

「凍った物質は、太陽のなかでどういう感じなの？」

「太陽は火の玉ということになってるよね。でも、ほんとうはそうじゃないんじゃないかな。科学者はそういうパパの考えには賛成しないだろうがね」

　デュークはアボカドを手にとった。

「ワーオ」

「そうだ、これがアボカドというやつだ。凍った太陽というやつな。おれたちは太陽を食べる、そうして歩くと、軀があったかくなる」

「パパが飲んでるビールにも太陽は入ってるの？」

「そうだよ」

「あたしのなかにも?」

「ほかの誰よりも」

「そしてパパのなかにはものすごく大きな太陽があるのよね」

「ありがとう、ララ」

二人は歩きまわって買物を終えた。デュークが選んだものはなにもなかった。籠はララが欲しがるものでいっぱいになった。食べられないもの、風船やクレヨンやおもちゃのピスールがまざっていた。それから投げ上げると背中のパラシュートが開く宇宙飛行士。なんたるしろものだ。

ララはレジの女が嫌いだった。眉をひそめて、その思いをまっすぐに出した。あわれなレジの女は、乾いた皺でおおわれた空虚そのものといった顔をしていた。まさにホラーショーそのもので、そのことに本人は気づいていなかった。

「いらっしゃい、おちびさん」とレジのその女はいった。

ララは答えなかった。デュークはあえて答えさせようとはしなかった。二人は支払いをすませて駐車場へむかった。

「あたしたちからお金をとるのね」

「そうだ」

「だからパパはお金をつくるために、夜、はたらきにいかなくちゃならないのよね。あたし夜パパがいなくなるの好きじゃないのよ。あたしがママになる遊びがしたいんだもん。あたしママになりたいわ。パパが赤ちゃんになるの」

「いいよ、それじゃあいまからおれが赤ちゃんになる。それでどう、ママ?」

「いいわよ、赤ちゃん、あなた車の運転できるの?」

「それはね、ママ、しあわせじゃないからなんです。しあわせじゃない人というのは、やたらとものに当たります」

「ベイビー、どうしてあたしたちの車にぶつけようとする人がいるの？」

わざとぶつけようとした。

「やってみるよ」

二人は車に乗った。左に曲がろうとしたときに、どこかのバカがふかしながら出てきて、車を

「しあわせなようにふるまってる人はたくさんいるね」

「しあわせな人っているの？」

「どうしてそんなことするの？」

「しあわせじゃないってことが、恥ずかしいんだね。認めるのがこわいんだ。勇気がないんだ」

「あなたはどうなの、こわくないの？」

「きみの前でなら認める勇気がわいてくる。ほんとのところ、ママ、おれはおそろしくてしようがないんだ、いまにも死んでしまいそうなくらいに」

「ベイビー、なにか飲みたい？」

「うん、ママ、でも家に帰るまでがまんする」

車はノルマンディーを右折した。右に曲がるときは、ぶつけられることはめったにない。

「今夜もはたらきにいくの、ベイビー？」

「はい」

「どうして夜にはたらくの？」

「暗いだろう。だから誰にも見られない」

「なんで人に見られたくないのかしら」

「だってもし見つかったら、つかまってブタ箱にいれられてしまう」

「ブタ箱って？」

「なにもかもがブタ箱だよ」

「あたしはブタ箱じゃない！」

　車をとめて二人は買ってきたものを家に持っていった。

「ママ！」とララがいった。「買ってきたわ！　凍った太陽に、宇宙飛行士に、いろんなもん！」

「それはよかったわね」とママ（二人にはマグと呼ばれていた）はいった。それから彼女はデュークにいった。「まったくもう。今夜は出ないですましてほしいのよ。感じるのよ。だからやめて、デューク」

「おまえが、感じるだって？　おれはいつも、その感じなんだよ。そんなのはささいなことだ。おれはやんなきゃなんないんだ。おれたちはすっからかんなんだぞ。子供がハムの缶詰からキャビアまで、なにからなにまで籠に放りこんだんだ」

「なんてことを。子供のいいなりなの、あんたは？」

「おれ、娘に喜んでもらいたいんだよ」

「牢屋に入っちゃったらおしまいじゃないの」

「いいか、マグ、おれの仕事のおかげで、あくせくしないでいられるんだ。時間にだってゆとりがある。だろう？　それにおれの仕事はたいして時間をくわない。世の男たちにくらべたら、おれは運がいいんだ」

「なにかまともな仕事はないの？」

「だからさ、プレス機の仕事なんかよりはるかにいいんだ。それにまともな仕事なんて、ありゃしない。どの道、死ぬんだよ。おれはもう自分の道を歩いてる。いってみりゃ、おれは社会から

歯を抜いてやる歯医者だよ。なにをやればいいかは知ってるし、それにもう遅い。前科者がどんなふうにあつかわれるか、よく知ってるだろう。おれは話したよな……」

「話してくれたから知ってるわよ、でも……」

「でも、でも、でも！」とデュークはいった。「いいかげんにしてくれ！」

「じゃ、やめましょう」

「ビバリーヒルズやマリブに住んでるどうしようもないやつらな。出獄してきた連中の社会復帰ならまかしときなさい、とかいってるやつらな。出獄証にバラの香りをふりかけてあげましょう、なんてな。嘘っぱちもいいとこだ。くれる仕事は奴隷だよ。さんたんたるもんだ。みんな知ってんだ。知らないやつはいない。国のために貯蓄をしろ、人のために金をつくれ、なんてな。くだらねえ。とんでもねえ話だ。世の中の男たちの三倍はこきつかわれるぞ。そうしながら一方で、これが法律だといって堂々と、ピンハネをしやがる。ろくでもねえものを、じっさいの価値の十倍、二十倍で売りつけてよ。それが法だっていいやがる。やつらの法律だって……」

「頭にくるわ、もう耳にタコができるくらい聞かされたわよ」

「そりゃあ頭にくるさ、**もうあと一回**でいいのに、おまえは聞こうとしないんだからな。おれをそんなに鈍感なやつだと思ってるのか？　おれは黙ってなきゃいけないってのか、てめえの女房にも？　おまえはおれの女房だろう？　おれたちは抱き合ったりしないのか？　いっしょに暮らしてるんじゃないのか、えっ？」

「あんたはイカれてんのよ。そんな叫びまくって」

「うるせえ、**黙れ！**　おれはミスをした、技術的なミスをしたんだ！　おれはガキだった、だからこの世の糞まみれのルールがわかってなかったんだ」

「そうやってこんどは自分の無知のいいわけをするのね！」

「おお、いいことをいうじゃねえか。気にいったぜ。若奥さんよ。おまんこさんよ。おまえはホワイトハウスの階段でぱっくり開いたおまんこ以外のなにもんでもない。精神的梅毒ってやつにかかった……」

「子供が聞いてるのよ、デューク」

「わかった、やめるよ。おまんこ奥さん。社会復帰、これがビバリーヒルズの腹黒いやつらの言葉だ。上品ぶる天才で、人間的とくる。女房たちはミュージックセンターにいって、税金逃れのチャリティーコンサートでマーラーを聴いて金を寄付する。そしてロスアンジェルス・タイムズの年度ベストテン・ウーマンに選ばれるってわけだ。その一方でやっこさんたちの亭主が、なにをしてるか知ってるか。工場ではたらく連中に、野良犬をあつかうときのような汚い言葉を投げつけてるんだ。払うべき給料からかすめ取って差額をポケットにしまって、なにをきかれてもだんまりをきめこんでな。万事がこの調子で、腐れきってるんだ。わからんのか？　誰もわかってるやつはいないのか？」

「あたしが……」

「うるせえ、黙ってろ！　マーラー、ベートーベン、ストラヴィンスキー！　残業させておいて一銭も払わない。四六時中けつをひっぱたいておきながらだぞ。一言でも文句をいってみろ。連中は出獄委員会に電話して、こういうんだ。ジェンセン、すまんな、いいたくないことだが、あんたが送ってきた男が、金庫から二十五ドル泥棒したよ。好感を持ちはじめたところだったんだけどな」

「それでどういう正しさを、あんたは求めてんのよ。いいかげんにしてよ、デューク、あたしにはどうしたらいいかわかんないわ。あんたはわめきちらすばかり。酔っぱらえば、デリンジャーがこの世でいちばん偉い人間だっていうのよ。ロッキングチェアーでゆらゆら揺れて、酔って、

デリンジャーって叫ぶのよ。あたしだって生きてるのよ。あたしのいうことも聞いてよ……」

「デリンジャーなんてどうでもいい！　やつは死んだんだ。正しさだって？　アメリカには正義なんてありゃあしない。たった一つしかない。ケネディにきけよ。死んだやつらにきけよ。誰にでもいいからきいてこい！」

デュークはロッキングチェアーから起きあがって、戸棚にいき、クリスマスツリーの飾りが入った箱に手をかけた。とたんにめらめら熱くなった。

「こいつだ、こいつだ、こいつだ。こいつがアメリカの正義ってやつだ。誰でもが納得してるたったひとつの正義だ」

彼は手にしたものをふりまわした。

ララは宇宙飛行士で遊んでいた。パラシュートはうまく開かなかった。ここにもインチキがある。詐欺だ。死んだ目をした売春婦のようなもの。インクの出ないボールペンのようなもの。電源の入ってないマイクにむかって叫ぶ坊主の絶叫のようなものだ。

「ちょっと」とマグがいった。「ぼちぼち矛をおさめてよ。あたしは仕事をさがすわ。いいわね、あたしに働きにいかせて」

「おまえが働く！　何度聞かされたと思ってんだ？　おまえにできるのはおまんこだけじゃないか。あとはせいぜいソファに寝そべって、チョコレートを口に放りこみながら雑誌を読むことぐらいだろうが」

「そんなあ、ひどすぎるわ。あたしにだって、なんかあるわ。あんたを愛してるのよ、ほんとなんだから」

彼は疲れた。

「わかったよ、もういい。それじゃあ、とにかく買ってきたものを台所にもってって、なにか食

うものをつくってくれ。おれが出かける前に」

デュークは自分を熱くしたクリスマス用品を戸棚にしまった。それから腰をおろして煙草に火をつけた。

「デューク」とララがいった。「ねえ、あたしに呼ばれるの、デュークと、おとうちゃん、どっちがいい？」

「どっちだっていいよ、おまえの好きなほうにしなさい」

「どうしてココナッツには毛がはえてるの？」

「そんなことは、知らねえな。なんでおれのタマに毛がはえてんだろうな」

マグがえんどう豆の缶詰を持って台所から出てきた。

「あたしの娘とそんな調子で話さないでよ」

「おまえの娘だって？　見ろよ、このガマグチみたいな口。おれのとそっくりじゃないか。この目を見ろよ。奥にあるものを見ろよ。おれとそっくりじゃないか。おまえの子供だっしか。おまえの股のあいだから出てきて、オッパイを吸ったという理由でか。こいつは誰の子供でもない。ララはララ自身なんだ」

「なんとしてでも、わかってもらいたいわ。たったひとつのことよ。子供がいるところではそういうことは絶対にいわないで！」

「わかってもらいたいわ……か。そういうか、おまえは」

「そうよ！」と彼女はえんどう豆の缶詰を高く持ち上げた。こぼさないように左手でしっかりと握って。「あたしはいうわよ」

「いいだろう。しかしいっとくぞ。そのえんどう豆の缶詰をむこうに持っていけ。さもないと、なにをするかわからんぞ。**おまえを引き裂いてばらまいてやる！**」

マグは缶詰を持って台所にいった。そこから動かなかった。

デュークはクロゼットにいってコートを着た。娘に、出かける前のキスをした。彼女はこのうえなく愛らしかった。六頭の白馬が青々とした芝を走っていく。そんなイメージを彼は持った。彼は逃げるようにして出ていった。ドアを静かに閉めた。

マグが台所から出てきた。

「デュークはいったわ」と娘はいった。

「そうね」

「眠くなってきちゃった。本を読んでちょうだいね」

母と娘はいっしょに坐った。

「デュークは帰ってくるの、ママ?」

「あんちくしょう、帰ってくるに決まってるわよ」

「あんちくしょうって、どういうことなの?」

「デュークのことよ。あたしは愛してるの」

「あんちくしょうを愛してるの?」

「そうよ」とマグは笑った。「さあいらっしゃい、あたしの膝のうえに」

彼女は娘を抱いた。

「あたたかいのねえ、まるでベーコンみたい。あったかいドーナッツみたい!」

「あたしベーコンでもドーナッツでもないわ! ママがベーコンでドーナッツなのよ!」

「今夜は満月よ。すっごく明るい。明るすぎてこわいわ。あたし、なんだかおそろしいわ。あたし、あの男を愛してるの、ああ、どうしよう……」

マグはボール箱に手をのばして子供の本をつかんだ。

「ママ、ココナッツにはどうして毛がはえてるの？」

「ココナッツの毛？」

「そうよ」

「待ってね、コーヒーが沸いたみたいだから、火を消してくるわね」

「いいわ」

マグは台所にいき、ララは長椅子に坐って待った。

そのころデュークはハリウッドのノルマンディーの角の酒屋の前だ。ちっくしょう、ちっくしょう、ちっくしょう、とぶつぶついっていた。

なんか調子がおかしかった。匂いもおかしかった。背中を闇のどこかから狙われてる感じである。公園の片隅で、こうやって銃弾を浴びて、ばらばらに肉がふっとんだ事件があったような気がした。罪に問われるやつが誰もいない殺人が。

いる場所がまちがってるようだった。どうも今晩は小さなバーに狙いをつけたほうがよいようだ。気楽でいい。一ヵ月分の家賃さえあればいいんだ。

おれは気が弱くなってきたみたいだ、と彼は思った。こうなるとつぎにやることはわかってる。どっしりと坐ってショスタコービッチを聴くことになる。

彼は六一年型の黒のフォードに乗った。

北に向かった。三ブロック、四ブロックと。凍りついた夜の町を十二ブロック走った。

マグは娘に森の生活を読んできかせている……。

「いたちと彼の親類たち、ミンクや、テンは、体がしなやかで、動きがすばやい、野生の動物です。肉食動物で、血にびんかんで、争いがたえません……」

やがてかわいい娘は眠った。空には満月が浮かんでいた。

一ドルと二十セント

A Dollar and Twenty Cents

　彼は夏の終わりがいちばん好きだった。秋ではなかった。もしかしたらもう秋なのかもしれないが、とにかく彼は、空気が冷たくなる日没のすぐあと、海辺を歩くのが好きだった。あたりに人かげはなかった。水はきれいでなかった。なんだか死んでるように見えた。カモメはまだ眠りにつかない。カモメは眠るのが好きではなかった。彼の目を狙い、彼の心を、そのなかに残っている生気を狙って、舞いおりてきた。

　人は、自分にはもう生気がないと思うことで、まだそれが残っていることを知るものだ。

　彼は坐って海を眺めた。海の向こうを見ていると、さまざまなことが信じがたく思われてきた。中国やアメリカのような国があること。ヴェトナムのようなところがあること。自分にも子供時代があったこと……。だが少し考えてみれば、そんなに信じがたいことではなかった。彼はつらい子供時代を送っていて、忘れることができなかった。大人になってからは、いろんな仕事につき、いろんな女と知り合った。それもいまでは過去のことだ。仕事からも女からも見はなされ、

いまは六十をすぎた浮浪者である。終わったのだ。なにものでもない。ポケットには一ドルと二十セントあった。今週の部屋代は払ってある。海……。彼は女の思い出にふけった。やさしくしてくれた女たちがいた。そのほかのはみんな、頭がちょっとずれていて、口やかましくて、なにかといえば爪を立ててきた。部屋、ベッド、家、クリスマス、仕事、病院。なにもかも退屈で、昼も夜もおもしろくなかった。目的もなく、チャンスもなかった。

六十年生きて、価値は一ドルと二十セント。

いつのまにか背後に人がきていた。彼は笑い声を聞いた。彼らはブランケットを敷いて、ワインや缶ビール、それにコーヒーやサンドイッチを広げていた。彼らは笑い転げた。少年が二人と少女が二人である。細身のしなやかな軀つきだった。老人にはまだ気がついていなかった。そのうちに一人が見た。

「おい、なんだ**あれは？**」

「知るかよ！」

老人は動かなかった。

「人間か？」

「息をしてるみたいか？　やれそうか？」

「やれそうって、**なにを？**」

彼らは大声で笑った。

老人はワインの瓶を持ちあげた。底に少し残っていたのは幸いだった。

「**動いてる！**　ねえ、**動いてる**わよ！」

老人は立ちあがってズボンの砂を払った。

「腕も脚もあるぞ！　顔もだ！」

「顔が？」

彼らはまた笑った。老人には理解できなかった。子供というのはこういうもんじゃない。ここまで悪くはない。いったいなんなのだろう、これらのものたちは？

老人は彼らのほうに歩いていった。

「トシをとるのは恥ずかしいことじゃない」

片方の少年が空にしたビールの缶を放りなげた。

「時間をだらだら垂れ流すのはみっともないぜ、とっつぁん。おれにはゴミ屑にみえるぜ、あんたが」

「そんなことはないぞ、おれはまだれっきとした人間だ」

「もしよお、このどっちかの女が、とっつぁんの膝のうえで股を開いたらどうするかなあ？」

「ロッド、やめてよ、そういう話し方！」

赤毛の髪の長いほうの少女がいった。風で乱れる髪をととのえる彼女は、風に揺れているように見える。爪先が砂にくいこんでいた。

「なあ、とっつぁんよお、どうする？　二人のうちのどっちかが、とっつぁんに捧げたいっていったら？」

老人は歩きだした。彼らのブランケットを避けて、板張りの坂道のほうへ。

「ロッド、かわいそうなおじいさんに、なんであんな口のききかたをするの？　あたし、ときどきあんたのことが大嫌いになるわ！」

「いいから、こっちおいで！」

「いや！」

振りむくと、ロッドが女の子を追いまわしていた。女の子は高い声で叫んでいたが、やがて笑

った。ロッドに捕まり、二人は砂のうえで笑い転げた。もう一組のほうは、立ったまま抱き合っていた。

坂道をあがった老人は、ベンチに坐って足の砂を落とした。それから靴をはき、十分後に部屋に帰って、ベッドで手足をのばした。明かりはつけなかった。

誰かがドアをノックした。

「スニードさん？」

「はい？」

ドアが開いた。家主のコナーズ夫人だった。歳は六十五だ。暗くて夫人の顔は見えなかった。老人には見えないことが嬉しかった。

「スニードさん？」

「はい？」

「スープをつくりました。スープです。いかがかしら？」

「いや、けっこうです」

「そんなことおっしゃらないで、スニードさん。おいしいんですよ、ほんとに、よくつくれました！　召しあがってよ！」

「ええ、それなら」

彼は起きあがって椅子に坐って待った。彼女がドアを開けたままにしたので、廊下の明かりが差しこんできた。尖った光の矢が脚にささった。その膝の上に彼女はスープの入ったボールをおいた。スプーンをそえて。

「きっと気にいるわよ、スニードさん。おいしくできたのよ」

「ありがとう」と彼はいった。

彼は坐ってスープを見つめた。きれいな黄色とはいえなかった。チキンスープだった。肉は入っていない。彼はいぜんとして坐ったまま、浮かんだ脂のあぶくを見つめた。しばらくそうしていた。やがてスプーンをとって鏡台のうえにおき、スープのボールを持って窓べにいった。スクリーンをあげて、スープをそおっと地面にこぼした。湯気がわずかに立ちのぼった。それもすぐに消え、彼はボールを鏡台におくと、窓のスクリーンをおろしてベッドに戻った。いままでいちばんの暗さだった。彼は暗いのが好きだった。暗闇は思慮深くさせる。

よく耳をすましていたら、海の音が聞こえてきた。彼はしばらく聞きいった。それから息を吐いた。大きく息を吐いた。そして息を引きとった。

極悪人 Doing Time with Public Enemy No.1

ブラームスを聴いていた。一九四二年、フィラデルフィアでのことだ。小さなプレーヤーを持っていたんだ。ブラームスの第二楽章だった。私は一人だった。ポートワインをちびちび飲んで、安物の葉巻きをふかしていた。こぎれいな、かわいい部屋だった。そこにドアをノックする音だ。誰かがノーベル賞かピュリッツァー賞を届けにきてくれたのかと思った。田舎者然とした、図体のでかい男二人がいた。

「ブコウスキーか？」

「ああ」

連中はＦＢＩのバッジを出した。

「いっしょにこい。コートを着たほうがいいな。しばらくかかりそうだ」

自分がなにをしたのか、私にはわからなかった。だからといって、きく気はしなかった。いまさら失うものはなにもなかった。片方の男がブラームスを切った。われわれは階段を下りて通り

いだった。

に出た。そこらじゅうの窓から人がのぞいていた。誰も彼もがなにが起きてるかを知ってるみた
そこに女のかなきり声だ。

「ほら、あの薄気味悪い男が連れられてくよ！　あいつはとっ捕まったのさ！」

こういう女には、ただ、ただ、うんざりするのみである。

私は自分がなにをしたのか、考えようとつとめた。酔っぱらって誰か殺してしまったのかもし
れない。それしか考えられなかったが、そんなことにFBIが手を出すのはおかしかった。

「膝に手をおくんだ。その手を動かすんじゃないぞ！」

前のシートに男が二人いた。そして後ろに私をはさんで、やはり二人の男。これだけものもの
しいのだから、私は殺人をおかしたにちがいなかった。世の中にとって大切なやつをヤッタのか
もしれない。

車はしばらく走った。そのうちに鼻がかゆくなったので、かこうとした。

「動くんじゃない！」

オフィスに着くと、捜査官の一人が、壁にぐるりと貼られた人物写真を指さした。

「見るんだ」と彼はいった。

私は見まわした。みんなよく撮られていたが、見おぼえがあるのは一人もいなかった。

「ええ、一通り見ましたよ」と私はいった。

「これらはみんな、FBIの捜査中に殺されたんだ」

私になにをいわせたいのか、わからないから、黙っていた。

私はべつの部屋に連れていかれた。机のむこうに男がいた。

「おまえのアンクル・ジョンはどこなんだ」と彼がどなった。

「なんのことだよ」と私はきいた。

「おまえのアンクル・ジョンはどこにいるんだ」

なにをいってるのか、私にはわからなかった。少しして、酔っぱらって人を殺したときにつかった凶器のことなのかと思った。

「ジョン・ブコウスキーのことだ！　おれがいってるのは」

「なんだ、そうか、彼は死んでるよ」

「くそったれが、見つからなくて**あたりまえ**だったわけだ！」

私はオレンジ色の監房にいれられた。土曜日の午後だった。窓からは人々の歩く姿が見えた。なんてみんな運がいいんだろう！　通りのむこうにはレコードショップがあった。スピーカーから流れる音楽がここまで届いた。外の世界はなにからなにまで気楽そうだ。私は窓べに立って、自分がなにをしたのか思い出そうとした。泣きたくなったが泣けなかった。いってみれば悲しみの病いだ。これより悪いことはなにもないと感じて、悲しみを病むのである。それがどんなもんか、知ってる人は多いだろう。誰だって一度や二度は感じてるはずだ。私はしかし、ひんぱんにこの病いにかかる。しょっちゅうなのである。

モヤメンシング刑務所は古城を思わせる。両側に開かれた、木でできた大きな扉を通って私はなかに入った。堀で囲まれているのにはおどろかされた。

私は公認会計士のような感じの、太った男といっしょにされた。

「おれはコートニー・テイラー、極悪人だ」と彼はいい、それからきいた。「おまえはなんでここにきた？」

（ここにくる途中で聞かされていたので、理由は知っていた）

「徴兵拒否」

「おれたちには相手にしたくねえのが二つある。徴兵拒否と公然猥褻だ」

「泥棒のあいだでも名誉不名誉なんてのがあるのかね、え？　まずは国を立てて、それからかっぱらおうってわけだ」

「とにかく徴兵拒否ってのはいけすかねえんだよ」

「無実だよ、おれは。引っ越したときに、あたらしいアドレスを徴兵委員会に出すのを忘れた。郵便局には届けた。そしてこの町で、セントルイスからきた徴兵検査の通知を受けとった。おれはそこで、いったよ。セントルイスまでいけないから、ここで検査をやってくれって。だというのに連中はあくまでも徴兵拒否と決めつけて、ここにぶちこみやがった。おれにはなにがなんだかわからない。だってそうだろう、徴兵からほんとうに逃れたかったら、住所を知らせたりするもんか」

「おまえたちはみんな自分は潔白だっていうよ。おれにはばかげた話に聞こえらあ」

私はベッドに横になって足をのばした。

「寝るんじゃねえ。そのできそこないのケツを起こすんだ！」と彼はわめいた。

私は徴兵拒否のくたばりかけた軀を起こした。

「自殺してみたいか？」とテイラーはきいた。

「ああ」と私はいった。

「この部屋の明かりの支えになってる、その頭のうえのパイプをひっぱがすんだ。それからバケツに水をいれて足をつっこむんだ。そしたらこんどは明かりをひっぱずしてソケットに指をつっこめ。それでこの世におさらばできる」

私は明かりを長いこと眺めた。

「サンキュー、テイラー。助かるよ」

明かりが消えたので私は横になった。すると、はじまった。ナンキン虫である。

「なんなんだよ、こいつらはよお?」と私は悲鳴をあげた。

「ナンキン虫じゃねえか」とテイラーはいった。「たくさん飼ってるんだ」

「ナンキン虫の捕まえ競争だったら、あんたには負けない」と私はいった。

「乗るよ」

「十セント?」

「十セント」

捕まえては殺し、そこにあった木製の小さなテーブルに並べた。

制限時間が過ぎた。われわれは殺したナンキン虫を、ドアの近くの明るいところにもっていって数えた。彼は十八匹だった。私は十三匹。十セント硬貨をわたした。あとになって、彼が殺した虫を二つにちぎって並べていたのがわかった。いかさまをやったのである。たしかにプロだが、くずだ。

私は運動場でのサイコロばくちに熱中した。やれば勝った。だいぶもうかった。監獄成り金というやつだ。日に十五から二十ドルはかせいだ。サイコロは刑務所の規則違反だったから、看守たちは塔の上から自動小銃をむけて、わめいた。**解散するんだ!** われわれはそのつど、うまいぐあいにごまかして、ばくちをつづけた。公然猥褻で入ってるやつが、ここそ加わってきたことがあった。公然猥褻のなかでも私が嫌いな口だった。じっさいのところ、私はどんな公然猥褻も嫌いなのだが。こういう手合いはどいつも、弱ったらしい顎をして、目玉がしょぼしょぼ水っぽくて、尻が薄っぺらで体がうすぎたない。十分の一の価値しかない人間だ。彼らが悪いわけではないが、私はちゃんと見る気がしなかった。そいつはばくちが終わるころになると、こそこそ

そこで私がなよなよしたその手に硬貨をいくつか落としてやると、やつは腰を低くしていなくなった。これが、やつをブンなぐるかわりに、私にできる精一杯のことだった。しかし看守たちはちがう。やりたくなったら、すぐに独房にほうりこむ。そこは最低だ。なによりパンと水がひどい。ひと月前のものを出すのを私は見たことがある。だが、まあ、ここではみんなふつうではない。私はなかば狂っていた。常軌を逸していた。とくにやつにはキビしかった。目に入るところにいられると、なにをしでかしたかわからない。

私は豊かだった。消灯になると料理番が食べ物をもってやってきた。盆のうえにはうまそうなものばかりだ。それにアイスクリーム、ケーキ、パイ、コーヒー。

テイラーは、料理番には十五セント以上はやるな、といった。料理番は声を落として、感謝のことばをいい、それから明日もまたききましょうかときいた。

「ぜひともたのむ」と私はいう。

それは刑務所長が食べてるものと同じだった。刑務所長はじつに良く食べていたということだ。飢えた囚人たちのあいだを、テイラーと私は臨月まぢかの妊婦のようなぐあいで歩きまわった。

「彼は腕のいい料理人だよ」とテイラーはいった。「やつは二人殺してるんだ。一人殺して出たあと、すぐにまたやった。脱獄でもしないかぎり、もうここから出ることはできないだろうな。ここでも、やつは船乗りをものにしてな。ケツにぶちこまれて船乗りはだだっぴろく裂けてしまった。丸一週間は歩けなかった」

「おれはあの料理人、好きだよ。いいやつだと思うぜ」

「ああ、いいやつだ」とテイラーは同意した。

われわれはナンキン虫について看守に文句をいいつづけた。看守はすると、かみついてくるのである。

「ここをなんだと思ってやがる。ホテルじゃねえぞ。てめえらが持ちこんだんだろうが！」

これをわれわれは、もちろん、侮辱されたとみなした。

看守という種族は、いやしい。おろかしい。そして、おどおどしている。私はそういう彼らを哀れに思う。

彼らはついにわれわれを別々の監房に移して、そこを消毒した。

私はテイラーと運動場で顔をあわした。

「ガキといっしょだよ」と彼はいった。「頭が薄くて唖ときてる。なにをいってもちんぷんかんぷんだ。参ったよ」

私は英語がわからない老人といっしょだった。そいつは朝から晩まで便座に腰掛けて、**タラブッバ　食べろ・タラ　ブッバ　うんちれ！**　とわけのわからないことを、くりかえしいっていた。そのじいさんにとって、人生は食べて糞をたれることだった。じいさんはたぶん、故郷を神話のレベルに移してしゃべっていたのだろう。タラス・ブーリバのことなのかもしれない。私にはわからない。じいさんは、私が運動場にいってるあいだに、私のシーツを引き裂いて物干しをつくった。そこに靴下や下着を吊るしてるもんだから、帰ってきた私の頭に水滴が落ちてきた。

彼は監房からは決して出ようとしなかった。シャワーを浴びにもいかなかった。聞くところでは、彼はなんの犯罪もおかしていなかった。ここにいたいというので、そうさせてるということだった。親切な行いというやつか？　私は頭にきた。ウールの毛布で肌がすれるのが、たまらなくいやなのだ。肌が敏感なのである。

「このくそじじい」と私はわめいた。「おれはもう一人ヤッテるんだ。ふざけやがってると二人

目になるぞ！」

だが、じいさんはあいかわらず便座だ。私に笑いかけて、いう。タラ　ブッバ　食べろ・ブッバ　**うんちれ！**

諦めるしかなかった。なんであれ、私は床の掃除をしないですんだ。彼のおかげで、いつも濡れていて、きれいだった。アメリカでいちばん清潔な監房だった。世界中でもだ。じいさんは、消灯後の食事が好きだった。むろん、分けてやった。

ＦＢＩは私の徴兵拒否の容疑について、無罪の評決を下した。私は入隊センターに送られた。そこには私のようなのがたくさんいた。身体検査にパスしたあとは精神科医との面接だった。

「あなたは戦争の意義を認めますか」と彼はきいた。

「いいや」

「戦争にいきたいと思ってますか？」

「はい」

(私は塹壕から飛びだして、殺されるまで敵の銃火のもとを前進したいという、きちがいじみた妄想に憑かれていた)

精神科医は長いあいだ黙って、なにやら書いていた。それから目を上げた。

「ところで、こんどの水曜の夜、医者とアーティストと作家のパーティーがある。あんたを招待したいと思うんだけど、きてくれますか？」

「いや」

「よろしい」と彼はいった。「あんたはいかなくていい」

「どこに？」

「戦争に」

私は彼を見つめた。

「なにもかもお見通しだってことが、わかってないだろう。ちがうか？」

「どうやらな」

「この紙をとなりの部屋にもっていけ」

だいぶ歩かなければならなかった。その紙は折りたたんで私の調書にクリップでとめてあった。角を開いてのぞいたら、こんなことが書いてあった。

（……ポーカーフェイスの下に異常な繊細さが隠れている……）

なんていうお笑いぐさだ、と私は思った。頼むぜ、おい。このおれが、繊細なんだってよ!!

こうしてモヤメンシング刑務所を出た。こうやって戦争に勝ったというわけだ。

服役の思い出

Scenes from the Big Time

I

あたらしく入ってきたやつは鳩のフンの掃除をやらされることになっていた。鳩のフンの掃除をしていると鳩がやってきて、髪や顔や服のうえにフンを垂らした。石鹸はあてがわれなかった。固くこびりついたフンにたいして水とブラシだけだった。水とブラシだけだ。しばらくすれば時間三セントの仕事にまわしてくれるが、とにかく新入りのあいだは鳩のフンの掃除だ。

ブレーンは私がいるときに、そのことを思いついた。彼は隅っこに飛べない鳩がいるのを見つけて「おい」といった。「おれはな、こいつらが話ができるのを知ってんだ。だからこいつに、仲間にしゃべってもらおうじゃないか。ひっつかまえて屋根のうえに放りあげれば、なにが起きたか報告するだろうよ」

「わかった」と私はいった。

ブレーンはその鳩をつかまえてきた。彼は茶色いカミソリを持っていた。あたりを彼は見まわした。運動場の薄暗い片隅である。暑い一日で、かなりの囚人が出ていた。

「誰か手伝ってくれるものはおらんかね？」とブレーンがきいた。

答えるものはいなかった。

ブレーンは鳩の足を切り落とした。男たちは顔をそむけた。いちばん近くにいたやつは、こめかみのあたりを手でおさえて、見ないようにした。

「なんだおまえら、いったいどうしたってんだ」と私はどなった。「天からクソを降らしやがって、鳩には頭にきてんだ！　こいつを痛めつけて屋根のうえに投げてやりゃあ、きっと仲間にいうだろう。下にいる気ちがいたちにやられたんだ！　だから近づかないほうがいいってな！　いいか、わかったか、そうやって、ほかの鳩がクソ垂れるのをやめさせるんだ！」

ブレーンは鳩を屋根のうえに投げあげた。そのあとどうなったのか。効果があったのかどうか、私はおぼえていない。だが、掃除をしてる最中に、切り落とされた二本の足を見つけたときのことはおぼえている。鳥の体にくっついていないと、ヘンなものだった。私はブラシでフンのなかに押しやった。

II

ほとんどの部屋は満員で、何度か人種暴動が起きた。対処する看守たちはサディスティックだった。

ブレーンは私がいた部屋から、黒人でいっぱいの部屋に移された。そこに入っていったとき、ブレーンは黒人の一人がこういうのを聞いた。

「へい、なかなかじゃないか！　おれがかわいがってやるぞ！　その前にまずは、みんなで少し

ずつかわいがってやるさ！　さあ、脱げよ、それともなにか、おれたちに脱がしてもらいてえのか？」

ブレーンは服を脱いで、床にまっすぐ横になった。

男たちはまわりを歩きながら、口々にののしった。

「なんて醜いツラをしてんだ、おい、こんな丸い目、見たことねえぞ！」

「こんなのとはやれねえな、かんべんしてくれよ！」

「ひでえもんだぜ、腐ったドーナッツだぜ、これは！」

連中ははなれていった。ブレーンは起きて服を着た。彼は運動場でいったものだ。

「運がよかったよ、あいつらはおれをやりまくるつもりでいたんだ」

「きたねえケツに感謝するんだな」と私はいった。

III

それからシアーズだ。彼は黒人ばかりの部屋に入れられた。シアーズはざっと見てそこでいちばんデカいやつと喧嘩した。そいつは横になっていた。シアーズはジャンプして、そいつの胸に膝から飛びこんでいった。闘いの結果はシアーズの勝ちだった。ほかの連中はただ見ているだけだった。

シアーズはなにごともなかったかのようにしていた。運動場に出たときは、べたっと尻をつけて坐って、ゆっくりと巻いた煙草をふかした。そして一人の黒人を見つめて笑いかけ、煙を吐いた。

「おれがどこからきたか知ってるか？」

黒人は答えなかった。

「ツー・リバーズ・ミシシッピーだよ」と、ありもしない地名をいって彼は煙草を吸い、深く胸にためてから吐き出した。笑って軀をゆすった。「あそこはいいとこだよ」

そして煙草を指ではじきとばすと、立ち上がって運動場をつっきっていった。

IV

シアーズは風変わりな髪形をしていた。汚らしい赤い髪が、糊で固めたみたいになって、まっすぐ立っていた。目はまん丸で、頬にはナイフの切り傷があった。

彼は白人にたいしても同じ態度だった。ネッド・リンカーンは十九歳ぐらいにみえた。ほんとうは二十二だった。男に好かれる尻をしていて、口をいつも開けていた。左の目は白い膜に半ばおおわれていた。彼が入ってきたその日に、シアーズの目にとまった。

「おい、おまえ！」とシアーズは若者を大声で呼んだ。

若者はふりむいた。

シアーズは指をさした。

「いいか！　おれがおまえを処理してやるからな！　用意しておけよ、やるのは明日だ！　おれが処理してやるからな！」

ネッド・リンカーンはその場に立ちつくした。どういうことなのか、よくわからなかったようだ。シアーズは知り合いの囚人となかよく話しはじめた。気がかわって、ネッドにいったことはどうでもよくなったみたいに見えたが、それが彼一流のやりかたなのだった。彼は宣告を下したのだ。それ以上でも以下でもないことを、われわれは知っていた。

その夜、ネッドと同じ部屋にいた若者の一人が、彼にいった。

「覚悟したほうがいいぜ、シアーズはその気なんだから。なんか用意すべきだと思うぜ」

るぞ」
「いいか、自分でナイフをつくるんだ、水道の蛇口から取っ手を外して、床のセメントで先がとんがるまで研ぐんだよ。じゃなかったら、おれから本物のナイフを買うかだ、二ドルで売ってや

「どういうことなのさ」

若者はナイフを買った。つぎの日はしかし部屋にずっといて、運動場には出てこなかった。

「あのバカ、びびったな」とシアーズはいった。

「おれだってびびるね」と私はいった。

「あんたは出てくるさ」と彼はいった。

「おれは閉じこもってる」と私はいった。

「あんたは出てくるさ」とシアーズ。

「わかった、おれは出てくる」

シアーズは翌日、シャワールームで若者のいのちを絶った。誰も現場を見たものはいなかった。生々しい血が石鹼水といっしょに排水口に流れ出てるところ以外には。

V

決して挫けることがない男たちがいる。地下の穴ぐらもききめがない。ジョー・スタッツがその一人だった。彼はそこに永久にいるように見えた。彼は所長にとって悩みの種だった。もし彼に勝てるようだったら所長は他のすべての囚人をうまくあやつることができたろう。

あるとき所長は手下を二人連れていき、穴ぐらの蓋を開けた。それからひざまずいて下のジョーにいった。

「ジョー！　大丈夫か！　ここから出たくないか？　いま出てこなかったら、当分はだめだ

ぞ！」

　なんの返事もなかった。

「ジョー！　ジョー！　聞いているのか？」

「ああ、聞いてるよ」

「それでおまえの答えはどうなんだ？」

　ジョーは糞と小便がたまったバケツを所長の顔に投げつけた。所長の手下が蓋を閉めた。私が知るかぎりでは、ジョーはまだその穴ぐらにいる。死んでいるか、ないしはまだ生きながら。彼が所長にたいしてしたことは、われわれに知れた。消灯のあとで彼について考えるのが癖になったものだ。

VI

　出所したら、しばらくじっとしてから、またここに戻ってこよう。そしてここでなにが起きてるかを外の目で冷静に見きわめる。それから壁と睨めっこをして、二度とこうした囚人たちの内面に立ち入るまいと心に決めるだろう。私はそんなことを考えた。

　だが出所した私は、二度とそこには戻らなかった。外に出てからは気にもかけなかった。タチの悪い女のようなものだ。戻る必要はない。だいたいそういう女には会いたいという気が起きてこない。だけど話題にはする。かんたんなことである。だから私は今日、ちょっとばかりしてみた。友よ、中にいる者、外にいる者、みなに等しく幸あれ。

ハリウッドの東の瘋癲屋敷

Nut Ward Just East of Hollywood

誰かがノックしたようなので時計を見たら、あきれたことに、まだ午後の一時半だった。私は着古したバスローブをはおって（寝るときはいつも裸だった、パジャマなんて馬鹿くさい）玄関のわきの割れた窓を開けた。

「なんだ？」と私はきいた。

キ印ジミーだった。「寝てたのか？」

「ああそうだ、お前もか？」

「いいや、おれはノックしてた」

「入れよ」

彼は自転車に乗ってきていた。それと新しいパナマ帽をかぶっていた。「この新しいパナマ帽いいだろ？　いい男に見えると思わないか？」

「思わんね」

ソファに坐った彼は、私の背後にある等身大の鏡を覗きこんで、帽子のかぶりかたをいろいろと試した。彼は茶色の紙袋を二つ持ってきていた。一つにはいつものようにポートワインが入っていた。もう一方の中身を彼はテーブルの上にあけた。ナイフにフォークにスプーンに小さな人形たち、つづいてブリキの鳥（明るい青色で、くちばしが壊れていて、ペンキがはげていた）やさまざまなガラクタが出てきた。どれも盗んできたものだ。彼はこれらをサンセット通りやハリウッド通りにごちゃごちゃあるヒッピーの店やヘッドショップに売って歩いていた。そのあたりが貧乏人の住む地域で、私はそこに住んでいた。われわれみんなが住んでいた。崩れた家とか、屋根裏部屋とか、ガレージとか、あるいは当面の友人の家に転がりこんで床で寝ていたということなのだが。

キ印ジミーは自分では絵描きだと思っていた。描く絵はひどいもので、私はそう彼にいった。彼も私が描く絵はひどいといった。どちらも正しいのかもしれない。

だがキ印ジミーが本当の意味でめちゃくちゃな男であることはいっておきたい。目と耳と鼻はもともとよくない。両方の耳の奥のほうに垢がたまって、鼻の粘膜はかすかに炎症を起こしていた。キ印ジミーはああいった店に売るには何を盗んだらいいのかよくわかっていた。彼は優秀、かつ、しみったれた泥棒だった。だが彼の呼吸器系もよくなかった。左の肺からも右の肺からも、充血による異常音が確認されていた。彼は煙草を吸わないときは、マリファナを吸ってるかワインをすすってるかだった。血圧は上が百十二で、下が七十八、脈拍は三十四だった。女と遊ぶのがうまかったが、ヘモグロビンの量はかなり低かった。七十三、いや七十二パーセントだった。やはり他の連中と同じように酒を飲むと、何も食べなかった。彼は飲むのが好きだった。

キ印ジミーは鏡の前でパナマ帽とたわむれて、奇声をあげた。自分に向かって、にっこり微笑んだ。彼の歯もまた楽観していられない状態だった。口と喉の粘膜は炎症を起こしていた。

彼はそのふざけたパナマ帽をかぶったままワインを飲んだ。私も飲みたくなってビールを二本とりにいった。

戻ってくると彼がいった。「おれの名前を『気ちがいジミー』から『キ印ジミー』に変えたよね。いいと思うよ。『キ印ジミー』の方がずっといい」

「だけどな、お前は本当に狂ってるよ」と私はいった。

「なんで右腕にそんな大きな穴が二つもあいてんだ？」とキ印ジミーがきいた。「なんだか焼けてふっとんだみたいだ。骨が透けて見えそうだよ」

「高校のとき、ベッドでD・H・ロレンスの『カンガルー』を読んでたら腕がコードにからまってスタンドが腕の上に落ちてきやがってな。コードを引きちぎろうとしたけど、その前に電球にやられた。ゼネラル・エレクトリック社の百ワットの電球だよ」

「医者にみせた？」

「かかりつけの医者は、おれのことをまともに扱わなくてな。おれはそこに坐って、自分で診断して、処方箋を書いて、外に出て、看護婦に金を払うってぐあいだった。あの男には参ったよ。立ち上がっておれに、ナチの軍隊にいた頃のことを話したがるんだ。フランス軍に捕まって、フランス軍は捕まえたナチを貨車に乗せて刑務所に送った、すると市民たちがガソリンや腐った果物や、蟻殺しをいっぱい詰めた使用済みのコンドームを、このかよわい無実の人間めがけて投げつけてきたっていうんだけど、おれはもううんざりだった」

「おい！」とキ印ジミーがコーヒーテーブルを指した。「あの銀製品！　本物の骨董だぞ！」そして私にスプーンをよこした。「ちょっとそのスプーンを見てみろよ！」

私はスプーンを見た。

「おい」と彼はいった。「そうやってバスローブの前をあけておかないとだめなのか？」

私はスプーンをテーブルに放りだした。「どうした、マラを見たことないっていうのか？」

「タマのほうだよ！　でかくて毛むくじゃらで、気持ち悪すぎる！」

私はバスローブをあけたままにしておいた。人にいわれてするのは嫌いだ。

彼はパナマ帽をいじりながらまた腰をおろした。動悸がしてるのだ、パナマ帽の下で。肝臓の下のほう、盲腸のあたりでもズキンズキンしていた。脾臓も弱っている。どこもかしこも悪く、動悸を打っている。胆嚢までもがだ。

「なあ、電話を使わせてもらっていいかな？」とキ印ジミーがきいた。

「市内？」

「うん、市内だよ」

「市内電話にかぎるぞ。おれはこのあいだの晩、野郎四人をもう少しで殺してやるとこだった。町中を車で追っかけまわしたよ。そしたらしまいに車を脇に寄せて止めた。おれは後ろに車を止めてエンジンを切った。やつらがまた逃げるなんて思いもしなかった。おれが車から出ると、やつらは走りだした。ガックリきたね。追っかけようとしたときには、もう車は見えなかった」

「そいつらは、あんたの電話で長距離電話をかけたんだな？」

「いや、おれの知らないやつらだった。それとこれとは別の話だ」

「これは市内だよ」

「つかってくれよ」

私は飲みおえて空になったビール瓶を、部屋の真ん中に置いてる大きな（柩サイズの）木の箱の中に叩きつけた。家主は一週間分としてゴミ箱を二個支給してくれてたが、なにもかもをちゃんと収めるには、瓶は全部割っとく必要があった。ここいらでゴミ箱を二個持ってるのは私だけだ。よくいうではないか。人は誰もなにかしら得意なものがある。

トラブルというほどのことではないが、私は裸足で歩くのが好きで、床には瓶を割ったときにどうしても飛び散ってしまうガラスの破片が落ちていたから、足にささってしまうのである。これが医者を怒らせた。癌にかかった老婆が待合室で死にかけてるというのに、毎週そんな物を取ってもらいにくるのだから当然ではあった。私はだから大きめのやつは自分で切って取りだすようにして、小さなやつはほっておいた。よほどおめでたくなってたら別だが、ふつうは破片がどうかしたら感じるもので、そうしたら取りだせばよかった。それが一番いい方法だった。うまく破片を引き抜くと血が精液のようにほとばしって、そのときのちょっとしたヒロイックな感じはなかなかいい。私はそのやり方でいく。

電話を手にしたキ印ジミーの様子がおかしかった。「出ないんだよ、彼女が」

「それじゃあ切れよ、ばか！」

「誰も出ない」

「いいか、おれにこれ以上いわせるな。切るんだ！」

彼は電話を置いた。「……昨夜は顔の上に女に乗られてさ。尻の下からやっとの思いで顔を出したら、日が昇ってくるところさ。なんだか舌が半分に裂けたみたいな感じだよ。舌先がフォークになったみたいな」

「本当にそうなっちゃうかもしれないぞ」

「ああ。そしたらいっぺんに二人のおまんこをなめてやれるな」

「そうさ。カサノバが墓の中できっと苛つくだろうよ」

彼はパナマ帽をいじっていた。彼の直腸には痔になりそうな徴候が見られた。直腸の括約筋がとてもかたくなっていたのだ。パナマキッドのくせに。前立腺は肥大気味で、それも動悸の原因になっていた。

それからこのあわれな馬鹿は跳びあがって、さっきの番号をまわした。パナマ帽をいじって「誰もでないや」といった。

彼はしゃがみこんで呼び出し音を聞いた。筋骨組織もいかれていた。つまり姿勢が悪い（脊柱後彎症）。第五腰椎（下の方の脊柱）がかなり変形していた。

相変わらずパナマ帽だ。「全然でない」

「当然だよ」と私はいった。「誰かとやってるんだよ」

「そりゃそうだとも。それにしても出ない」

私は歩いていって電話を切った。そして叫んだ。「くそっ！」

「どうしたんだよ？」

「ガラスだよ！　この床にはガラスのかけらがばらまかれてんだよ！」

私は片足で立って、もう片方の足から破片を取った。いいぐあいだった。ちょうど腫れ物のところに食いこんでいた。血がすぐに噴き出した。

私は椅子まで歩いていって、絵筆を拭くのに使ったぼろ布で血の出ているかかとを巻いた。

「その布は汚れてるぞ」とキ印ジミーがいった。

「お前の心が汚れてんだ」と私はいった。

「頼むからバスローブの前をしめてくれよ」

「ほら」と私はいった。「見えるか？」

「見えてるさ。だから閉じてくれって頼んでるんだよ」

「わかったよ、ちくしょう」

しぶしぶタマをバスローブで隠した。夜ならば誰だってさらけ出せるのだが、午後の二時では肝っ玉がすわってないとできないことだ。

「あんたよお」とキ印ジミーはいった。「この前の晩、ウェストウッド・ヴィレッジでパトカーにしょんべんひっかけただろ」

「やっこさんたち、どこにいた？」

「五十メートルぐらい離れたところで、かたづけかなんかやってたよ」

「さすりあってたんじゃねえのか」

「かもな。でもあんたは、一回では物足りなくて、引き返してってまたパトカーにしょんべんひっかけた」

かわいそうなジミー。本当にぼろぼろだ。腰椎の一番と五番。頸椎の六番もずれていた。それにまた右の鼠蹊部にも欠陥があった。

彼はなおも、パトカーにしょんべんしたということでぶつぶついった。

「なるほどな、ジミー、お前は自分の方が上だと思ってるわけだな？　盗品のガラクタを袋に詰めて持ち歩きながらな。いいだろう、ではお前にいってやる！」

「何をだ？」と彼は鏡を覗きこんでパナマ帽をかぶりなおした。そしてワインを瓶から飲んだ。

「お前は訴えられてるんだよ！　おぼえてないかもしれないが、お前はメアリーの肋骨を折った、それから二、三日して戻ってきて今度は彼女の顔を殴ったんだ」

「おれが裁判所に訴えられてるって？　裁判所に？　まさか、おい、よせよ、おれが法廷にだなんて、本気でいってんじゃないだろう？」

私は二本目のビール瓶を部屋の真ん中にある大きな木の箱に投げこんで割った。

「本当なんだよ、お前は完璧にイカれてんだ。なんとかしなきゃだめだ。メアリーは殴打暴行でお前を訴えてる……」

「殴打ってどういう意味なんだよ」

私は（自分用の）ビールを二本急いで取ってきた。

「この馬鹿、『殴打』の意味をお前ぐらいよく知ってるやつはいないんだぞ。いっつもお前はそれをやられてきたじゃないか！」

ジミーを見た。肌は乾きぎみで本来の弾力性に欠けていた。私はまた彼の左の尻の真ん中に小さなおできがあることも知っていた。

「だけど、その裁判所のこと、どうなってんのかおれにはわかんねえよ！　どういうことなんだよ？　たしかにおれたちは、ちょっとした言い合いをした。だからおれは砂漠ん中のジョージのとこにいったんだ。おれたちは三十日間ポートワインを飲んでたよ。そして戻ってきたら彼女がおれに向かってわめきちらしたんだ！　あの姿を一度見たらいいんだ！　おれは痛めつけようなんて思わなかった。ただデカいケツと胸を蹴っただけなんだ……」

「彼女はお前に脅えてるよ、ジミー。お前は病気なんだ。おれにはわかってる。おれが酔っぱらってなくてマスもかいてないときは、本を読んでるんだ。あらゆるジャンルの本をな。お前はガタがきてんだよ」

「おれたちあんなに仲がよかったんだぜ。彼女、あんたとやりたいっていってたけど、彼女はしませんでしたよ。というのもおれを愛してたからなんだ。彼女はおれにそういった」

「だがな、ジミー、それは以前のことだよ。ものごとは変化するってことが、お前はまるでわかってない。メアリーは本当にいい人だ。彼女は……」

「ねえ、頼むよ！　バスローブの前をしめてくれって！　お願いだよ！」

「オットット、こりゃ失礼！」

あわれなジミー。生殖器もだ。左の精管、それと右の方にもわずかに、傷のような癒着のようなものが見られた。昔かかった病気のせいなんだろう。

「アナに電話してみるよ」と彼はいった。「メアリーの親友なんだ。彼女なら知ってる。おれを訴えるなんて、メアリーはなんでそんなことをするんだろう？」

「だったら電話してごらん」

ジミーは鏡を見てパナマを直してから、ダイヤルを回した。

「アナかい。ジミーだ。何だって？　いや、そんなはずない！　ハンクから聞いたところだよ。いいか、おれはそんなゲームはやらない。なに？　とんでもないよ、おれは彼女の肋骨を折っちゃいない！　デカいケツと胸を蹴っただけだよ。じゃあ、彼女は本気で訴えるっていうのか？ふん、おれは応じない。おれはアリゾナのジェロームにいくよ。家があるんだ。月二百二十五ドルだよ。不動産のでかい取引で一万二千ドル儲けたばかりなんだ……うるせえんだよ、裁判がなんだってんだ、この馬鹿！　おれがいまからなにをするか、わかるか！　メアリーのとこにいってやるよ、今すぐ。キスして唇を嚙み切ってやらあ！　おまんこの毛を引き抜いてやらあ！　裁判がどうしたってんだ！　ぶんまいてやるよ、あいつのケツや、腋の下や、乳の谷間や、口の中に突っこんでな……」

ジミーは私を見た。

「切りやがった」

「ジミー」と私はいった。「耳の中を洗ってもらったほうがいい。気腫の徴候が出てる。運動して、煙草を吸うのを休むことだな。背骨も直したほうがいい。鼠蹊部をきたえるには重りをつかって伸ばすとか、椅子を使って引っ張るとかだな……」

「なにくだらないことをいってるんだ」

「尻のイボは悪性のようだぞ」

「悪性って何のことだ？」

「ウィルス性ってことだよ」

「あんたがそれだ」

「まあな」と私はいった。「自転車はどこで手に入れてきた？」

「アーサーのだよ。アーサーはいろんなものを持ってるよ。あいつのところに一服やりにいこうよ」

「アーサーは好きじゃない。あいつは気難しくて短気だ。気難しくて短気でも好きになれるやつはいる。だけどアーサーはそういうのとは違う」

「あいつは来週から六ヵ月間メキシコへいくんだよ」

「怒りっぽい気難し屋ってのは、いつもどっかへいこうとする。なんなんだ。助成金か？」

「そう、助成金。だけどあいつは絵は描けない」

「わかってるよ。あいつがやってるのは彫像のほうだろ」と私はいった。

「彼の彫像は好きじゃないよ」とパナマキッドがいった。

「ジミー、おれはアーサーのことは好きじゃなくても、あいつの彫像にはいいものを感じてきたよ」

「いつも同じものを作ってるじゃないか。ギリシャのものみたいにさ。デカいケツとオッパイの女がローブをはだけてるのとか、とっくみあって、お互いのキンタマや顎ひげを摑みあったりしてる男とかさ、ああいうのはいったい何なんだよ」

それではアーサーの話をしよう。読者には少しのあいだキ印ジミーのことは忘れていていただきたい。たいしたことではない。これが私の書き方なのである。あちこちに飛躍する、ぴったりついてきていただきたい。簡単きわまりないことがすぐにわかる。

アーサーの「神秘」は、作品を大きく作りすぎるところにある。ただものではなかった。材質

は全部、あのみっともないセメントだ。一番小さなものでも、二メートル五十ぐらいはあって、日の光のもと、月明かりのもと、あるいはスモッグの中に突っ立って誰かがくるのを待っている。

ある晩、彼の家に裏から入ろうとした。そうしたらあちこちにセメント人間が、巨大なセメント人間が突っ立ってるではないか。中には三メーター五十から四メートルありそうなやつもあった。超ビッグなオッパイ、おまんこ、キンタマ、睾丸がそこらじゅうにあった。私はドニゼッティの「愛の妙薬」を聴き終えたばかりだったが、何の役にも立たなかった。地獄をさまようピグミーの気分だった。そこで「アーサー、アーサー、きてくれよ!」と叫んだ。だが彼はハシシかなんかやっていた。じゃなかったらおれがやってたのかもしれない。とにかく、その気味の悪いものはそこにある。

そこでだ。背が百八十センチで体重百キロの私は、一番デカいセメント野郎に体当たりした。やつが見てない隙を狙って後ろから当たったのだ。するとやつは顔から倒れた。倒れたんだ、やつが! その音は町じゅうに響きわたったはずだ。

それから、好奇心にかられて転がしてみた。やっぱりキンタマと睾丸のひとつが取れて、もうひとつのほうはきれいに半分に割れていた。鼻も一部がかけて、顎ひげの半分がなくなっていた。殺人者の気分だった。

そこにアーサーが出てきた。「ハンク、よくきてくれたな!」

私はいった。「やかましくして悪かった、アーサー、つまずいてお前のかわいいペットに突っこんじゃったんだよ。そしたら倒れて、割れてしまった」

すると彼はいった。「ああ構わないよ」

そこで中へ入り、二人して一晩中マリファナを吸った。気がついたら太陽は昇っていて私は車を運転していた。朝の九時ごろだった。信号の色を無視して走った。なんの問題もなかった。停

めるときだって、家から一ブロック半離れたところにスペースを見つけて、きちんと入れた。

だがドアの前にきて、ポケットの中にセメントのキンタマが入ってるのに気がついた。長さが六十センチはあった。私は家主の郵便受けのところへいって、それを中にいれた。そこには郵便物が折れ曲がったりして手つかずで重なっていた。私はあとは郵便配達人の好きにしてもらうことにして、亀頭が巨大ないちもつを上に置いてきた。

これでいい。キ印ジミーに戻ろう。

「でもさ」とキ印ジミーはいった。「おれのことを本気で裁判所に引っぱりだす気なの？　裁判所に？」

「いいか、ジミー、お前の軀は本当になんとかしなきゃだめなんだ。パットンでもカマリーロでもおれが乗せてってやるぞ」

「ああ、あんなショック療法、おれはごめんだよ……ブルルルル！！！　ブルルルル！！！」

キ印ジミーは全身を椅子ごと震えさせてショック療法を再現してみせた。

それから鏡を覗いてパナマ帽の向きを直し、にこっと笑って電話をかけにいった。

番号を回すと、私を見た。「鳴ってんだけど誰もでない」

彼は受話器を置いて、またかけた。

いろんなやつが私のところにくる。あの医者だって私に電話してくる。「キリストはもっとも偉大な精神科医で、かつ偉大なエゴの持ち主だった。自分は神の子だと言いはるぐらいだからな。寺院から高利貸しを追放したりな。あれは失敗だった。あげくのはてにキリストはとっつかまって、一本の釘で済むようにって、足を重ねさせられた。ひどいもんだよ」

いろんなやつが私のところにくる。苗字がランチだったかレインだったか、そんなような名前の男は、いつも寝袋を持って悲しい話をしにやってきた。バークレーとニューオリンズの間をい

ったりきたりしてる男だった。二ヵ月に一回の割合で。やつが書いてるのはへたくそな、時代遅れのロンドだ。私はやつがくる（当世風の言い方をすれば「踏みこんで」くる）たびに、五ドルあるいは二、三ドルをくれて、食うも飲むも好きにさせてやっている。自分が食うため以上の金をつかってるわけだが、そのこと自体はかまわない。だが生きてくための厄介なことは、私にだってある。それはわかっていてもらいたいということだ。

そうやってキ印ジミーがいて、私がいるというわけである。

マキシーもいる。マキシーは国民の悩みを解決するためにロスの下水道を全部止めるつもりでいる。効果をあげるには最高の宣言だということは認める。だがマキシー、頼むぜ、下水道を全部止めるときには、おれに知らせてくれ。おれは国民の側にいる。長いあいだ友だちづきあいをしてきたんだ。一週間前には町を出たい。

マキシーは国民の悩みと糞が別の物だということがわかってない。私は飢えるのはかまわないが、糞ができなくなったり、便器をどうこうされたりするのはがまんがならない。私は思い出す。家主が二週間の楽しい休暇でハワイにいったときのことだ。その話をしよう。

彼が発った翌日、私のところのトイレが詰まった。こうなることを恐れて自分でも吸引のゴムカップを持っていた。だがいくらガボガボやっても、ぜんぜん流れなかった。こうなったら仕方がない。

仲のいい友だちに電話をかけた。私は仲のいい友だちがたくさんいるタイプの人間ではない。それに友だちがいたとしたって、電話はもちろんのこと、トイレがあるところにいるのはほとんどいない。何も持ってないのである。

だからトイレを持ってるやつに電話した。彼らは優しかった。

「もちろんいいよ、ハンク、いつでも糞しにきてくれ！」

彼らの招待に応じなかった。それがわかってて彼らもいうだけいったのかもしれない。そういうわけで、家主がハワイでフラダンスの娘を鑑賞してるとき、クソいまいましいウンコが水に浮かんで、こっちを見てぐるぐる回っていたのである。

したがって排便をするたびにウンコをすくって油紙に包み、茶色の紙袋に入れて車に乗った。そして投げ捨てるのによさそうな場所はないか、探しながら走りまわった。

たいていはエンジンをかけたまま二重駐車して、ウンコを壁に投げつけた。壁ならどこでもよかった。えこひいきがないようにしたつもりだが、老人ホームのところはとくにひっそりしてたので、糞入りの茶袋を三回は投げつけたように思う。

ときには、車を運転したまま窓を開けて、人が煙草の灰や山ほどの吸殻を捨てるみたいにして、放り捨てたこともあった。

糞についてもう少しいえば、私は癌よりも便秘のほうが怖い（キ印ジミーにはじきに戻る。さきほどいったように、これが私の書き方なのである）。一日でも糞が出ないと、どこへいく気にも、何をする気にもなれなくなって、あまりの悲しさからしばしば、体内の詰まりを除いて通りをよくするために、自分のペニスを吸おうとする。試したことがある人なら知ってるだろう、自分のモノを吸うのはたいへんなことだ。背骨や首の骨や、筋肉、とにかく体全体にかなりの負担がかかる。こすりながら、口に届くように目一杯長く伸ばしていると、まるで拷問台の生き物みたいに倍の長さになる。両脚は頭の上で二手に分かれてベッドの横棒にからみつく。肛門は霜の中で死にかかった雀のようにひきつる。大きく張り出したビール腹のところで体が二つ折りになる。筋肉を包む皮はビリッといきそうだ。そして何が悔しいって、ここまでしても、五、六十センチ届かないというのではなく、舌の先がペニスの頭にいまにも触れそうなところまでいくにはいくが、あと三センチ届かないことだ。これは永劫の距離である。または六十キロの。神は……

神じゃなくてもいいが、ちゃんとわかっててわれわれの体を創ったのだ。

狂人に戻ろう。

ジミーは午後の一時半から私が切れる六時まで、同じ番号を何度も繰り返し回した。いや、こまかいことだが、切れたのは六時半だった。そこで七百四十九回目のあと、バスローブの前をはだけてキ印ジミーのところにいき、彼の手から受話器を取りあげた。

「ここまでだ」

私はハイドンの交響曲一〇二番を聴いていた。その夜のぶんのビールは充分にあった。キ印ジミーには退屈させられた。彼は田舎者だった。スナ蠅。ワニの尻尾。踵にくっついた犬の糞。そのようなもんだ。

彼は私を見た。「裁判所だって？　彼女がおれを訴えたっていうの？　やめてほしいよ。おれはそういう茶番は相手にしない……」

お決まりのせりふだ。そして耳のなかの垢。

私はあくびをして、彼の親友で、彼を私に押しつけたイジー・シュタイナーに電話をかけた。イジー・シュタイナーは作家だと称していた。私は彼にはものは書けないといい、彼は私にはものは書けないといった。どちらかが正しくて、どちらかが間違ってるということだ。

イジーはずんぐりしたユダヤ人の若者で、背丈は百七十弱で目方は百キロ近くあった。ぶっとい腕にぶっとい手首、そして猪首に窮屈そうに頭がくっついている。目は小さく、口もとはものすごく冷やかだ。頭に小さな穴をあけたかのようなその口は、イジー・シュタイナーの栄光を吹聴する一方で、いつも何かを食べていた。鶏の手羽、七面鳥の脚、フランスパンの塊、クモの糞、なんでもだ。みだらなことをやっていく上で力になってくれるものなら、何でも食べた。

「シュタイナーか？」

「ああ？」

彼はラビになる勉強をしていたが、ラビにはなりたがらなかった。ただ食って、もっともっと大きくなりたいだけだった。一分間、小便にでもいって席を外してみるといい。戻ってきたときには、冷蔵庫は空っぽになっているか、突っ立って恥じ入った表情をしつつも、がつがつと、冷蔵庫の最後の中身を取り出してるだろう。生の肉だけは、イジーがきても警戒しなくてよかった。彼は生焼けは好んだが、生は食べなかった。

「シュタイナーか？」

「ぐふっ……」

「口ん中のもの、飲みこめよ。話したいことがあるんだ」

噛んでる音が聞こえた。まるで十二羽の兎が藁の中で交尾してるみたいだ。

「いいか、キ印ジミーがここにいる。やつはお前の手下だ。自転車に乗ってきたんだ。おれはヘドが出そうだよ。すぐにこっちにこい。急いで。おれは警告してるんだからな。お前はあいつの友人。たった一人の友人だ。急いでこっちへきて、あいつを連れていけ。おれの目の前から連れていけ。もうこれ以上いると、おれは自分が何するかわからん」

電話を切った。

「イジーに電話したの？」とジミーがきいた。

「あいつはお前のたった一人の友だちだからな」

「こりゃあたいへんだ」とキ印ジミーはいい、スプーンやガラクタや木の人形やらを袋に詰めこむと、自転車のところまで走っていって籠の中に隠した。

かわいそうにイジーはこっちに向かっていた。小さな風穴のような口で空気を吸いこみながら。彼はヘミングウェイとフォークナーに、それとメイラーとマーラーのマイナーな混ぜ物にイカれ

ていた。

イジーが突然あらわれた。彼が歩いているところは見なかった。まるでドアを通り抜けてきたみたいだった。どうにもならない飢えに駆られて空気の玉に乗ってきたみたいだった、ということだ。

彼はキ印ジミーとワインの瓶を見た。

「金が必要なんだ、ジミー！　立て！」

イジーは乱暴にジミーのポケットを裏返した。何も入ってなかった。

「何をしやがんだよ」とキ印ジミー。

「このあいだ喧嘩したとき、お前はおれのシャツを破った。ズボンも破った。ズボン代五ドルとシャツ代三ドルの貸しがあるんだ」

「ふざけんなよ、お前のシャツなんか破いちゃいねえよ」

「だまるんだ、ジミー、おれは本気だぞ！」

イジーは走っていって自転車の荷台にくくりつけられた籠の中に手を入れ、茶色い紙袋を持って中に入ってくると、テーブルの上に中身をあけた。

スプーン、ナイフ、フォーク、ゴムの人形……木彫りの像……。

「こんなものには何の価値もない！」

イジーは自転車に戻っていって、また籠の中を探した。

「この銀だけは」とキ印ジミーは自分のガラクタを茶色の紙袋の中に戻して、いった。「二十ドルの価値があるんだ！　あの男がバカだってよくわかっただろ？」

「ああ」

イジーが自転車に乗って戻ってきた。

「ジミー、自転車にガラクタ詰めこんでる場合じゃないだろ！　お前は八ドルの借りがおれにあるんだ。このあいだ、おれがお前を殴ったとき、お前はおれの服を破ったんだ！」

「うるせえんだよお！」

ジミーはもう一度鏡を見て新品のパナマ帽を直した。

「どうだい！　いい男に見えるだろう！」

「ああ見える」とイジーはいい、ジミーからパナマ帽を取ると、つばに横長の穴をあけた。反対側のつばにも縦に裂け目を入れて、ジミーの頭にパナマ帽を戻した。ジミーはもういい男には見えなかった。

「セロテープをくれないか」とジミーはいった。「帽子を直さなきゃ」

イジーはセロテープを見つけた。切って丸めて穴の中に詰め、それからセロテープごとつかんで、裂け目に張りつけていった。だがほとんどは裂け目からずれていた。しかも一本はつばから長くはみ出して、ジミーの顔の前に垂れて、鼻の上にぶらぶらぶら下がっていた。

「なんでおれが訴えられなきゃいけないんだよ。おれはゲームはやらない！　いったいなんだっていうんだ？」

「わかった、ジミー」とイジーはいった。「パットンまで送っていく。お前は病気なんだ！　お前には治療が必要だ！　おれに八ドルの借りがある。メアリーの肋骨を折った。顔を殴った……お前は病人なんだ、病人、病気なんだよ！」

「なにいってやんでえ！」とキ印ジミーは立ち上がってイジーに殴りかかった。的が外れて床に倒れた。イジーは彼をつかみあげて、飛行機投げの態勢に入った。

「やめろ、イジー」と私はいった。「やつがずたずたになるぞ。床にはガラスがいっぱい落ちてんだ」

イジーはソファの上に放り投げた。キ印ジミーは茶色の紙袋を持って走り出し、籠にそれを詰めこむと悪態をつきはじめた。

「イジー、おれのワインを盗みやがったな！　あの袋の中にはもう一本ワインが入ってたんだ！よくも盗みやがったな！　いいか、あれは五十四セントしたんだ。そのとき持ってた金は六十セントだった。だから今、おれは六セントしか持っていない」

「おいジミー、お前のワインをイジーが盗むと思うのか？　そこのお前の横にあるのは何だ？ソファの上のそれは？」

ジミーは手に取って、その瓶をしげしげと見つめた。イジーにとられた」

「違うよ、これじゃない。もう一本あったんだ。イジーにとられた」

「いいかジミー、お前の友だちはワインを飲まない。だからワインなんて欲しくないんだ。さあ、いらんことに頭をつかうのはやめて、自転車に乗ってさっさと出てってくれ」

「おれもだ、お前にはうんざりだ、ジミー」とイジーはいった。「さあ売りにいけよ。ブツは持ってるんだから」

ジミーは鏡の前でパナマ帽を直した、パナマ帽のなれのはてを。そして外に出ていき、アーサーの自転車に乗って月明かりの中に消えていった。彼はここに何時間ものあいだいた。もう夜になっていた。

「かわいそうな気ちがいだよ」と行商にいく彼を見ながら私はいった。「悪いとは思うよ」

「おれもだよ」とイジー。

彼は藪の中に手を入れてワインを取り出した。われわれは中へ入った。

「グラスを持ってくる」と私はいった。

戻ってきて、そこに坐ってわれわれはワインを飲んだ。

「自分のキンタマを吸ってみたことあるかい？」と私はきいた。

「家に帰ったらやってみるよ」

「できるとは思わないな」と私はいった。

「結果は教えるよ」

「おれはあと三センチ届かなかった。欲求不満でよくないよ」

ワインが空になると、われわれは歩いてシェイキーの店にいき、ピッチャーに入った黒ビールを飲んで昔のボクシングの試合を見た。オランダ人にやられたルイスの姿があった。二戦目のゼイル－ロッキーG。ブラドック－ベア。デンプシー－ファーポ。往年の選手たちが全員いた。つづいてローレルとハーディの映画を上映した……寝台車の中で掛け布団をめぐって争いを繰り広げるのである。笑ってるのは私だけだった。客たちにじろっと見られた。私はピーナッツを割りながら笑いつづけた。それからイジーが笑いだした。するとみんなが、寝台車の中の掛け布団をめぐる争いを見て笑いだした。私はキ印ジミーのことはすっかり忘れて、ここ何時間かで初めて人間になったような感じがした。生きるのはたやすい。なるようにしておけばよいのだから。金は少しあればいい。戦争や刑務所には他の男たちにいってもらおう。

閉店になってイジーは自分の家へ帰り、私も帰った。

服を脱いで体を興奮させ、体を折り曲げ円をつくって爪先をベッドの横棒に引っかけた。やはり同じだった。三センチ届かなかった。いくらやったって成功しない。私は手を伸ばしてトルストイの「戦争と平和」をとって読み始めた。何も変わっていなかった。相変わらずひどい本だった。

職業作家のご意見は？

Would You Suggest Writing as a Career?

バーにいた。もちろんだ。そこからは滑走路が見渡せた。われわれはカウンターに腰かけた。バーテンには無視された。空港のバーのバーテンは、と私は決めつけた、列車のポーターとおんなじで俗物根性まるだしだ。こういうやつにタテつくよりは、やつ（バーテン）も望んでることだ、テーブルについた方がいいとガースンを促してテーブルに移動した。

身なりのいい悪党どもが、腰を落ち着けてつまらなそうに酒をちびちびなめ、ぼそぼそ話して、自分たちのフライトを待っていた。ガースンと私は席につくと、ウェイトレスに目をやった。

「おいっ」とガースンはいった。「見ろよ、あいつら、スカートが短いからパンティが見えるぞ」

「へっへー」と私はいった。

そして彼女たちについて、いいたいことをいった。あの女は尻が薄っぺらだ。あっちの女は脚が貧弱だ。二人ともトロい顔をしてるくせに、てめえじゃモテると思ってるくちだ……。と、そこに尻が薄っぺらなほうがやってきた。私はスコッチの水割りを注文し、ガースンに飲みたいも

のバーとかわらなかった。スカートをそこまで短くしてパンティを見せてくれたお礼に、私はチップをはずんだ。

「怖いんだろ?」とガースン。

「ああ」と私はいった。「でも、何がだ?」

「初めて飛行機に乗るんだもんな」

「そういうことらしいな。だけどな、いまこうして見ていると」と私はバー全体を手で示した。

「どうでもよくなってきた……」

「朗読会のほうはどうなんだ?」

「嫌いだよ、朗読会は。くだらない。ドブさらいとかわらんよ。食うためだ」

「あんたは、なんてったって、したいことをしてるよ」

「違うぞ」と私はいった。「おまえがしたがってることを、おれはしてるんだ」

「そういうことにしとこうか。なんであれ、あんたがすること、人びとはわかってくれるよ」

「であってほしいよ。詩を読んでリンチに会うなんて最低だからな」

私は旅行かばんを脚のあいだに置き、スコッチを注いだ。飲みほしてガースンと自分の分をもう一杯ずつ頼んだ。

尻が薄っぺらな女はフリルのついたパンティをはいていた。あの女は、と私は思った、フリルの下にもう一枚パンティをはいているんだろうか?　われわれは飲み終わった。ガースンに送迎代として五ドルだったか十ドルだったかを渡して、階段をのぼっていった。飛行機の中に最後に入って最後列の席に坐ったとたん、飛行機が動きだした。閉じこめられたのだ。

離陸するのに手間取ってるようだった。隣りの窓ぎわの席には、婆さんがいた。落ち着いてい

た。退屈してるみたいだ。たぶん週に四、五回飛行機に乗って、経営してる何軒もの売春宿をチェックしてまわってるんだろう。私は安全ベルトをきちんと締めることができなかった。なにもいわれないので、そのままにしておいた。スチュワーデスを呼んでベルトの締め方をきくよりも、座席から放り出される方がきまりが悪くなくていい。

離陸した。私は叫ばなかった。列車に乗ってるよりも穏やかで、揺れがなかった。退屈なものだ。時速五十キロぐらいで飛んでるみたいだった。山も雲も、ぜんぜん飛んでるようには見えなかった。二人のスチュワーデスが笑みを絶やさずに、いったりきたりした。一人はそこそこ見れたが、首のところに何本もの太い血管が浮いてるのはいただけなかった。もう一人のスチュワーデスはだめだ。尻がぺちゃんこだ。

食事が出た。そのあと飲物がまわってきた。一ドルだ。誰もが酒を飲むというわけではなかった。へんな連中だ。私はこの飛行機の翼が一つもげたらいいのにと思いはじめた。そしたらスチュワーデスがどんな顔をするのか見たくなった。血管が浮いた女は大声でわめくはずだ。尻がぺちゃんこの方は……わかるわけがない。おれは血管の女をつかまえて、死の門前で強姦してやろう。手際よくやらなきゃだめだ。きちんとハメて地上に激突する直前にイキはてないといけないんだからな。

飛行機は落ちなかった。私はサービスされた二杯目の酒も飲んでしまうと、婆さんの目の前にある酒に手をだした。彼女は動じなかった。グラスを満たしていたのはウィスキーのストレートだった。私は頂戴した。

そして到着した。シアトルに……。

私は客が全員下りるのを待った。そうせざるを得なかった。今度はシートベルトが外れなくなったのである。

血管が首に浮き出たスチュワーデスを呼んだ。

「スチュワーデス！　スチュワーデス！」

彼女が歩いてきた。

「ちょっとすまんが……どうやったらこれは……外れるのかな？」

彼女はベルトに触わろうとしなかった。近づこうとさえしない。

「裏返してみてください」

「それから？」

「後ろについているその金具を引っぱれば……」

彼女は離れていった。私はその小さな金具を引っぱった。外れない。くりかえし引っぱった。

このやろう！　……すると、外れた。

私は旅行かばんをつかんで、普通にふるまうよう心がけた。

彼女は出口のところで私に微笑んだ。

「ごきげんよう、またのお越しを！」

私は滑走路を歩いていった。ブロンドの長髪の青年がそこに待っていた。

「チナスキーさんですか？」

「やあ、君がベルフォード？」

「ここで通る顔ばかり見てました……」と彼はいった。

「よかった」と私はいった。「ここから出よう」

「朗読会までまだ二、三時間あります」

「そりゃあいい」と私はいった。

空港はごったがえしていた。駐車場にいくにはバスに乗らなければならない。たいへんな数の

人がバスを待っていて、そう簡単には乗れそうもない。ベルフォードはそっちへ向かって歩きだした。

「待て！　待て！」と私はいった。「あいつらの中に入るのはかんべんしてくれ！」

「あなたのことは誰もしりませんよ、チナスキーさん」

「そんなことはわかってる。おれはあいつらのことを知ってるんだ。ここにいよう。バスがきたら走っていけばいいさ。そのあいだに一杯やるのはどうだ？」

「ぼくは結構です。チナスキーさん」

「なあベルフォード、ヘンリーと呼んでくれ」

「ぼくもヘンリーなんです」と彼は答えた。

「そうだったな。忘れてたよ」

われわれはそこで待った。私は酒を飲んだ。

「バスがきました、ヘンリー！」

「わかった、ヘンリー！」

われわれはバスに向かって走った……。

私を「ハンク」、彼を「ヘンリー」と呼ぶことにした。彼は、ある住所が書かれた紙を握っていた。友だちの小屋だ。朗読会までそこで休ませてもらおうというわけである。友だちは不在とのことだった。だがどうしてだかヘンリーは小屋を見つけることができなかった。いい田舎だった。確かにいい田舎だった。松林がつづいて湖があって、そしてまた松林。新鮮な空気。車は少ない。それが私には退屈だった。引きつけてくれるものがなかった。おれはいい仲間じゃない、と思った。ここならほんらいあるべき生活が送れるというのに、私にとっては刑務所にいるよう

に感じてしまうのである。

「いいところだ」と私はいった。「いずれは荒らされるようになるんだろうがね」

「そうですね」とヘンリーは応じた。「雪が降るころにきてみるといいですよ」

やれやれだ。そんなのは御免被りたいね。


ベルフォードはバーの前で車を止めた。われわれは中に入った。私はバーが嫌いだ。バーについて短編小説や詩をたくさん書いてきた。ベルフォードは私が喜ぶと思っていたのだ。バーからは多くのものが得られる。萎んでいってしまうことはない。だから人は集まる。時間をはじめ、いろんなことを浪費する点で、バーにいる人間はディスカウント・ストアにいる手合いと似ていた。

私は彼につづいて入った。テーブルを囲んでる人の中に彼の知りあいがいた。こっちはナントカ学の教授。そっちはナントカ学の教授。それにこっちがアレの教授で、あっちがコレの教授。テーブルを囲んでるのはそんなのばかりだった。女もいた。どうしてだか女たちはマーガリンのように見えた。みんなそこに坐って緑色の毒っぽいビールを大ジョッキで飲んでいた。

私のところにも緑色のビールがきた。持ち上げて、息を止めて一口飲んだ。

「あなたの作品にはいつも感心してます」と教授の一人がいった。「思い出させてくれるんですよ、あの……」

「申し訳ない」と私はいった。「すぐ戻ります……」

便所に突進した。そこは臭くてあたりまえ。キテレツで愉快なところである。

バーは……こみ上げてきた！

ドアを開ける余裕はなかった。小便のほうにするしかなかった。その便器からずっと離れたと

ころにバーの道化がいた。かぶってる赤い帽子に「町長」と書いてある。おかしなやつだ。くそったれ。

私は吐いて、できるだけ蔑んだ目をしてその男を見やった。すると男は出ていった。

私も出ていき、緑色のビールの前に坐った。

「今夜の朗読会には……」と連中の一人が声をかけてきた。

私は応じなかった。

「私たちみんな揃っていきますよ」

「おれもたぶんいくよ」と私はいった。

もらった小切手は、もう換金して手をつけている。いかなくてはならなかった。つぎの日は別のところへ移動することになっていた。そっちの方はスッポかせるかもしれない。

ロスに戻ってシェードを全部下ろした自分の部屋で、**コールド・ターキー**を飲んで、パプリカをまぶした茹で卵を食べたい。そしてラジオでマーラーの音楽を聴くこと。それが私のしたいことだった。


午後九時……ベルフォードに案内されて中に入った。並んだ丸い小さなテーブルを人々が囲んでいた。ステージがあった。

「ぼくが紹介した方がいいですか？」とベルフォードがきいた。

「いや、いい」と私はいった。

ステージに通ずる階段があった。椅子とテーブルがあった。旅行かばんをテーブルに乗せて、中のものを取りだした。

「チナスキーです」と私はいった。「そしてこれはパンツで、これは靴下で、それからシャツ、

スコッチの小瓶、それから詩集」

スコッチと詩集を残してあとはかばんにしまった。スコッチのセロファンをはがして一口飲んだ。


「何か質問は」

静かだった。

「それでは、始めるとしますか」

まず昔書いた詩をいくつか読んだ。酒を口にふくむごとに、詩の響きがよくなっていった。当人の感覚では。聴いてる大学生の態度は悪くなかった。彼らはたった一つのことしか要求しなかった。故意に嘘をつかないこと。もっともだと私は思う。


はじめの三十分を終え、十分間の休憩をとった。スコッチを持って壇上からおりて、ベルフォードがいる学生たちの席にいった。若い女が私の本を一冊持ってやってきた。へいベイビー、やったぜ、と私は思った。おまえが持ってるものなら、なんにだって署名してやるぞ！


「チナスキーさん？」

「そうだよ」と私は、天才を授かったこの手を振った。彼女の名前をきいて、何か適当なことを書き、それから裸の男が裸の女を追い回している絵を描いて日付を入れた。

「ありがとうございます、チナスキーさん！」

こんなふうにいくものなのか？　馬鹿ばかしいかぎりだ。

私はスコッチの瓶を、飲んでる男の口から奪い取った。

「おまえなあ、二度目だぞ。おれは、またあそこにいって三十分間汗をかかなきゃいけないんだ。この瓶にはもう触るんじゃない」

私はテーブルの真ん中に移動した。スコッチを一口飲んで下に置いた。

「職業として書くことを勧めますか？」と学生の一人にきかれた。

「からかってるのか？」と彼にききかえした。

「いえ違います、ぼくは真剣です。職業として作家を勧めますか？」

「作家のほうがおまえを選ぶんだ。おまえが選ぶんじゃない」

その一言で学生はいなくなった。私はもう一口飲んでから演壇に戻った。私は気に入ったものは最後にとっておくタイプだ。大学での朗読会はこれが初めてだった。その前にロスの書店で二晩べろんべろんの状態で読んで、ウォーミングアップはすましていた。よいものは最後に残しておくこと。それが子ども時代からの信条だった。朗読は終わった。私は本を閉じた。

拍手が起きたんでびっくりした。大きく沸いてなかなか鳴り止まず、私は面食らった。詩がそんなによかったわけではない。何かほかのことにたいしての拍手喝采だった。私が最後までやり通したことにたいしてなのかもしれなかった。

ある教授の家でパーティーが催された。教授はヘミングウェイにそっくりだった。もちろんヘミングウェイは死んでいる。この教授もどちらかといえば死人のような顔をしていた。彼は文学や書くということ、つまりくだらなくて飽き飽きすることについて、まくしたてた。私がいくところ、トイレ以外はどこにでもついてきた。振りかえればかならずそこに彼がいた。

「ああ、ヘミングウェイ！　きみは死んだと思ってたよ」

「フォークナーも飲んべえだったこと、知ってた？」

「ああ」

「ジェームズ・ジョーンズについてどう思う？」

教授は病気だった。決して文学の話をやめられない病気だ。

ベルフォードを見つけた。

「おい、ここの冷蔵庫は空っぽだよ。ヘミングウェイは買い置きをしてないんだ」

彼に二十ドルを渡した。

「誰か外に出て、ビールでいいから買ってきてくれるやつはいないかな」

「ええ、いますよ」

「よかった。ついでに葉巻も二、三本な」

「種類は？」

「なんでもいい。安いのでいい。十セントとか十五セントのやつで。よろしくな」

客は二、三十人いた。私はすでに冷蔵庫の中身を一回補充をしてやっていた。ここの主の策略にはまったのかもしれない。

私はそこにいる女たちの中で最高の美人に目をつけ、彼女に嫌われるようなことをしようと決めた。「よお」と私はいった。彼女は台所の隅っこのテーブルに一人で坐っていた。

「そうね」と彼女はいった。

「好かれたいくせに、文学の話がやめられない。一番くだらない話題だぜ！　どういうわけなんだろな、おれは好きになれる物書きに会ったことがないよ。どれもこれもつまらない人間のクズさ……」

「そうね」と彼女はいった。「そうよね……」

彼女の顔をこちらに向けてキスをした。彼女は抵抗しなかった。ヘミングウェイはわれわれを見て、別の部屋へ入っていった。やるね、けっこうクールじゃないか！　これは意外だ！

ベルフォードが頼んだものを持って戻ってきた。私は二人の前にビールを山と積んで、話をし、

キスをし、彼女といちゃついて何時間も過ごした。翌日になるまで、彼女がヘミングウェイの女房だとは気がつかなかった……。

どこかの家の二階、たった一人、ベッドの中で目が覚めた。まだヘミングウェイの家にいるんだろう。二日酔いはいつものよりも、かなりひどかった。陽光から顔をそむけて目を閉じた。

誰かが体をゆすった。

「ハンク！　ハンク！　起きて！」

「なんだよ、起こすなよ」

「いかなくちゃ。朗読会は正午からです。ここから遠いんです。間に合うかどうかというところです」

「間に合わないことにしよう」

「間に合わなくちゃだめですよ。契約書にサインしたじゃないですか。みんな待ってますよ。テレビに映ることになってるし」

「テレビ？」

「ええ」

「まいったな。カメラの前で吐くかもしれないぞ……」

「ハンク、急がなきゃだめです」

「わかった、わかったよ」

私はベッドから出て彼を見た。

「おまえは頼りになるよ、ベルフォード、おれの面倒を見て、尻ぬぐいまでしてくれる。どうして怒らないでいられるのかね。文句一ついわないじゃないか」

「ぼくが好きな現役の詩人だからですよ」と彼はいった。

私は笑った。「でもな、もしかしたらチンボコひっぱりだして、おまえにションベンひっかけるかもしれないぞ……」

「まさか」と彼はいった。「あなたの言葉にぼくは惹かれてるんだもの、おしっこじゃありません」

こんなあんばいで彼は私の気分を静めてくれた。いいやつだ。私はようやく自分に課せられたことをやりとげる気になった。ベルフォードに助けられて階段を下りると、ヘミングウェイ夫妻が待っていた。

「どうした、ひどい顔してるな！」とヘミングウェイはいった。

「昨晩は申し訳なかったよ、アーニー。君の奥さんだなんて今の今まで知らなかった……」

「気にすんなよ」と彼はいった。「ちょっとコーヒーでもどうだ」

「いいね」と私はいった。「何かほしかったところだ」

「食べる方はどうかな？」

「ありがとう。食う方はいいんだ」

われわれは坐って静かにコーヒーを飲んだ。それからヘミングウェイがしゃべりだしたが、何についてだったかはおぼえてない。ジェームズ・ジョイスだったような気がする。

「いい加減にしてよ！」と彼の妻がいった。「黙るってことができないの？」

「ねえ、ハンク」とベルフォードがいった。「いきましょう、長い道のりです」

「オーケー」と私はいった。

腰をあげて車のほうに向かった。ヘミングウェイと握手を交わした。

「車まで見送るよ」と彼はいった。

ベルフォードとヘミングウェイがドアに向かった。私は彼女を振り返った。

「さよなら」

「さよなら」と彼女はいって私にキスした。こんなキスを受けたのは初めてだった。彼女はあっさり見切りをつけて、全て終わりにしたのだ。こういう扱われ方は経験がない。

私は外に出た。もう一度ヘミングウェイと握手した。われわれの車は走りだした。彼は家の中へ、妻のもとへ戻っていった……。


「彼は文学を教えているんです」とベルフォードがいった。

「そうらしいな」と私はいった。気分がすぐれなかった。「間に合わないんじゃないのか。真っ昼間に朗読会をやろうなんて常識外れだよ」

「その時間帯だからこそ多くの学生がこれるんですよ」

車は走りつづけた。そのときだった、もはや逃げ場はないということがわかった。成さねばならないことは、なにかしらいつもある。自分を捨てなければどうにもならないことだらけだ。辛い現実である。だがしっかり胸におさめつつも、私はもしかしてまだ逃れる手段が残されてるのではないかと考えた。

「間に合わなきゃいいのにって顔をしてますね」とベルフォードはいった。

「どっかでちょっと止まってくれ。スコッチを買っておこう」

ワシントン州には風変わりな外観の店が多い。そのうちの一軒に車を入れた。私はストレートで飲むウォッカと朗読会用のスコッチを買った。ベルフォードはこれからいくところはすごく保守的だから、魔法瓶で飲んだ方がいいといった。そういうわけで魔法瓶も買った。

朝飯のためにまた別の場所で止まった。気持ちのいい店だが、女の子たちはパンティを見せて

くれなかった。

おどろいたことに、店の中は女たちでいっぱいで、その半数がやりたくなるようないい体をしていた。だがなにもできない。見てるしかなかった。いったい誰がこんなタチの悪いいたずらを計画したんだ。しかも、そこにいる脂肪のかたまりや、あそこにいる尻のない女は別として、なかなかの粒ぞろいで、まるで咲き乱れるコクリコの畑のようだった。どの女を選ぼうか？　どの女に選ばれた？　そんなことはどうでもいい、虚しすぎた。仮に選んだとしても、うまくはいかない。誰がやったって決してうまくいかないようになっていた。

ベルフォードがホットケーキと、卵を注文した。簡単すぎた。

ウェイトレスがきた。私は彼女の胸と尻と唇と目を見た。あわれなもんだ。じつにあわれなもんだ。頭には、どこかのカモをひっかけて、あり金を頂戴することしかないんだろう。


どうにかホットケーキの大半を腹に押しこんで、また車に戻った。

ベルフォードは朗読会のことで頭がいっぱいだった。ひたむきな青年なのである。

「休憩のときにあなたのボトルから二度も飲んだあの男……」

「ああ、トラブルを起こさずにはいられないやつな」

「みんなあの男を怖がってましてね。退学になったのに、キャンパスをうろついてるんです。LSDの常習者で、頭がおかしいんですよ」

「そんなやつは相手にしないでいい。おれは女は盗まれても、自分のウィスキーには手出しさせない」

一度ガソリンスタンドに立ち寄って、さらにドライブをつづけた。私はスコッチを魔法瓶にいれて、ウォッカを飲んだ。

「もうすぐです」とベルフォードがいった。「大学の建物が見えますよ、ほら！」

私は見た。

「よかったなあ！」と私はいった。

大学の校舎が見えたとたん、車の窓から頭を出してモドした。胃から出てきたものがベルフォードの赤い車の腹に付着し、流れた。彼は運転に専念していた。まるで私がふざけてヘドを吐いてるとでも思っているようだった。こみ上げてくるものはまだまだあった。

「すまん」となんとかいった。

「構いませんよ」と彼はいった。「もうすぐ正午ですね。あと五分ぐらいあります。間に合ってよかったですね」

車を止めた。私は旅行かばんをつかんで外へ出て、駐車場にも吐いた。ベルフォードはすたすた歩いていった。

「ちょっと待ってくれ」と私はいった。

柱につかまって吐いた。通りかかった学生たちがこちらを見た。あのおっさん、なにしてんだ、という顔だ。

私はベルフォードにくっついて、こっちへいき、あっちへいき……こっちの小道を上がり、あっちの小道を下った。アメリカの大学。それは植え込みと小道と馬鹿げたことで満ちみちた所。看板に名前が出ていた。**ヘンリー・チナスキー詩の朗読会**……。

おれのことだと思った。笑ってしまいそうになった。私は部屋の中に連れていかれた。満席である。小さな白い顔が並んでいた。小さな白いパンケーキが。

椅子に坐らされた。

「よろしく」とテレビカメラの後ろにいた男がいった。「ぼくが手を挙げたら、はじめてくださ

い」

吐きそうだ、と思った。なんとか詩集を取りだそうとして、ばたばたした。それからベルフォードが、私がどういう人物で、この広々とした太平洋沿岸の北西部でどんなに素晴らしい時をともに過ごしたかを話しだした……。

さっきの男が手を挙げた。

私は始めた。

「私の名前はチナスキー。最初の詩のタイトルは……」

三、四篇読んで魔法瓶からウィスキーを注いだ。聴衆は笑っていた。私は気にしなかった。もう少し魔法瓶から注いで飲むと、いい感じになってきた。今回は休憩なしだ。顔を上げて横にあったテレビモニターをのぞいたら、三十分ものあいだ、長い髪を一本、額の中央から鼻先まで垂らして朗読している自分の姿があった。それを見て、なんだかおかしくなった。でもそれは忘れて朗読に集中した。どうにかやりおおせたようだった。昨日ほどではないが、拍手がわき起こった。誰がそんなこと気にかける?　無難に終えただけで充分だ。手に私の本を持ってサインを求めてくるやつがいた。

ふーん、そういうことか、と私は思った。こんなものなのか。

そこまでだ。百ドルのためにサインすると、文学部の学部長に紹介された。性欲がみなぎっている女だった。こいつを強姦しようと思った。彼女はあとで丘の上のベルフォードの家に寄るかもしれないといった。だが私の詩を聴いたあとなのである、彼女がくるはずはなかった。終わったのだ。私は自分のかびくさい家と狂気、私流の狂気へと帰っていく。ベルフォードともう一人の友人が空港まで送ってくれた。われわれはバーに入った。酒は私がおごった。「ヘンだな」と私はいった。「頭が狂ってきてる。さっきから名前を呼ばれてるような気がするんだ」

その通りだった。搭乗ゲートにいったときには、すでに飛行機は動きだして離陸の態勢に入っていた。仕方なく戻って特別室に入り、そこであれこれきかれた。なんだか幼い生徒になった気分だった。

「いいでしょう」と男はいった。「次の便に乗っていただきます。今度は絶対に乗り遅れないようにしてくださいよ」

「ありがとう」と私はいった。彼は電話の相手に何かいい、私はバーに戻って酒をまた少し飲んだ。

「よかったよ」と私はいった。「次のに乗れて」

その時ふと、その次の飛行機には一生乗れないような気がした。また戻ってきて、同じ男に会う。そのたびにだんだんひどくなる。彼の怒りは増して、私は弁解がましくなる。ありえないこともない話である。ベルフォードと友人もいなくなって、代わりの人がやってくる。そして私のためにまた出費が増える……。

「ママ、あのさパパはどうしちゃったの？」

「パパはシアトルの空港でロスアンジェルス行きの飛行機を待っている間に、バーのテーブルで死んでしまったのよ」

信じなくてもいい。私は次の飛行機になんとか乗りこんだのである。坐ったとたん飛行機は動いた。自分でもわからなかった。飛行機に乗るのが、なんでそんなに難しいんだろう？　だがとにかく間に合った。私はウィスキーの封を切った。スチュワーデスに見つかった。規則で禁じられてるそうだ。

「降りていただくことだってできるんですよ」

機長が、ただいま高度一万五千メートルとアナウンスしたところだった。

「ママ、パパに何があったの？」

「パパは詩人だったのよ」

「詩人ってなんなの、ママ？」

「パパもわからないっていってたわ。さあ、手を洗って、夕ご飯にしましょう」

「わからなかったの？」

「そう、わからなかったのよ。さあ、手を洗ってっていったでしょ……」

禅式結婚式

The Great Zen Wedding

肝臓のソーセージやルーマニアのパンや、ビールやソフトドリンクといっしょに後ろの座席に押しこまれた。私は緑色のネクタイをしめていた。十年前に父親が死んだときいらいのネクタイだ。これから禅式の結婚式で付添人を務めることになっていた。車を時速百三十五キロで運転してるホリスと、一メートル以上ある顎ひげの持ち主のロイの。顎ひげは私の顔までなびいてきていた。車は私の六二年型コメットである。保険は切れてるし、飲酒運転で二度捕まってるしで、私だけが運転できなかった。すでに酔っぱらってもいた。

ホリスとロイは結婚しないで三年間暮らした。家計を支えていたのはホリスのほうだった。私は後ろの席でビールに口をつけながら、ロイがホリスの家族を一人一人あげて説明するのを聞いた。知的な能書きをいってるほうがロイには似合った。または、くだらないことをいってるときのほうが。

彼らが住んでる家の壁には、女の股のあいだに顔を押しつけた男たちの写真がいっぱい貼って

ある。自慰で絶頂に達したロイを写したスナップもあった。ロイはそれを全部彼一人でやりとげた。シャッターを押したのも、という意味だが、セッティングにはじまってなにからなにまで自分でやった。彼がいうには完璧な写真を撮るために、六回も射精したということだ。一日がかりの仕事だったらしい。乳白色のかたまりの芸術作品をつくるのは。

ホリスはフリーウエイを出た。もう遠くなかった。金持ちの中には私有道路を一マイル持ってるやつがいる。その家は四分の一マイルだから、そこまでひどくはなかった。われわれは車から下りた。熱帯の園だ。犬が四、五匹。口からよだれをたらした、デカい黒い毛むくじゃらの獣たちがいて、われわれは玄関に辿り着けなかった。すると彼はそこにいた。この屋敷の主がベランダに立って、片手に酒を持って見下ろしていた。

「おお、ハーヴェイ、元気かよ、会えてよかった!」とロイが声を張りあげた。

ハーヴェイが笑みを浮かべた。

デカい黒犬の一匹が私の左脚に飛びついてきた。「おれも会えて嬉しいよ、ロイ」「あんたの犬に離れるよういってくれよ、ハーヴェイ、こんちくしょう、会えてうれしいよ!」と私は叫んだ。

「アリストテレス、もうやめるんだ!」

アリストテレスは直ちに離れていった。

そして。

われわれは階段を上り下りした。サラミに、ナマズのハンガリー風塩漬けに、エビ。ロブスターの尻尾。ロールパン。鳩の尻肉のミンチなんかを持って。

全て運び終えた。私は坐ってビールをつかんだ。私だけがネクタイをしめていた。結婚の贈り物を持ってきたのも私だけだった。その贈り物を私は、壁とアリストテレスの間に隠しておいた。

「チャールズ・ブコウスキー……」

私は立ち上がった。

「おお、チャールズ・ブコウスキーか！」

「まあな」

それから。

「こちらはマーティ」

「やあ、マーティ」

「そしてこちらはエルジー」

「やあ、エルジー」

「あなた酔うとたいへんなの」と彼女はきいた。「家具や窓を壊して手にけがをするって、本当なの？」

「まあな」

「年甲斐もない……」

「いいか、エルジー、おれにくだらないことをいうのはやめてくれ」

「それとこちらはティナ」

「やあ、ティナ」

私は坐った。

人の名前！　私は最初の妻とこの二年半前に結婚していた。ある夜、数人が訪ねてきた。私は妻にいった。「こちらはノータリンのルーイで、こちらはマリー、尺八の早吸いの女王だ、そしてこちらは、よちよち歩きのニック」それから私は彼らの方を向いた。

「こいつが女房の……こいつが女房の……こいつが……」結局妻の顔を見てきくことになった。

「きみの名前、なんていうんだったたっけ？」

「バーバラでしょ」

「こいつがバーバラ」と私は彼らにいったのだった……。

禅師はまだ到着していなかった。私は坐ってビールを飲んだ。

人々がやってきた。つぎからつぎに階段を上がった。みんなホリスの家族だった。ロイには家族がいないようだ。かわいそうなロイ。生まれてこのかたまだ一度も働いたことのない男。私はまたビールの栓を抜いた。

ひっきりなしに新しい客が階段を上がってきた。詐欺師や、いかさま師や、不具者。いかがわしい商売に手を染めてるやつら。それに家族、友人。何十人とやってきたが、結婚の贈り物は一つもない。ネクタイをしめているやつもいない。

私はさらに隅っこの方へ引っこんだ。

中に一人、相当ひどくやられてる男がいた。階段を上がるのに二十五分もかかった。彼はアームにテープが巻かれた、特製の松葉杖をついていた。いろんなところに握りがついていてすごくパワフルに見える。アルミニウムとゴムでできていて、木は使われていなかった。思うに、ブツを水で薄めて売るような汚いことをやったか、金の支払いのもつれだろう。古い床屋の椅子で顔に熱く濡れたタオルをのせられている間にやられたのだ。あと二、三発もらってたら終わりといった感じだ。

他にもいろんなのがいた。ＵＣＬＡで教鞭をとってるやつ。サンペドロ港経由の中国の漁船で麻薬の商売をやったやつ。

私は世紀の殺し屋や仲買人たちに紹介された。

そのおれは、失業中とくる。

ハーヴェイがやってきた。

「ブコウスキー、スコッチの水割りでもどうだ？」

「いいね、ハーヴェイ、いただくよ」

われわれは台所へ向かった。

「ネクタイなんかして、どうしたんだ？」

「ズボンの前が壊れて上まで閉まらないんだよ。ぴったりしたパンツをはいてるから毛がはみだしちゃってな。だからネクタイを垂らしておけば、かくれてちょうどいいんだ」

「きみは現存する作家の中で最高の短編の書き手だ。対等に張り合えるやつは誰もいないよ」

「その通り。それでハーヴェイ、スコッチはどこにある？」

ハーヴェイはスコッチの瓶を手にとった。

「きみの短編の中によく出てくるもんだから、この銘柄のを飲むことにしたんだ」

「でもな、もっといいのを見つけて、いまは違うのを飲んでる」

「なんていうんだ、名前は？」

「いちいちおぼえてられないよ」

背の高いグラスをとって、スコッチと水を半々ずつ入れた。

「いらいらを静めるのにいいんだ」と私はいった。「そうだろ？」

「その通りだよ、ブコウスキー」

私は一気に飲み干した。

「もう一杯どうだ？」

「もちろん」

私は二杯目を手に、居間へ戻って隅っこに坐った。新たな熱気が起きていた。禅師が到着したのだ！

禅師は凝った服を着て、目をずっと細めていた。それが彼らの流儀なのかもしれなかった。

禅師にはテーブルが必要だった。ロイはテーブルをさがしに走りまわった。

その間の禅師は穏やかで愛想がよかった。私は持っていたスコッチを空けて、台所にまた注ぎにいき、そして戻ってきた。

金髪の子が駆けこんできた。十一歳ぐらいだった。

「ブコウスキー、あなたの作品をいくつか読みました。今まで読んだ中で最高の作家です！」

カールしたブロンドの長い髪。眼鏡をかけて、痩せた体だ。

「わかったよ、お嬢ちゃん。大きくなったらな。結婚しような。きみの厄介になるよ。おれはくたびれてきた。ガラス張りの檻かなんかにおれをいれて、空気穴をつけて、ひっぱりまわしたらいいよ。若い男の子をきみにあてがってやることもできるな。おれは見物させてもらうよ」

「ブコウスキー！　髪の毛が長いもんだから、ぼくを女の子だと思って！　ぼくの名前はポールです。さっき紹介されたじゃないですか！　覚えてないの？」

ポールの父親ハーヴェイがこっちを見ていた。私は彼の目を見た。そのときに、結局のところ彼は私のことをたいした作家じゃないと思っていることがわかった。むしろ才能のない作家だと思っていたのかもしれない。心の内を生涯隠しおおせるやつはいないものだ。

だがその少年は悪くなかった。「いいんですよ、ブコウスキー！　あなたは今まで読んだ中で最高です！　いくつかの作品をパパが読ませてくれたんです……」

そのとき停電になった。大きな口をたたいた少年は大いに満足だった……。

ロウソクは至るところにあった。みんなが歩きまわってロウソクをさがし、見つけて火をつけた。

「ヒューズが飛んだんだ、ブレーカーを上げろよ」と私はいった。

ヒューズのせいじゃないと誰かがいった。原因は別だと。私はあきらめて、ロウソクがついている間にと思い、台所へスコッチを注ぎにいった。なんとそこにハーヴェイが立っていた。

「ハンサムな息子だな、ハーヴェイ。あんたの息子のピーター……」

「ポールだ」

「ごめん。どっちも聖書に出てくる名前なもんで」

「わかってるよ」

（金持ちは理解は示す。だが行為で示すことはない）

ハーヴェイは新しくスコッチを開けた。われわれはカフカ、ドストエフスキー、ツルゲーネフ、ゴーゴリーについて話した。どれもつまらないやつらだ。そのうち至るところでロウソクの火が灯った。禅師は式をはじめたがった。私はロイから指輪を二つ受け取っていた。私はわかった。客はみんなあそこにいて、われわれがくるのを待っている。私はハーヴェイがスコッチを床にこぼすのを待っていた。いいことじゃなかった。彼は私と競争でグラスを空けていた。こんなこと滅多にない。われわれはロウソクが灯ってからの十分間でスコッチの瓶を半分空けてしまった。

われわれはみんなの前に出ていった。私はロイの手に指輪を放りだした。ロイはあらかじめ禅師に、私が酔漢で、信頼できないやつで、引っ込み思案になるか凶暴になるかだから、式の間、ブコウスキーに指輪のことはきかないでほしい、と伝えていた。ブコウスキーがそこにいないということもありうる。指輪をなくしてるということもあるし、ゲロでも吐いているかもしれないし、ブコウスキー自身をどこかにやっちゃってるかもしれないし、と。

そういうわけで、ついに時がきた。禅師は小さな黒い本を開いて式をはじめた。そんなに厚い本ではない。せいぜい百五十ページといったところか。

「お願いしたい」と禅師はいった。「式のあいだ酒と煙草はいけません」

私は飲み干して、ロイの右側に立った。そこいらじゅうで酒を飲み干す音がした。

禅師はもったいぶった笑いをうかべた。

私は物悲しくなるほど決まりきったやり方のキリスト教の結婚式を知っていた。禅の結婚式も、ほんの少しふざけた味付けがほどこされてるだけで、だいたいはキリスト教のと同じだった。式の途中で三本の細い棒に火がつけられた。禅師はそれが二、三百本は入ってる箱を持っていた。火をつけ終わると、一本が砂の入った壺の中央に立てられた。それは線香というものだった。ロイは自分のを、その線香の隣りに突き立てるように指示され、ホリスは禅師のをはさんでその反対側に立てるようにうながされた。

線香はばらばらに並んだ。禅師はわずかに笑いながら手を伸ばして、線香の高さを揃えた。

それから禅師は茶色い数珠を取りだして、ロイに手渡した。

「それで？」とロイがたずねた。

この馬鹿、と私は思った。ロイはなんでも前もって調べておく男だった。どうして自分の結婚式のことは調べておかなかったんだ？

禅師は手を差しだしてホリスの右手をロイの左手のなかにいれた。数珠が二つの手に輪をかける形になった。

「汝は……」

「します……」

（これが禅式かよ？　と思った）

「そしてホリス、汝は……」

「します……」

その間、ロウソクの明かりの中で儀式の写真を撮りまくってる無礼者がいた。こういうのにはいらいらさせられる。ＦＢＩ捜査官ということもありえた。

「カシャッ！　カシャッ！　カシャッ！」

むろん、われわれに疚しいところはない。ただあまりに不作法なので癇にさわったのだった。それからロウソクの火に照らされた禅師の耳に目がいった。ロウソクの明かりを受けた耳は、ものすごく薄いトイレットペーパーでできてるようだった。

禅師は、私がそれまでに見た中で一番薄い耳の持ち主ということだ。それこそが彼を神聖にしていたのである！　こういう耳をおれも持っていたかった！　財布の中身のために。または雄ネコのために。または私の思い出のために。あるいは枕に横になるときのために。

むろん、こんなことはスコッチの水割りとビールが私に向かっていってるんだとわかっていた。だから別の言い方をすれば、私はなんにもわかっていなかった。

私は禅師の耳を見つづけた。

言葉はつづいていた。

「……そしてロイ、汝はホリスと結ばれてるあいだ、いかなるドラッグにも手を出さないと誓えるか？」

ばつの悪そうな沈黙が流れた。それから手を茶色の数珠の中でしっかりと握り合って「誓います」とロイはいった。「しないことを……」

まもなく式は終わった。そのように見えた。禅師はうっすらと笑いながら、すっと立ち上がった。

私はロイの肩に手をやった。「おめでとう」

身を乗り出してホリスの頭を抱え、彼女の美しいくちびるにキスをした。

みんなそこに坐ったままだ。低能たちの国。

誰も動かなかった。燃えるロウソクもまた低能のロウソクのようだった。

私は禅師のところへいって手をとった。「ありがとう。立派な式をやっていただいた」

彼は心から喜んでいるようで、私の気分は少しよくなった。しかし他のギャングども――昔のタマニー派やマフィアのような連中は、自尊心が高く、愚かすぎて、この東洋人と握手ができなかった。一人だけがホリスにキスした。他に一人だけが禅師と握手した。子どもができたために止むなく挙げた結婚式だったのかもしれない。そのための家族の勢ぞろい！　私だけがつんぼ桟敷におかれていたということになるのか。

結婚式が終わってしまうと、その部屋は寒々としていた。参列者たちは坐ってお互いを見つめ合っている。私は人間という種族についてわかってるわけではないが、誰かが道化を演じなければならないようになっている。私は緑色のネクタイをもぎとって宙に放り投げた。

「**おい！　てめえら！　ハラ減っているやつはいねえのか？**」

私は料理があるところへいって、チーズや、塩漬けの豚足や、チキンの尻肉をつかんだ。すると数人が、他に何をしたらいいかわからないといった顔で、ぎこちなく体を動かして歩みより、食べ物に手を出した。

私は彼らがいろいろ味見するのを見てから、スコッチの水割りをつくりにいった。台所でスコッチを注いでいると、禅師が「ではぼちぼち引きあげます」というのが聞こえてきた。

「まあ、もう少しいてくださってよ……」という、この三年間で最大のギャングの集まりの中から、老女のキーキー声が聞こえてきた。彼女が本心からそういっているようには聞こえなかった。

こいつらとおれはいったい何をしているのだろう？　ＵＣＬＡの教授はどうしてるかと思って

見れば、驚いたことにその場になじんでいた。ここにきたことを後悔してるに違いないのだが、きた以上は自分のしたことを認めてやりたいのだ。

禅師が玄関のドアを閉める音を聞き、私はグラスになみなみと注いであった水割りを一気に飲んだ。おしゃべりが満開の、ロウソクが灯された部屋を突き抜け、玄関のドアを見つけると、開けて、そして閉めた。道化の仕事のつづきのつもりだったのだが、気がつくと私はミスター禅から十五段ほど上に立っていた。駐車場まではまだ四十五段か五十段あった。

よろめきながら近づいていって、あと二段というところまできた。

「ねえ、師匠！」と私は声を張りあげた。

禅師が振りむいた。「何だね、おやじさん？」

おやじさん？

われわれは立ちどまって、月明かりに照らされた熱帯の園のくねくね曲がりくねった階段の途中で見つめあった。うちとけるために用意された場面のようだった。

私はいった。「あんたのそのヘンテコな両耳か、そのネオンをつけたバスローブみたいな、今着ているケッタイな服、そのどっちかをおれにくれませんかね！」

「おやじさん、どうかしてんじゃないの！」

「禅は、もっと威勢がいいもんだと思ってたよ、あんなお手軽にお経を読むんじゃなくてさ。あんたにはがっかりしたよ、師匠！」

禅師は手のひらを合わせて上を見た。

私はいった。「そのケッタイな服か、ヘンテコな耳をおれにくれよ！」

彼は手のひらを合わせて上を見ていた。

私は階段を駆けおりた。勢いで何段か飛ばしてしまったが、前に飛んでったおかげで、頭を打

ちつけて割るなんてことが起きないですんだ。下にいる彼の方に倒れていったとき、両手を回してバランスをとろうとはしたものの、私はどこにいってしまうかわからない糸の切れた凧のようになっていた。禅師が受けとめて、体勢を直してくれた。

「おい、おい……」

われわれはくっついていた。私は揺れていた。体を預けると彼が舌打ちするのが聞こえた。彼が一歩退いたので、私はまたふらつき、こんどは体を預けられなかった。左に大きくよろけ、地獄から移植したような植物の群れの中に倒れた。起きあがって、もう一度彼のほうに向かうと、月の明かりで自分のズボンが見えた。血と、したたり落ちたロウソクと、それからヘドが跳ね散っていた。

「誰を相手にしてるかわかってんのか、このゴミ野郎！」と私は彼のほうに近づきながらいった。彼はそこにいた。数年を雑役に費やしたものの、私の筋肉はまだ緩みきってはいなかった。百キロの体重を乗せて腹に一発、思い切りかましてやった。

禅師はわずかに喘いだ。また天を仰ぎ、東洋の言葉で何かをつぶやくと、軽く空手チョップを返して私を置き去りにしていった。でくのぼうみたいに突っ立つメキシコのサボテンや、私の目にはブラジルのジャングルの奥深くにありそうな、人食い花とでもいったらよさそうな植物の中に。私は月明かりのもとでほっと息をついた。するとその紫の花が鼻先に集まってきて、私の息をうまそうに吸いはじめた。

くそっ。ハーバード・クラシックに並べられるには百五十年はかかるんだ、少なくともな。もう選択の余地はない。私はその花から逃れて階段を這い上り、だいぶ上がってから一本足で立って部屋の中へ入った。みんな、依然としておしゃべりをつづけていて、気づく者はいなかった。私はさっきまでいた隅っこに倒れこんだ。空手チョップで左の眉の上が切れていた。私はハンカ

チを出した。

「くそったれが！　おい、酒をくれ！」と私はわめいた。

ハーヴェイが酒を持ってやってきた。スコッチのストレートだ。私は空けた。人の話し声というのは、どうしてこう虚しく聞こえるんだろう？　私は花嫁の母親と紹介された女が、大胆に脚を見せていることに気がついた。なかなかいい光景だ。長いナイロンストッキングで包み、ヒールの細い高級な靴には爪先の近くに小さな宝石があしらわれていた。おめでたい野郎はこういうので熱くなってしまうんだろう。私はそこまでおめでたくはない。

私は花嫁の母親のもとへいった。彼女がはいてたスカートを腿まで引き裂き、すばやくその愛らしい膝にキスをして、そのまま奥の方へ上がっていった。

ロウソクの明かりのおかげだった。全ては。

「なによ！」と彼女は突然気がついた。「なにをやってるつもりなの？」

「あんたとたっぷりやりたいんだよ、ネをあげてヨガり狂うまでやってやるからよ！　どうだいそういうのは？」

彼女に強く押されて敷物の上に背中から倒れた。それから仰向けになって、起き上がろうとしてもがいた。

「アマゾネスなんか死んじまえ！」と女にいった。

三分か四分して、やっと立ち上がることができた。誰かが笑った。私は自分の足で立ってるのを確かめると、台所へ入って酒を注ぎ、ぐいっと飲んだ。そして新しく注いで出ていった。

みんなそこにいた。おめでたい親戚一同が。

「ロイかホリスはいるか？」と私はいった。「結婚プレゼントを開けようじゃないか」

「そうだな」とロイがいった。「そうしよう」

プレゼントは四十メートルはある銀紙で包装されてある。ロイはその包み紙としばらく格闘した。やっと中身が出てきた。

「結婚おめでとう！」わたしは声を張りあげた。

みんなの視線がそれに集まった。部屋は静まり返った。

スペインの名工たちの手で作られた小さな柩である。底にはピンクがかった赤いフェルト地まで敷いてある。サイズこそ小さいが本物の柩の完全なレプリカだ。むしろもっと愛情こめて作られていた。

ロイは目尻に殺気をこめて私を見ると、柩の磨き方が書かれた説明書を破って柩の中に放りこんで蓋を閉じてしまった。

水を打ったような静けさだった。たった一つの贈り物は受け入れられなかった。客どもはまた集まって、べちゃくちゃやりだした。

私はおとなしくなった。あの小さな柩にはかなりの自信があった。贈り物を決めるのには時間がかかって、頭がおかしくなりかけた。そんなときに、あれが棚にぽつんとたった一つだけあるのを見つけたのだ。外がわを触って、逆さにして、そして中を見た。安くはなかったが、完璧な職人芸にたいして金を払いたかった。木材に。その小さな蝶番に。全てに。ほかにも、蟻退治のスプレーも買わなくてはならなかった。私の家の玄関の下で巣を作ったのだ。店の奥の方に黒旗印があった。私はそれもいっしょに持ってカウンターにいった。レジには若い娘がいた。彼女の前に品物を置いて、柩を指差した。

「なんだかわかる？」

「なあに？」

「柩だよ！」

私は中を開けて、彼女に見せた。

「蟻のせいでおかしくなりかけてんだよ。何をしようとしてると思う？」

「なあに？」

「蟻を皆殺しにして、この柩の中に入れて埋めるんだよ！」

彼女は笑った。「あなたのおかげで今日一日が楽しくなりそう！」

若者だからといって甘く見たらまちがいだ。昔とは違う。素晴らしい種族だ。私は支払いを済ませて店を出た……。

ところが結婚式では、誰も笑わなかった。赤いリボンを飾りつけた圧力ガマだったら、みんな喜んだことだろう。そうではないかな？

金持ちハーヴェイが結局は一番やさしかった。やさしくするだけの余裕があったということか？　私は以前に読んだ本、昔の中国のなにかの一節を思い出した。

「あなたは芸術家と金持ち、どちらになりたいですか？」

「お金持ちになりたいです。芸術家はいつもお金持ちの家の玄関の階段に坐ってるみたいですから」

私はウィスキーを瓶から飲んだ。もうどうでもよくなった。次に気がついたときには、全て終わっていた。自分の車の後ろの座席にいた。運転しているのはホリスで、ロイのなびく顎ひげが私の顔に触れていた。私はウィスキーを飲んだ。

「よお、あんたたち、おれが贈った柩、捨てちゃったの？　あんたたち二人とも大好きなんだぜ！　なんでおれのかわいい柩を捨てちゃったんだよ？」

「おい、ブコウスキー、ここにあるよ、ほら！」

ロイは持ちあげて、私に見えるようにした。

「よかった！」

「返そうか？」

「そんなのだめだ！　おれからの贈り物だぞ！　たった一つの贈り物じゃないか！　とっておいてくれ！　頼むよ！」

「わかったよ」

それからのドライブは静かで気持ちよかった。私はハリウッドの近くの表通りに住んでいた（もちろん）。車を停めるスペースがなく、家から半ブロックほどいったところで見つかった。彼らは車を停めてキーを返すと、自分たちの車のある反対側へ渡っていった。私は見送りながら、家に向かって歩いた。そうやって、ハーヴェイのところから持ってきたウィスキーの瓶を持って二人をずっと見ていたら、そのうち片方の靴がズボンの折り返しを踏んづけてしまった。後ろへひっくり返ったとき、とっさの判断は、まだ残っているそのウィスキーの瓶をコンクリートにぶつけて割らないことだった（母親が赤ん坊をかばうように）。だから頭と瓶をかばって肩から落ちようとした。瓶の方は助かったが、頭の方は歩道にしたたか打ちつけてしまった。

ゴッツン！

二人とも倒れるのを見ていた。私は意識を失いかけていた。それでもなんとか通りの向こうに届くように声を張りあげた。「ロイ！　ホリス！　玄関まで連れてってくれ、頼む、けがしたんだ！」

彼らはほんのちょっと立ちどまって私を見た。それから車に乗ってエンジンをかけ、椅子に背を預けてさっさと車を出した。

何かの報復を受けたのだ。柩の？　私の車に乗らざるをえなくなったことにたいしてか、道化

をやったおれにたいしてか。あるいは付添人をやったおれに……。なんであれ私はすでに役目を終えている、それなのに。人間というやつはいつもこうなのである。うんざりだ。胸糞悪くしている元凶は、家族の絆という病いにほかならない。そこには結婚や相互援助というやつも含まれる。そいつは爛れや伝染病と変わらない。隣人、隣近所、町、市、郡、州、国……まで覆ってしまった。誰もが、愚かな動物的恐怖心から、生き残るための蜂の巣の中で、たがいに尻を摑みあってるんだ。

私にはこのときわかった。助けを求めているのに、彼らがそのままいってしまったとき、私は一切を理解した。

あと五分あれば、と思った。あと五分、誰にも邪魔されずにいられたら、起きて家まで歩いていって中に入ることができる。私は最後のアウトローだった。ビリー・ザ・キッドとはなんの関係もない。あと五分。私の穴ぐらに帰らせてくれ。私は改めよう。この次に彼らの儀式に誘われたら、どこで執り行ったらいいかをいってあげよう。五分。それだけでいいんだ。

そこに女が二人通りかかった。二人は振り返って私を見た。

「あれ、あの人どっか悪いのかしら？」

「酔ってんのよ」

「病気じゃないわよね？」

「だって、ほら、お酒の瓶を抱いてるでしょ、赤ちゃんみたいに」

ふざけやがって。私は大声をあげた。

「二人ともおまんこをなめてやるぞ！　干あがるまでなめてやるぞ、このクサレまんこが！」

「わああいやだ！」

二人は高いガラス張りの建物に駆けこみ、ガラスのドアの奥に消えた。私は何の付添人をやっ

てるのか、起きあがることもできずに外にいた。家に辿り着けさえすればそれでよかった。あと三十メートルだ、三百万光年ほどしかないのに。借家の玄関まで三十メートル。あと二分だ、そしたら立てる。立とうとがんばるたびに、力が湧いてきた。酔っぱらった年寄りだって、時間がたっぷりあれば、ちゃんとやれるんだ。一分。あと一分あれば、私は立っていけたはずだった。

そのとき彼らがきたのである。世界発狂家族の構成員である彼らが。頭がおかしくなったやつというのは、なんで自分がそういう行動をとったか、知ろうとしないものだ。赤いライトをつけたまま彼らは車を止めて出てきた。一人は懐中電灯を持って。

「ブコウスキーだな」懐中電灯を持ってる方がいった。「おまえはどうしていつもゴタゴタを起こすんだ」

どこで聞いたのか、男は私の名前を知っていた。

「聞けよ」と私はいった。「転んだだけだよ。頭を打ったんだ。意識はしっかりしてる。どこもおかしくなってない。おれは危ないやつなんかじゃない。玄関まで手を貸してくれないかな。三十メートルだ。ベッドに横にして、眠らしてくれ。まともな人間ならそうするのが当たり前というもんじゃないか?」

「だがね、二人の女性があんたにレイプされそうになったと通報してきたんだ」

「お二人方よ、二人の女を同時に強姦しようなんて、そんなことは絶対にしないね」

警官の一人は懐中電灯を私の顔にずっと当てていた。そうすることで優越感にひたれるのだ。

「たったの三十メートルで自由になれるんだ! そんなこともわかってくれないのかよ」

「あんたは町で一番の見せ物だよ、ブコウスキー。もっとましなアリバイをいえよ」

「そうだな。今あんたたちの目の前で、歩道で大の字になってるモノは、結婚式、それも禅式の結婚式のなれのはてということだ」

「どこかの女があんたに結婚を迫ったということか？」

「おれじゃないよ、バカタレが……」

懐中電灯を持った警官が、それで私の鼻を殴った。

「法の番人にたいしては敬意を表すもんだ」

「悪かったな、一瞬忘れてたよ」

血が流れ、喉を伝ってシャツを染めた。私はくたびれはてた。一切に。

「ブコウスキー」と懐中電灯で殴ったばかりの警官がいった。「どうして面倒を起こさずにいられないんだ？」

「そんなことはどうでもいい」と私はいった。「さあブタ箱にいこうじゃないか」

二人は私に手錠をかけて後部座席に放りこんだ。毎度変わらぬ物悲しい光景だ。


二人はのんびりした速度で運転していった。いろいろと、わけのわかったことや、たわけたことを話しながら。例えば、玄関のポーチを広くしたとか、プールのこととか、おばあちゃんのために裏の方に部屋を一つ建て増ししたとか。それから話題がスポーツに移ると、二人はどこにでもいる男たちだった。そしてまた家族に戻った。二、三チーム上にいるけどドジャースにだってまだチャンスはあるんだとか。もしドジャースが勝ったら、おれたちも勝ったことになる。もし人が月面に着陸すれば、おれたちも月面着陸したことになる……。ところで、餓死しかかった男に、彼らに十セントをねだらせてみたらいい。身分証明書がないとかなんとかの理由で、毒づかれて、追っ払われるのがオチである。連中が私服でいるときのことだが。いまだ餓死しかかった男が警官に十セントねだったという記録はない。

そして署について私はこづかれた。自分の家の玄関まで三十メートルというところにいたのに。

五十九人もが列席した中で私だけが唯一人間らしかったのに。

そんなわけでふたたび、なんらかの罪を犯した連中の仲間入りをするはめになった。若い者は先を読むことができない。彼らは憲法と彼らの権利をごっちゃにしていた。若い警官は市と郡、両方の留置場で、酔っぱらいの扱い方を訓練してきている。だから腕前を見せなくちゃならない。私が見ていたところ、彼らは一人の男をエレベーターに乗せて、上にいったり下にいったりした。そして出てきたとき、男はまったくの変わりようで、何者だったか見分けもつかないくらいだった。人権について訴えていた黒人だとは。それから彼らは、憲法に定められた権利についてわめきちらしてる白人の男を、四、五人がかりで取りおさえた。足が浮いて歩けないくらいの早さで運び去り、連れて戻ってくると壁にもたせかけた。男は震えていた。全身赤くみみずばれになって、ぶるぶる震えながら、ただそこに立っていた。

私はまたふたたび写真を撮られた。またふたたび指紋をとられた。

ブタ箱に連れていかれ、扉が開いた。そこには百五十人もの男が押しこめられていたから、自分の場所を見つけるのが一苦労だった。便器は一つ。至るところにヘドやションベンだ。どうにか仲間たちのあいだに隙間を見つけた。おれはチャールズ・ブコウスキー、カリフォルニア大学サンタ・バーバラ校の古文書館につとめてんだ。おれを天才だと思うやつがいてな。私は床の上で体を伸ばした。若者の声がした。少年の声だ。

「おじさん、二十五セントで尺八してやるよ！」

ここでは小銭、紙幣、身分証明書、鍵、ナイフ、それに煙草も没収されることになっていた。代わりにもらう所持品の目録は、失くすか、売るか、盗まれるかだった。金と煙草は、だがちゃんと出まわっていた。

「残念だな」と私はいった。「残らず取り上げられたよ」

四時間後、私は眠りについた。

というわけだ。

禅式結婚式の付添人は、ここで賭けてもいい、花婿と花嫁はこの夜絶対性交しなかったはずである。ほかの人はやってるが。

再会

Reunion

　ランパートでバスを下り、コロナドに向かって一ブロック引き返した。小高い丘をのぼって歩道を歩いた。高台にある私の家の玄関までは、その歩道に沿っていけばよかった。両腕に陽光を感じながら、玄関の前でしばらくたたずんだ。それから鍵をさがしてドアを開け、階段をのぼっていった。

「だあれ？」とマッジの声が聞こえた。

　私は答えず、そおっと上がっていった。病み上がりの私は青白くて、少し弱っていた。

「ねえ、だれなの？」

「心配するなよ、マッジ。おれだよ」

　私は階段の上で立ち止まった。彼女はいつもの緑色の絹のスカートをはいて、ソファに坐っていた。片手には氷の入ったポートワインのグラスを持っている。それが彼女の飲み方だった。

「あんた！」と彼女は飛びあがった。嬉しそうだ。私にキスした。「ハリーったら、本当に帰っ

てきたのね？」

「だといいな。寝室に誰かいるのかい？」

「バカなこといわないで！　飲むでしょ？」

「止められてるんだ。茹でたチキンと半熟卵を食えってさ。リストをくれたよ」

「ばかげてるわね。坐ってよ。でも、お風呂に入る？　何か食べる？」

「いや、ちょっと坐る」

中に入ってロッキングチェアーに坐った。

「いくら残ってる？」と私はきいた。

「十五ドル」

「使うのが早すぎるよ」

「だって……」

「家賃はどれくらい払ってある？」

「二週間よ。仕事は見つからなかったの」

「わかってる。ところで、車はどこだ？　外にはなかったようだが」

「そうなの、悪い知らせなのよ。ある人に車を貸したら、その人たちフロントをぶつけちゃったの。あなたが戻ってくる前に修理しておきたかったんだけど。いま、角の修理工場に預けてあるわ」

「ちゃんと走るんだろ？」

「ええ、でもあなたのためにフロントをきちんと直しておきたかったの」

「前がへっこんでたって走ればどうということはないよ。ラジエーターが大丈夫ならばな。ヘッドライトはつくんだろう」

「なによ！　あたしはするべきことをしてたのよ！」

「すぐ戻ってくる」と私はいった。

「ハリー、どこへ行くの？」

「車を調べてくる」

「明日まで待てばいいじゃない、ハリー。あなた具合が悪そうよ。ここにいてよ。話をしましょうよ」

「すぐ戻るよ。知ってるだろう、おれがどういうタチか。中途半端にしとくのがいやなんだよ」

「なにいってんの、ハリー！」

私は階段を下りかけて、引き返した。

「十五ドルくれ」

「いいかげんにして、ハリー！」

「いいか、船が沈まないようにがんばってるのは誰なんだ。お前じゃないことははっきりしている」

「嘘じゃないわ、ハリー、なりふり構わず努力したのよ。あなたがいなかったあいだ、毎朝起きて探しにいったの。だけど見つかんなかったのよ」

「十五ドルくれ」

マッジはバッグを取って、中を見た。

「ねえハリー、今夜のワイン代ぐらいは残しておいてよ。もうほとんどないの。あなたの退院祝いをしたいのよ」

「ありがたいよ、その気持ちが。マッジ」

彼女はバッグの中に手を入れて、十ドル札と、一ドル札を四枚出した。私はバッグを奪ってソ

ファの上で逆さにした。小間物のほかに、小銭と、ポートワインの小瓶と、一ドル札と五ドル札が出てきた。彼女が五ドル札に手を伸ばしたが私のほうが早かった。私は体を起して彼女の横っ面を張りとばした。

「なにすんのよ！　いじきたないところはあいかわらずじゃないの」

「ああ、だから死ななかったんだよ」

「もう一回ブッたら出ていくわよ！」

「おれは殴るのは好きじゃないんだよ」

「そうよね、あんたが殴れるのはあたしだけよ。男は殴れないのよ。そうよね？」

「うるせえな。それがどうしたっていいたいんだよ」

私は五ドル札を持って、また階段を下りていった。


修理工場は角を曲がったところにあった。工場の敷地を歩いていくと、日本人の男が新しく取りつけたばかりのグリルに銀のペンキを塗っていた。私はそこで足を止めた。

「おいおい、そこにレンブラントの絵でも描こうっていうの？」

「あなたの車、これ？」

「ああ。いくら払えばいいんだ？」

「七十五ドル」

「なに？」

「七十五ドル。あるご婦人がもってきた」

「商売女だよ、もってきたのは。いいか聞け、この車には七十五ドルの価値はなかった。いまだってない。そのグリルだって、おまえが解体屋から五ドルで買ってきたんだ」

「でも、あのご婦人がいったんです……」

「誰が？」

「ええ、あの女の人が……」

「おれはあの女の責任をとる気はないよ。たったいま退院してきたところでな。いまは払えるぶん払うようにしたいが、仕事がないんだよ。だから仕事を見つけるのにその車がいるんだ。いますぐいるんだ。仕事が見つかったら払うよ。見つからなかったら、払えない。さあ、おれのことが信用できないのなら、車はおまえのとこに置いておく。おれの解雇通知を見せてやるよ。おれがどこに住んでるか知ってるだろう。見たいんなら、とってきてやってもいいぞ」

「今いくらもらえるんです？」

「五ドル」

「少ないですよ」

「だからいったじゃないか。おれは病院から出てきたとこなんだよ。仕事が見つかったら、ちゃんと払う。どっちにするんだ。車をとっとくか？」

「わかったよ」と男はいった。「あんたを信用する。五ドルちょうだい」

「その五ドルを稼ぐのにどれだけ苦労したか」

「どういうこと？」

「いや、なんでもない」

男は五ドルを取り、私は車を取った。はじまったのだ。ガソリンはちょうど半分入っていた。オイルと水の心配もいらなかった。車を運転する感じをたしかめたくなって、そこいらを二、三回まわってきた。気持ちがよかった。そこで私は酒屋の前まで走らせた。

「ハリー！」と汚れた白いエプロンをかけたじいさんがいった。

「ハリーじゃないの！」と彼の女房。

「どこへいってたんだ？」と汚れた白いエプロンをかけたじいさん。

「アリゾナ。土地取引の仕事だよ」

「ほらね、ソル」とばあさんがいった。「彼は頭が切れるって、あたし、いつもいってたでしょ。見るからに頭がよさそうだもの」

「そこらで結構」と私はいった。「瓶のミラー六本入りを二個、ツケで頼む」

「ちょっと待ってくれ」とじいさん。

「なにがだよ？　おれがツケを払わなかったことがあったか？　いったいどうしたっていうんだ」

「あんたは申し分ないよ、ハリー。そのう、彼女のほうなんだよ。ツケがだいぶたまってて……見てみるから……十三ドル七十五セント、十三ドル七十五セントある」

「十三ドル七十五セント、なんだそれだけか。おれは二十八ドルまでためたことがあるぜ。それだってちゃんと払ってる」

「ああハリー、でもなあ……」

「でもなんなんだ？　おれにヨソにいけっていうのか？　もうツケはできないのか？　ビールのパック二個。こんなに長いつきあいなのに、それだけのものがツケで売れないというのかよ」

「わかったよ、ハリー」とじいさんはいった。

「じゃあ袋に入れてくれ。ポール・モールも一箱。ダッチ・マスターズも二本」

「いいよ、ハリー、わかったよ……」


それからまた階段を上がっていった。てっぺんに着いた。

「ハリーったら、ビールなんか買ってきて！　飲んじゃだめよ、ハリー。死んじゃったらどうするのよ！」

「心配してくれるのは嬉しいよ、マッジ。でも医者のいうことなんか、みんなでたらめだよ。さあビールを開けてくれ。くたくただよ。いろいろやりすぎたな。退院してたったの二時間しかたってないのに」

　マッジはビールと、自分が飲むワインをグラスに注いでもってきた。彼女はハイヒールをはいた脚を高く組んだ。彼女の習慣だった。体がつづけられる限りの。

「車はとってきたの？」

「ああ」

「あの小さな日本人、なかなかいい人でしょ？」

「そうあるべきだったろうな」

「どういうこと？　車、なおってなかったの？」

「いや。あいつはいいやつだよ。ここにきたことあるのか？」

「ハリー、くだらないことをいわないでよ。ジャップなんか、あたし相手にしないわよ！」

　彼女は立ちあがった。腹はまだすっきりしてて、腰にも尻にも、たるんでるところはどこにもなかった。なんていうスケだ。私はビールを半分空けて、彼女に近づいていった。

「おれがお前にイカれてることはわかってるよな、マッジ。お前のためなら人殺しだってやりかねない。そうだよな？」

　私はくっつくように立った。彼女はほほえんで見せた。私はビール瓶を落として、彼女の手から取ったワインを飲みほした。ここ何週間かではじめて品のある男になったような気がした。体を寄せ合うと彼女は赤くどぎつい唇を開いた。私はつきとばした。両手で、強く。彼女はソファ

の上に背中から倒れた。

「きたねえぞ！　ゴールドバースの店に十三ドル七十五セントもツケをためやがって。ちがうか？」

「知らないわよ」

彼女の服が脚のずっと上のほうまでまくれていた。

「売春婦！」

「売春婦なんていわないでよ！」

「十三ドル七十五セント！」

「なにいってんだかわかんないわよ！」

私は彼女の上にのしかかった。頭をのけぞらせてキスをした。胸や脚や尻を撫でながら。彼女は泣いていた。

「いわないで……あたしのこと……売春婦なんて……ね……ね、やめてね……愛してるのよ、知ってるでしょ、ハリー！」

私は飛びおきて、敷物の真ん中に立った。

「それじゃあ、ひと仕事だ、お前の中に届けにいくぞ！」

マッジはただ笑った。

私は彼女の体を抱きあげ、寝室まで運んでいってベッドの上に落とした。

「ハリー、あなた退院してきたばかりなのよ！」

「二、三週間分たまった精液がもらえるってことだよ！」

「へんなことをいわないで！」

「やるぞ！」

私はベッドに飛びこんだ。シャツはすでにはぎとってある。キスし、愛撫しながら服を上げていった。彼女は性欲が強い。ズボンを下ろして、以前のように入っていった。

ゆっくりと十回ばかり腰を動かした。すると彼女はいった。

「小汚いジャップと寝たなんて思ってないでしょう?」

「小汚いものとでもお前はヤルと思うね」

彼女は器を引いて、私のものを外に出した。

「なんのまねだ?」と私は声をはりあげた。

「愛してるのよ、ハリー。愛してるの。そんな言い方されると、あたしつらいの!」

「わかってる、お前が汚らしいジャップと寝ないことぐらいわかってるよ。からかってみただけだよ」

マッジの脚が開き、私は中へ戻っていった。

「ああ、久しぶりだわね!」

「そう?」

「なによ? またはじめる気じゃないでしょうね!」

「ちがう、ちがう! 愛してるよ!」

頭をあげて彼女にキスした。

「ハリー」と彼女がいった。

「マッジ」と私はいった。

彼女のいう通りである。

久しぶりだった。

私は酒屋に十三ドル七十五セントと六本入り二個と葉巻と煙草代を借りている。それからロスアンジェルス郡総合病院に二百二十五ドルと、小汚い日本人に七十ドルを借りている。それに公共料金の支払いが少し。われわれは抱き合った。

やがて中の壁がしまった。

二人でいった。

競馬と家庭

Cunt and Kant and a Happy Home

ジャック・ヘンドリーはクラブハウスに通じるエスカレーターに乗った。クラブハウスにかならずしもいきたくて乗ったのではなかった。ただ乗ってしまったのだった。

第五十三回。出走表。夜。白髪のじいさんから四十セントでプログラムを買って、一ページ目をめくった。二千五百ドル売却レース。新車よりも安く馬が買えるのである。距離は千八百メートル。

ジャックはエスカレーターを降りると、近くにあった屑入れに吐いてしまった。ウィスキー漬けの夜がつづいて相当参っていた。エディが町を出ていく前に、やつから金をもらっとくんだった、と彼は思う。しかしこの一週間はとにかくツイていた。六百ドル稼いだのである。一九四〇年にニューオリンズで週十七ドル稼いで以来だから、えらく長い道のりだった。

彼のその日の午後は、とんでもない訪問者のせいでめちゃくちゃにされた。ジャックはベッドから出てその男を中に入れてやった。面白みのないやつだった。二時間もいすわって人生につい

てしゃべったのである。つまらんやつが人生についてなにを語れるというんだ。青二才というのはいっぱしのことはいうが、生きていくうえでまだなにも障害につきあたっていないのだ。

そのくだらない訪問者は、ジャックのビールをせしめ、ジャックの煙草を吸い、ジャックが競馬新聞に集中してレースの検討をするのを邪魔した。

こんどおれのことを邪魔するやつがきたら、もちろんそんなことにならないほうがいいんだが、もしあらわれたら、おれのほうから一発見舞ってやるか。そうでもしなかったら、次から次にやってきて、人が骨と皮になるまでしゃぶっていく。彼はそう思った。おれはひどい人間じゃない。やつらはそうだ。秘密にしとくがね。

彼はコーヒーを買いにいった。そこでは老人たちがたむろして、コーヒー売りの女を見つめたり冗談をいって、からかったりしていた。なんとみじめったらしく、寂しいおいぼれどもだろう。ジャックは煙草に火をつけた。吐き気がして、放り捨てた。正面の席の下のほうにいい場所を見つけた。まわりには誰もいなかった。これなら誰にも邪魔されずに、レースの検討に入れる。……だがろくでもないやつが、かならずいるものだ。知識もプログラムも持たない（出走馬の過去の成績はプログラムに載っていた）。持ってるのは時間だけ。うろうろほっつき歩き、きょろきょろ辺りを見て、くんくん鼻を鳴らす以外にすることがない能無しどもが。連中は観客席がからっぽの時刻からきていて、ただ突っ立っている。

コーヒーは温かくてうまかった。空気はひんやりと新鮮だ。霧もかかってない。ジャックは気分が少しずつよくなってきた。ペンを取り出して第一レースの予想にはいった。彼の頭にはまだ、ソファにそっくりかえって馬鹿話をしたやつのことが残っていた。あいつのおかげでレースの予想ができなくなってしまったのだ。だが急がなくちゃいけない。あと一時間で第一レースがスタートする。その前に全レースの予想を立てないといけない。レースとレースのあいだに、ものす

ごい混み合いの中で電光掲示板を見ながら予想するのはとても無理である。

彼は第一レースの予想を書きこんだ。そこまではよかった。

能無しの野良犬みたいなやつが、近づいてくるのが聞こえた。そいつが上のほうで駐車場を見ていたのは、観客席の階段を下りてくるときに気づいていた。車を見てることに飽きて、ジャックのそばにくることにしたのだ。一歩一歩近づいてきた。オーバーを着た中年の男である。目はどろんとして精気というものがない。オーバーにくるまった腐った肉塊だった。

それはゆっくりと近づいてきた。一人の人間がもう一人の人間に近づこうとしている。それだけのことではないか。その通り。人類みな兄弟である。ジャックは足音を聞いた。一歩一歩階段を下りてくる。

ジャックはふりかえってそいつの顔を見た。腐った肉塊はオーバーを着て突っ立っていた。まわりには誰もいなかった。鼻をピクつかせてジャックのところにくるしかなかった。

ジャックはペンをポケットにしまった。するとその腐った野良犬は彼の背後でぴたっと足を止めて、肩ごしにプログラムを覗きこんだ。ジャックは毒づいて、プログラムをたたんで立ちあがると、左にいって通路よりもずっと向こうの席に移った。

そしてプログラムを開いてまた予想をはじめた。と同時に競馬場に集まる人間たちについて考えた。欲深くて、寂しがり屋で、荒っぽくて、無作法で、うすのろで、冷淡で、わがままで、そして騙されやすい、どうしようもなく間抜けな動物たち。不幸なことにこの世は、時間を、人を邪魔する以外にはつかいようがないという、何十億もの人間に踏み荒らされている。

予想を書きこんでいたら、また聞こえてきた。彼の方にそおっと近づいてくる足音だ。見ると、信じられないことに、さっきの野良犬だ!

ジャックはプログラムをたたんで立ちあがった。

「おれに何の用があるんだろうかな？」彼はきいた。

「なんのこと？」

「だから、なんでわざわざやってきて、肩ごしに覗くのかってきいてるんだ。見てみろよ、至るところに空いた席があるじゃないか。なのにおれのあとをつけてくる。なんの用なんだ？」

「ここは自由の国だぜ、おれは……」

「自由の国じゃないよ。なにもかもが売り買いされて誰かの物になってるんだ」

「おれがいってんのは、おれはいきたいとこ、どこにでもいけるってことさ。あんたと同じように金を払って入ってきたんだ。どこにだっていくさ」

「もちろん、好きなように歩きまわればいいさ。おれの邪魔さえしなければな。いっとくが、おまえは目ざわりな馬鹿だ。よくいうだろうが、おまえはけがらわしいって」

「金を払って入ってきたんだ。おれがすることにあれこれいうのはやめてくれ」

「いいだろう、勝手にせい。おれはもう一度席を代える。気分を整えるために努力する。だがな、おれのところに三度きたら、いいな、ただじゃすまんぞ！」

ジャックは席を移った。見ると野良犬も別のエサを探してその場を離れていった。ジャックはしかしそいつのことが頭から離れないので、バーにいってスコッチの水割りを飲んだ。

戻ってきたら、第一レースに出走する馬たちがトラックに入ってウォーミングアップをはじめていた。そのレースを買いにいくと、ごったがえす人の波だ。そこでひとりの酔った男がメガホンを使ったような声で、一九四五年からずっと土曜日のレースはかかさずきてるといっていた。阿呆だが悪いやつではない。せいぜい待つんだな、いつか霧の深い夜がきて、おまえを楽しいことができるところにさらってくれるさ。

まったく参るよ、とジャックは思った。寛大にしてると、つけあがってくる。迷惑千万だ。あ

のソファにいすわった野郎。マーラーやカントやマンコや革命についてごたくを並べたが、どれひとつとっても、ほんとのところは何もわかっちゃいないのだ。

第一レースは予想の途中で買わなくてはならなくなった。締切りまで二分。一分。彼は馬券売場の人ごみの中につっこんでいった。「集合の合図がかかりました！」という声が聞こえた。両足を誰かに踏まれた。ひじ鉄もくらった。スリが左の腰にぶつかってきた。

このクズ野郎ども。彼はウィンデイル・レイディバードの単勝を買おうとしていた。朝の予想で人気だった馬だ。かたい賭けだった。ちくしょう。買いそこなうのではないかと思って、彼は熱くなった。

カント、マンコ。イヌっ。

ジャックは観客席に上って、ずっと端のほうまで歩いた。車が千八百メートルのスタート地点に、出走ゲートを運んでいた。馬たちはちょうどスタート地点に集まってきたところだった。

席を探していたら、また別の野良犬がやってきた。うっとりと、群衆のなかの何かを見ながら、体はまっすぐジャックに向かってきた。かわしようがなかった。ぶつかったとき、ジャックはひじを突き出して、そいつのやわらかい腹へ見舞った。男は飛びのいて呻いた。

彼は席についた。ウィンデイル・レイディバードは四コーナーをトップで、後続馬に四馬身差をつけて曲がって直線コースに入ろうとしていた。ボビー・ウィリアムズがいい位置につけて、先頭に立つチャンスをうかがっている。だがその馬はジャックの目にはよさそうに見えなかった。競馬に通いだして十五年の経験から、脚がまだあるかどうかが直観でわかった。レイディバードは目一杯に走った。だが四馬身ではあぶない。

直線コースに入って三頭の争いになり、ホビーズ・レコードがしかけた。力強い蹴りで弾むように走っていた。ジャックは息がつまりそうになった。最後の直線での三馬身差。息の根がとま

った。ゴール板の十五メートル手前でホビーズ・レコードにかわされた。着差は一馬身半に見えた。二番人気で三・五倍は悪くない。

ジャックは買った四枚の単勝五ドル馬券を破り捨てた。ああカントくんにマンコさん。おれはいますぐ家に帰ったほうがいい。ゼニをだいじにしよう。今夜はそういう夜だ。

千六百メートルの第二レースは簡単だった。持ちタイムや格を考える必要がなかった。多くの支持はアームブロ・インディーゴに集まった。出足のいい馬がインコースをひいたうえに、鞍上がジョー・オブライエンとくれば人気になる。相手はアウトコース九番のゴールド・ウェイブで、鞍上は無名のドン・マクルマーレイだった。だがこの通りにくるのなら、彼だって十年前にビバリーヒルズに家を構えただろう。彼はカントくんとマンコちゃんのせいで第一レースに負けてるので、ゴールド・ウェイブの単勝を五ドルにしておいた。

締切りまぎわになると、裏で人気をつりあげる汚い手をつかったとみえて、グッド・キャンディが人々から金を巻き上げる役を担った。男たちはグッド・キャンディの馬券を買いに殺到した。朝は二十倍だったのに九倍に落ち、いまは八倍だ。男たちは狂いかけている。ジャックは生臭さを感じとり、そこから離れた。そこに大男が彼めがけて突進してきた。背は二メートル四十はゆうにあったはずだ。どこのどいつだ？　まったく見覚えのない顔だった。

大男はキャンディを買おうとしていた。窓口しか見えていなかった。トラックでは車がゲートをスタート地点に移動させていた。若くて背が高く、横幅も広いその間抜けは、床を鳴らしながらジャックにぶつかってきた。身をかわそうとしたが遅すぎた。大男のひじがこめかみに当たって、彼は五メートル近く突き飛ばされた。赤や青や黄の火花がぐるぐるまわった。

「馬鹿野郎！」とジャックは大男に嚙みついた。大男ははずれる馬券を買いたい一心で窓口に向かって突っこんでいった。ジャックは席に引き返した。

ゴールド・ウェイブは三馬身差をつけて四コーナーをまわった。直線コースに入っても足取りは軽かった。楽勝である。オッズは四倍だが投資額が五ドルだったから、ほんのちょっとしか浮かなかった。それでもコイン数枚なんていうのよりはずっといい。

三、四、五レースを落とした。第六レースでは六倍のレイディ・ビー・ファーストをものにした。第七レースでは一・六倍のビューティフル・ハンドーバーに賭けたところうまくいった。決めるのはほとんど直感だった。たいした額ではないが浮きのほうも三十ドルになった。八レースでは三倍のプロペンシティに二十ドル賭けた。するとプロペンシティはスタートでつまずいた。レースはそこで終わった。

もう一度スコッチの水割りだ。あらかじめじっくり検討せずに馬券を買うのは、真っ暗闇の中でクロゼットにビーチボールをシュートするようなものだった。反対に家に帰ってくたばるのはたやすい。アカプルコにいって息抜きするよりも。

ジャックは壁を背に坐って脚を見せている女たちを眺めた。クラブハウスのスタッフは上品で、清潔で、見ていて気持ちよかった。だが競馬で勝った者から金を奪いとるのはそこだった。彼は少しのあいだ女たちの脚を楽しむことを自分に許した。それから電光掲示板のほうを見た。彼は尻と脚が押しつけられているのを感じた。胸のふくらみも感じた。かすかな香水の香りも。

「すいませんけど、いいかしら」

「もちろん」

女は脇腹をいい感じに押しつけてきた。彼は魔法の言葉をちょっとかけてやるだけでよかった。そうしたら五十ドルはする女とやれる。それだけの価値がある女にはまだめぐりあってなかったが。

「それで」と彼はきいた。

「三番の馬はなあに？」

「メイ・ウェスターン」

「その馬、勝ちそう？」

「ここでは無理だろうな。次のレースにしたほうがいいんじゃないか」

「穴馬が知りたいのよ。どれならお金が入りそう？」

「あんただよ」とジャックはいって彼女の脇腹からするっと離れた。

マンコ、カントに楽しい家庭か。

メイ・ウェスターンが依然として売れていた。それにブリスク・リスクがオッズを下げてきた。一九六八年度の**未勝利馬牡牝混合一万ドル、千六百メートルレース**。馬のほうがたいていの人間よりも稼いでいる。使うことができないだけだ。

毛布にくるまれた白髪の老婦人を乗せたストレッチャーがスーッと通っていった。電光掲示板の数字が入れかわった。ブリスク・リスクがまた下がった。メイ・ウェスターンはワンポイント上がった。

「おい、旦那！」

背後から男の声が聞こえた。

ジャックは電光掲示板に集中していた。

「なんだ？」

「二十五セントくれ」

ジャックはふりむかなかった。ポケットから二十五セント硬貨をつかんで、それを手のひらにのせて後ろにまわした。指を押しつけて二十五セント硬貨を取っていくのを彼は感じた。結局、男の顔は見なかった。掲示板が消えた。

「締切りです！」

ああ、ちくしょう。

彼は十ドルの窓口に駆けつけ、二十倍のピキシー・デューを一枚と、三・五倍のセシリアを二枚買った。自分でもわけがわからなかった。物事には決まった方法があるものだ。闘牛にも、性交にも、目玉焼きを作るにも、水やワインを飲んだりするにも。まちがったりしたら、だいなしにするだけではなく、殺されることにもなりかねない。

セシリアがリードして、バックストレッチに入った。ジャックが見るところでは足色には余裕があった。チャンスだった。騎手の手綱さばきにも余裕があった。勝つ見込みは十分あった。そこまでは。ところが後につけていた馬が目につきだした。ジャックはプログラムを調べた。朝の予想では十二倍、その後二十五倍に落ちたキムパムという馬だった。観客はその馬をはずしていた。騎手のジョー・オブライエンは二つ前のレースで九倍のときに負けていたからだ。完全な穴だった。ライトヒル騎手はセシリアの手綱をゆるめた。セシリアはハナを切りつづけた。ペースが落ちてきた。ライトヒルはこのレース、勝つか着外に落ちるかだった。チャンスはあった。直線コースに入ったときに四馬身の差をつけていたのだから。だがじつはオブライエンがライトヒルに四馬身差をつけさせてやっていたのだ。オブライエンは前傾姿勢をとって、キムパムを一気にいかせた。ちくしょう、二十五倍だぞ、そんなのあるか。ジャックは思った。ライトヒル、追え、追え、その牝馬を追うんだ。まだ四馬身あるんだ。いけ。二十ドル買ったんだから、今晩は儲けだ。

彼はセシリアを観察した。膝が高く上がっていなかった。マンコにカントにキムパムだ。セシリアのストライドは伸びなかった。直線コース半ばまでくると、止まったも同然に見えた。オブライエンは二十五倍の馬でさっそうと走ってきた。鞍上で体を前後に揺らしながら、華麗な手綱

さばきを見せたり、馬に話しかけたりしながら。

そこにピキシー・デューが外側から追い込んできた。アッカーマン騎手は二十倍人気のその馬の手綱を必死にしごく一方で鞭を入れた。二十かける十だ。二百ドルにもなる。アッカーマンはオブライエンまで一馬身と中国人の纏足二つぶんぐらいまで迫ってきた。二人の対決は続いた。オブライエンは差を保ったまま、馬に軽く鞭をいれ、いつものようにかすかな笑みを浮かべて駆け抜けていった。決着がついた。アイルランド育ちの四歳の栗毛の雌馬キムパムが勝ったのだ。アイルランド育ち？　オブライエン？　ちくしょう、もういい。結局は、精神病院から出てきた、優雅な帽子をかぶった女たちがいい思いをしたということだ。

二ドルの単勝と複勝馬券の払戻窓口は、バッグにジンの小瓶を忍ばせた、年金暮らしの老婦人たちでごった返した。

ジャックは階段を下りた。エスカレーターは混んでいた。彼はスリにやられないよう、財布を左前のポケットに移した。彼はその晩だけで五、六回狙われた。といってもそこには歯の折れた櫛としわくちゃのハンカチしか入っていなかった。

車に乗って彼は渋滞を抜け出した。フェンダーをもぎとられずにすんだ。霧が気持ちよく立ちこめていた。北に向かって何事もなく走ったのだが、家に近づいたところで、若いミニスカートをはいた女が霧の中でヒッチハイクをしているのに出会った。やったぜ、いい脚をしてるじゃないか。彼はブレーキを踏んだが、彼女を四、五十メートルすぎたところでスピードが落ちた。おまけに後ろから車がきている。しょうがない、あの女はどこかのバカにやらしてやろう。彼はUターンしなかった。

彼は家の明かりが消えているのを確かめた。誰もいなかった。よかった。中に入って腰をおろし、翌日の予想紙を親指でめくり、ウィスキーの小瓶と缶ビール一本を開けて検討にかかった。

五分ほどして電話が鳴った。彼は見あげて、おまえは黙ってろというしぐさをし、競馬新聞の上に身をかがめてベテラン馬券師は仕事に戻った。

二時間でロング缶の六本とウィスキーの小瓶が空になった。彼はベッドにいって眠った。翌日のレースの予想は完璧だった。彼の顔にかすかに自信に満ちた笑みが浮かんだ。男が頭をおかしくしていくには、幾十もの道がある。

さよならワトソン

Goodbye Watson

競馬でやられたあとは、靴下はにおうし、財布にはしわくちゃになった一ドル札が二、三枚しか入ってないしで、いくらやったって勝ち目はない、奇跡が起きることなんて、あるわけがないと思う。それだけならいいが、悪いことに負けた最終レースについて考えてしまったりする。くるはずがないとわかっていながら十一番の馬に賭けたのだ。掲示板のオッズは四・五倍だった。これまでの経験から学んだいろんな知識をすべて無視して、十ドル馬券の窓口にいって「十一番を二枚！」といった。すると窓口の白髪まじりの男が「十一番？」と聞き返した。私が勝つはずのない馬に賭けようとすると、彼はいつもこうやって聞き返してくる。どの馬が勝つのかは知らないと思うが、カモがひっかかる馬は知ってるのである。だからこれ以上はないという悲しげな顔をして二十ドルを受け取る。それから私は観客席にいき、目当ての馬がのろのろと、走る気もない様子でビリを走るのを見て、こうつぶやく。「なんてことだ、おれはもうだめだ」

このことについては競馬にくわしい友だちと話したことがある。彼も同じことを何度もやらか

していて、これを「死の願望」と呼んでいた。古臭くてあくびが出るほど退屈な言葉だが、ふしぎなことに、依然としてこの言葉にはなにがしかの真実がある。レースがいくつか進むにつれて、次第に緊張感が薄れ、結果なんてどうでもいいという気持ちになることがある。そのときまでトータルして勝っていようが、負けていようが、この感情は訪れてきて、そこから自暴自棄といっていいような賭け方をするようになる。だが思うに、もっと切実な問題は、できるなら本当はここではなくて、どこか他のところにいたい、たとえば椅子に坐ってフォークナーを読むとか、子どものクレヨンで絵を描くとか、そういうことをしたいと思っていることにあるのではないだろうか。競馬は単なるもう一つの仕事に過ぎないのである。成り立ちがたい仕事ではあるが。このことを忘れず、私自身がいい状態にあるときは、さっさと競馬場を去ることにしている。一方、気づいていてもツキがないときには、さらにどんどん負けがつづく。もう一つ知っておくべきことは、なにごとも勝つのは難しく、負けるのは易しいということだ。偉大なアメリカの負け犬になるのは、それはそれでかっこいい。だが、誰にでもできる。じっさい、ほとんど誰もが負け犬なのである。

競馬で儲けることができる人なら、たいていのことはなし遂げられる。そういう人は競馬場になど足をはこばない。パリの左岸で命と同じくらい大切な画架に向かってるか、ニューヨークのイーストヴィレッジで前衛的な曲づくりに励んでいるか。でなかったら女性を幸せにすることに徹しているとか、俗界をはなれて山中の洞穴で暮らすとかしているはずだ。

だが競馬場というところは、自分をふくめて、大衆を知るのに恰好の場所である。自分ではしみったれた文章しか書けない批評家どもが、さかんにヘミングウェイをこきおろしている。ヒゲのじいさんは、人生の後半では駄作ばかり書いていたとか。彼は頭のネジがゆるんでからも、そこいらの物書きによる小説がハナタレ小僧の作文に見えるほどの作品を書いていた。ヘミングウ

ェイにむかって手をあげて、文学的なオシッコをしていいでしょうか、と許可を求めているようですらある。彼がどうして闘牛に通ったのか、私にはわかる。単純なことだ、書くことに役立ったのである。彼は職人だった。紙の上で組み立てることが好きだった。闘牛はあらゆることが描きこめる画板なのだった。象の尻をはたきながら山越えするハンニバルから、安ホテルの一室で女をぶん殴る酔漢まで。それからヘミングウェイは立ったままでタイプを打った。タイプを銃のようにつかった。彼の武器だったのだ。万事に闘牛がからんでいたのである。すべては頭のなかにあって、豊かなバターのように光っていた。彼はそれを書いていくだけでよかった。

私の場合、競馬はいろんなことを教えてくれる。自分のいいところや悪いところ。その日の気分。それに私たちがいかに変わりつづけていて、しかもそのことに気づいていないか、といったことを。

大衆が丸裸になるのを見るのは、今世紀のホラー映画を見るようなものだ。馬券の勝負は、一人残らず負けるようになっている。見ていれば、わかる者にはわかる。競馬場での一日は、大学の四年間よりも多くのことが学べる。もし私が大学で創作科のクラスを持つとしたら、授業に出られる条件として、生徒は週に一回は競馬をやり、各レースの単勝に最低二ドルは賭けること、というふうにするだろう。複勝はだめだ。三着までに入ればいいなんていう賭けをするのは、本当は家にいたいのだが、どうすれば家にいられるかがわかってない連中だ。

私の生徒たちは当然、いい物書きになるだろう。その大半は身なりが見すぼらしくなって、大学には歩きで通ってくることになるが。

創作科のクラスで教えている自分の姿が目に浮かぶ。

「それでトンプソンくんはどうだった?」

「十八ドル負けました」

「メインレースではどの馬に賭けたんだ？」

「一つ目ジャックです」

「絶対にこないってわかってた馬だよ。三キロ減ということで人気になったけど、実質はランクが上がってたんだからね。ランクが上がっても勝てるのは、データではパッとしない馬ということになってるんだ。一つ目ジャックはスピード値がトップクラスと評価されて、これもまた人気を上げる原因になったけど、このスピード値は千二百メートルレースにたいしてであって、それが長距離レースのスピードに比べて速いのは当たり前のことだ。それにまた、前回のレースで差し脚をつかってゴール間際に追い込んできたものだから、距離がのびて千七百メートルになれば、まちがいなく脚が届くと見たわけだ。一つ目ジャックはこの二年間で、長距離を二回しか走っていない。もっともだと思うよ。もともとスプリンターで、短距離しか走れないんだな。だからオッズが三倍ながらビリになったのは、じつにもっともな話なんだ」

「そういうあなたはどうだったんですか？」

「百四十ドル負けた」

「メインレースはどの馬に賭けたんですか？」

「一つ目ジャックさ。それじゃ授業を終わりにしようか」

　競馬場へ通い出す前、そしてテレビで頭のなかを消毒されて現実感がひどく薄くなってしまう前、私はある大きな工場で荷造り係として働いていた。送りだす品物は天井に取り付ける、もし全部にスイッチを入れたら世界が真っ白になってしまうほどの照明器具だった。私は図書館には用がなく、詩人というものは不平不満を注意深くいってるだけと知っていたから、もっぱら酒場とボクシングの試合から学んだ。

　遠い昔のことだ。オリンピックというボクシング酒場での夜。小柄な禿げ頭のアイルランド人

に話す、彼流のスタイルがあった。ひょっとしたら子どもの頃にボートで河を下りながら、いろんなことを見てしまったのではないか。そんな昔に生まれてるわけではないが、デンプシー対フアーポの一戦なんかは見たんだろうな、と思わせるような男だった。いまでも彼がコード・マイクに手を伸ばして、ゆっくりと引き下ろす姿が目に浮かぶ。観客のほとんどは第一試合がはじまる前にできあがっていた。といってもほろ酔い程度だ。葉巻をくゆらせ、人生の輝きを感じたりしながら、リングに二人の男が上るのを待った。残酷といえば残酷だが、観戦とはそのようにできていて、おかげで客は陽気でいられた。それに、たいていは髪を赤やブロンドに染めた女といっしょだった。私だってそうだった。

ジェーンという名だった。われわれの間でも、よく十ラウンドの闘いがかわされた。一度などは私が完全なKO負けを喫した。彼女が化粧室から、ぴっちりとしたスカートで包んだ、大きくて得も言われぬ魔法の尻を揺り動かしながら席に戻ってくると、居並んだ男たちが足を踏みならし、口笛を吹いて騒いだ。私は鼻が高かった。そうだ、たしかに魔法の尻だった。彼女にかかると男は石みたいに横になって喘ぎ、色がなくなった天井にむけて愛の言葉をわめくしかない。そして彼女が隣りに腰を下ろすと、私はビールの瓶を頭飾りかのように持ち上げて渡した。彼女は一口飲んで瓶を戻し、私はまわりの男たちについて文句をたれる。

「うるせえ野郎たちだ、ぶちのめしてやるか」

彼女はプログラムを見て私にきく。「第一試合はどっちが勝つ?」

私の目は正しかった。九割方は当たった。でも最初に選手を見る必要があった。むやみに動きまわろうとせず、闘志があるようには見えない方を選ぶことにしていた。ゴングが鳴る前に一方が十字を切って、もう一人が切らなかったら、結果ははっきりしている。十字を切らなかった方

が勝つに決まっていた。だいたいは、シャドウをやって動きまわったり、踊ってるようなやつが、開始前に十字を切り、やがて打ちのめされてマットに沈むことになっていた。

当時はヘボな試合はそんなになかった。あったとすれば、いまと同じで、ほとんどがヘビー級の試合だった。だが、そのような試合にたいしては観客が黙っていなかった。リングを壊したし、建物に火をつけたし、椅子をメチャメチャにした。修理がたいへんだから、とてもではないが興行者側には、ヘボ試合になりそうなプログラムを組む余裕はなかった。つまらない試合ばかり組んでいたハリウッド・リージョンにはいかないようにした。ハリウッド・リージョンの従業員でさえ、本物の試合を見たかったらオリンピックにいくといっていた。いろんな連中がきた。有名人やスターの卵たちが最前列の席を占めた。観客は熱狂し、ボクサーたちはボクサーらしく戦い、試合場は葉巻の煙で青みがかった。そこでどんなに、いいぞ、いいぞ、と叫び散らし、金を放り投げ、ウィスキーを飲んだことか。試合のあとはドライブインにいったり、髪を染めたなじみの性悪女といちゃついたりだ。そして家に戻って性交して、酔いどれ天使のように深く眠った。こんな具合で、誰が公立図書館を必要とする？　それに誰がエズラ・パウンドなんかを？　T・S（エリオット）だって？　E・E（カミングス）だって？　D・H（ロレンス）だって？　H・D（ソロー）だって？　どのエリオットだ？　どのシットウェルだ？

若き日のエンリケ・バラノスをはじめて見た晩のことは決して忘れない。その当時、私はある黒人のボクサーをひいきにしていた。彼はリングに白い子羊を抱えてあらわれ、試合の前に抱きしめることにしていた。陳腐な光景だが、彼は恰好がよくて強かった。恰好がよくて強ければ、陳腐さは割り引かれるものだ。そうだろう？

とにかく彼が私のヒーローだった。名前はワトソン・ジョーンズとか何とかいった。彼には品格があった。フットワークも軽く、スッスッスッと相手の攻撃をかわしておいて、そこに一発パ

ンチを見舞ってかたづけた。彼は楽しみながら闘っていた。ところがある晩、なんの前触れもなく誰かがエンリケ・バラノスを彼の対戦相手に組んだのである。勝ち目はバラノスにあった。ゆっくりと時間をかけて負かしにいき、試合の終わり近くではワトソンの顔から血が吹き出していた。私のヒーローがだ。信じられなかった。記憶ではワトソンはノックアウトで負け、その夜はとてもつらいものになった。バラノスはたしかに強かった。蛇のように柔らかにくねる腕を駆使して、体は動かさなかった。足の裏で滑っていってパンチをくりだした。パンチは正確だった。やつはまるでタチの悪い蜘蛛かなにかのようだった。その晩私は思い知った。よほどの腕でないとバラノスには勝てない。ワトソンは子羊を抱いて家に帰ったってよかったんだ。

そんなに遅くはなっていなかった。私は浴びるようにウィスキーを飲んで女にくってかかり、きれいな脚を見せびらかして坐る彼女を罵倒した。そしてやっと認めた、強いほうが勝ったということを。

「バラノスはいい脚をしていた。彼は考えてなんかいない、ただ反応しているだけだ。考えないほうがいい。今夜、肉体が精神に打ち勝ったんだ。いつだってそういうもんではあるがね。さよならワトソン。さよならセントラル・アベニュー。みんな終わった」

私はグラスを壁に叩きつけ、その女のところにいって身を投げだした。私は傷ついていた。彼女は美しかった。われわれはベッドに入った。小雨が窓から入ってきていたのをおぼえている。気持ちがよかった。雨は降りかかってくるにまかせた。あまりに気持ちよかったので性交を二回した。眠るときは顔を窓の方へ向けた。寝てるあいだに全身に雨を浴びて、朝起きてみるとシーツはびしょぬれだった。われわれはくしゃみをしながら起きて笑った。「うわあ、なんてことだよ！」

なにかおかしい。哀れワトソンはどこかで横になっている。ぶん殴られて顔は見るかげもなく、いまは永遠の真実とかいうやつと顔を突き合わせている。それから六ラウンドの相手や四ラウンドの相手とも顔を突き合わせることになり、そのあとで私といっしょに工場に戻っていく。はした金のために一日八時間から十時間を犠牲にしてへとへとになるまで働くのだ。どこにも出口はない。お迎えの死がくるのを待ちつづけ、心も魂もうちのめされて……。われわれはくしゃみをした。「なんてことだろう!」

なにかおかしかった。彼女がいった。「あんたったら、全身まっ青よ、全身まっ青! どうしちゃったのよ、鏡で見てごらんなさいよ!」

私は死ぬほど凍えていた。鏡の前に立ってみたら、なんと全身が青くなっていた。ばかげた姿だった! 体じゅうの骨が透けて見えそうだ! 私は笑いだした。笑いすぎて敷物の上に倒れてしまった。彼女も私の上に転がってきて、二人して笑いに笑った。笑って、笑って、頭がおかしくなったんじゃないかと思うまで、笑いまくった。それから立ち上がって服を着て、髪をとかし、歯を磨いた。胃がむかむかして、歯を磨いてる途中で吐いてしまった。それから外に出て、天井の照明器具工場へ向かって歩いた。太陽が気持ちよく、それだけが私の得られるものであるらしかった。

詩人の人生なんてろくでもない

Great Poets Die in Steaming Pots of Shit

あの男について語ろう。私は二日酔いで気分が悪かった。それでも食べ物を仕込んで、とにかく働きに出なきゃならない。くだらない仕事なのだが。そこでベッドから這いだしてきた。なんとかマーケットに辿り着いたまではよかった。そこに私と歳が同じぐらいの、チビでいけすかないやつがいた。ひょっとしたら人なつっこい、ただの愚か者だったのかもしれない。まるで木の実を一杯抱えたシマリスが、大きな犬を真似して吠えてるみたいで、自分が感じてること、思ってること、いいたいことしか関心がなかった。ハイエナもどきのシマリスにも、ナマケモノにも、ナメクジにも見えた。その男が、私をじっと見つめてこういったのだ。

「やあ!!!」

男は近づいてきて、またじっと見た。

「やあ!」といった。「やあ!」

目はまんまるだった。そのまんまるの目で、じっと私を見つめるのである。どんよりよどんだ

目は、まるで汚れた水泳プールの底を見てるみたいだ。底に光るものがなかった。私にはのんびりする時間はなかった。前の日だって仕事にいきそびれて……よくあることではある……無断欠勤が多いというかどで上役に呼び出されて注意を受けていた。だから、なんとしてもこの男から逃げたかったのだが、二日酔いに参って体が思うように動かなかった。男は二、三年前に私が住んでいたアパートの管理人に似ていた。新しい女を連れて部屋にいこうとすると、朝の三時でも玄関口に出て見張ってる、というような管理人に。

男が視線をそらそうとしないので「あなたが誰かおぼえがありませんね。思いだせないな。すぐ忘れるたちなもんでね」と私はいった。内心ではこう思いつつ。早くいけよ、なんでここにいるんだ。まったくいやな野郎だ。

「お宅にうかがってるんですよ、あそこの」と男はいい、身をひねって南と東のほうを指さした。私がいまだかって住んだことのない方角である。あっちで働いたことはあるが、暮らしたことはない。それで納得した。こいつは頭がいかれてる。おれは断じてこいつには会ってない。かかわりあうことはない。つきとばしたってかまうことはない。

「悪いな」と私はいった。「人違いしてるんだよ。あなたのことはぜんぜん知らない。あっちの方には住んだこともないんだ。すまんな」

私はカートを押して前に進んだ。

「あっちじゃなかったかもしれない。でも、会ってるんですよ。道から裏に入ったところでしたよ。あなたはその裏通りの家の二階に住んでいた。一年ぐらい前のことですよ」

「悪いが」と私はいった。「おれは酔っぱらってばかりいてね、会った人のことをすぐに忘れちゃうんだ。たしかに裏手の二階に住んでたけどな、それは五年前のことだ。いいですか、あんたの頭はこんがらがってるんですよ。おれは急いでる。いかなくちゃならないんだ。ほんとうに急

いでるんだ。時間がないんだよ」

私は肉の売場に駆けこんだ。

男も並んでついてきた。

「ブコウスキーじゃないんですか？」

「そうだよ」

「お宅にいったんですよ。覚えてないだけですよ。酔ってたから」

「一体誰に連れられてきたんだ」

「誰にも。わたし一人でうかがったんです。あなたについての詩を書きました。覚えてないでしょうね。詩はお気には召さなかったようでした」

私は唸った。

「以前に一度自作の詩を、ある詩人に送ったことがあるんですよ。『黄金の腕を持つ男』を書いたのはなんといいましたっけ」

「オルグレン、ネルソン・オルグレンだ」と答えた。

「そうそう」と男はいった。「彼について書いて雑誌社に送ったら、編集者が本人に直接送ったほうがいいんじゃないかっていってくれましてね。オルグレンは返事をくれましたよ。競馬新聞の余白を利用して『これが我が人生だ』と書きつけてね。彼がわたしにですよ」

「けっこうだね」と私はいった。「それであんたの名前は？」

「どうでもいいじゃないですか。……リージョンといいます」

部隊とか多数とかいう意味がある。「面白いな」といって私はニヤリと笑った。われわれは小走りに歩き、そして立ち止まった。手を伸ばしてハンバーガーのパックに手を伸ばしたとき、この男をおっぱらうことに決めた。ハンバーガーを彼の手の中に押しこむようにして、ハンバーガ

ーごと握手して、「会えてよかったよ。でもな、おれはいま、いかなきゃいけないんだ」

カートを押して、全速力でパン売場に向かった。だが男をふりはらうことはできなかった。

「まだ郵便局で働いてるんですか？」と男は駆け足で横に並んで、きいてきた。

「まあ、そういうことだな」

「あんなところは辞めるべきですよ。よくないもの。職場として最悪です」

「そうだろうな。だけどおれにはほかに能もない。特別な訓練を受けてきたわけでもないしな」

「あなたは立派な詩人じゃないですか」

「立派な詩人の人生なんてのは糞溜めみたいなもんなんだよ」

「でも左翼系の人たちにものすごい評価を受けてるじゃないですか。誰かしらいるでしょう、なにかしてくれる人が」

左翼系の連中だって？　こいつは心底イカれてる。われわれは小走りをつづけた。

「認められてはいるよ、郵便局で働いてる仲間からな。飲んべえで競馬狂だってことはみんな知っている」

「助成金みたいなものはもらえないんですか？」

「去年トライしたよ。文学の部門でな。おれの手に入ったのは、できあいの断り状だけだった」

「でもこの国のくだらない連中はみんな助成金で暮らしてますよ」

「やっと意見が一致したな」

「大学で詩の朗読なんか、しないんですか」

「気が乗らないね。詩人が身を売るようなもんだろう。いったところで、やらされることといったら……」

男は最後までしゃべらせてくれなかった。

「ギンズバーグは」と男はいった。「ギンズバーグは大学で読んでる。それにクリーリーもオルソンもダンカンも……」

「知ってるよ」

私は棚のパンに手を伸ばした。

「一口に身を売るといっても、中身はさまざまありまして」と男はいった。

話がだいぶ深入りしてしまった。なんということだ。私は野菜売場に急いだ。

「ええと、またお会いできるでしょうか？」

「時間がないんだ。ぎしぎしにつまってて」

「ここに」と男は紙マッチをさしだした。「ここに住所をお願いします」

まったくもう、と私は思った。どうやったらこの男の気分を害さずに抜けだせるんだろう。私は住所を書いた。

「電話番号もお願いできますか？」と男はきいた。「そうすれば、おうかがいするときには、前もって知らせることができます」

「だめだ、電話番号はだめだ」と私はいって紙マッチを返した。

「何時頃がよろしいんですか？」

「くるなら、金曜の夜の十時以降にしてもらいたいな」

「六本入りのビールを持っていきます。女房も連れていきます。結婚して二十七年になるんです」

「それは大変だな」と私はいった。

「いえいえ。人生の一本道ですよ」

「どうしてかね？　ほかの道を知らないというだけのことだよ」

「嫉妬やいざこざとは無縁ですよ。やってみたらわかります」

「縁がなくなるどころか、ふえるばっかりだよ。おれは経験済だ」

「そうでしたね、あなたが詩の中で書いてるのを読みました。リッチウーマンという詩でした」

われわれは野菜売場の冷凍パックのコーナーにきていた。

「三〇年代にヴィレッジに住んでました。ボーデンハイムには会いました。ひどかったですよ。殺されて、裏通りで死体が見つかってね。つまらない女のことなんかで。当時、わたしもヴィレッジにいたんですよ。ボヘミアンなんですよ。ビートでも、ヒッピーでもありません。『フリープレス』は読んでます？」

「ときどきな」

「ひどいもんだ」

男はヒッピーはひどいといったつもりだった。ひどい、という点では彼だって同じようなものだった。

「わたしは絵も描きます。作品を精神科医に売ったことがあるんですよ。三百二十ドルでね。精神科医はみんな病んでます。じつに病的な人々です」

一九三三年のころなら、ありえただろう。

「あなたが書いたあの詩。海岸にいって崖を伝って浜辺におりたら、そこは恋するカップルでいっぱいだった。あなたは一人だった。そこからすぐに立ち去りたい。でもあまり急いでいたものだから、靴をその場に置いてきてしまった。そういう話だった。孤独をうたった素晴らしい詩です」

あの詩は、一人になることがどんなに難しいかを書いたものだった。彼にはしかしいわないことにした。

私は冷凍ポテトをとってレジに向かった。男も小走りについてきた。

「スーパーマーケットでディスプレイの仕事をしてるんです。週給百五十四ドル。週に一回出るだけでね。午前十一時から午後四時までです」

「で、いま勤務中なの？」

「ええ、ディスプレイしてるところです。わたしに力があればねえ。なにかあなたのためにできるのに」

レジ係の若者が籠の品物の値を打ちはじめた。

「おい！」と男はどなった。「この買物の金はもらわなくていいぞ。この人は詩人なんだ」

レジ係は動じなかった。何もいわず、ただレジを打ちつづけた。

「おい！」と男はまた声をはりあげた。「この人は偉い詩人なんだ！　金を払わせてはいかん」

「彼はおしゃべりなんだ」と私はレジ係の若者にいった。

レジ係は反応しなかった。私は支払いを済ませ、買物袋を持ち上げた。

「いいな、おれはいくからな」と男にいった。

彼は店から外に出ることができないようだった。店から離れたら職を失うかもしれない、ということを恐れていたのかもしれなかった。なんであれレジのところで男と別れられたので気分がよかった。小走りでついてまわられるということはもうない。

「またお目にかかります」と彼はいった。

私は買物袋を抱えたほうの手を振って挨拶した。

外に出るとそこには駐車する車たち、そして歩く人々がいた。その中には、詩を読む人なんて一人もいなかった。詩を話題にすることも書くこともない人々だった。このときだけは大衆というのがまともな種族に見えた。私は車にもどって買物袋をおろした。席に坐って、すぐには走り

出さなかった。となりの車から女が出てきたのだ。スカートがめくれてストッキングの奥が白くちらっと見えた。この世で最もすぐれた芸術作品……それは車から下りる脚のきれいな女。彼女が立ち上がるとスカートは下に戻った。一瞬彼女はほほえんだ。それから踵を返して、よろめいたり、バランスをとったり、震えてみせたり、いろんなことをしながら店のほうに歩いていった。私はバックで車を出した。男のことはもう頭になかった。彼のほうは私のことを忘れないだろう。今夜、彼はいうだろう。

「なあ、今日マーケットで誰に会ったと思う？　以前とそんなに変わってなかったよ。酒太りしてないしね。あごにひげをちょっと生やしてたくらいかな」

「誰なの、それ？」

「チャールズ・ブコウスキーだよ」

「誰、その人？」

「詩人だよ。落ち目の。前みたいにはもう書いてないらしい。昔はすごいものを書いてたんだけどね。孤独をテーマにした詩を。彼自身が孤独のかたまりなのに、そのことに気づいてないんだな。こんどの金曜の夜、会いにいこうよ」

「でも着ていくものがないわ」

「気にしないよ。彼は女には関心がないんだ」

「女に関心がないの？」

「うん、彼はそういった」

「でもさ、このまえ会いにいった詩人はひどかったじゃない。一時間とそこにいられなかったのよ。酔っぱらって瓶は投げるし、口は汚いしで」

「あれがブコウスキーだよ。本人はまったく覚えてないらしいや」

「だと思うわ」

「でも彼は孤独なんだ。会いにいってやろうよ」

「いいわよ、あなたがそういうのなら」

「ありがとう、おまえはいつもやさしいな」

チャールズ・ブコウスキーだったらよかったのにと思うかね？　私だって絵を描く。重量上げもする。小さな娘には神のように思われている。

でもそれだけだ。日常のほとんどの時においては、いい思いをしてるとはいいがたい。

真夏の詩人寮

My Stay in the Poet's Cottage

それが誰のものであろうと狂気と名がつくものには興味がある、という人のために少しばかり私を例にとって話そう。私はアリゾナ大学の詩人寮に泊まった。といっても、私が名の通った詩人だからというのではない。よほどのバカか金に困ってるやつ以外には、こんなクソ暑い季節にわざわざトゥーソンにいきはしない。私が滞在したあいだの平均気温は四十一度。ビールを飲むしか、することがない。私は自作の朗読をしないということで知られた詩人である。飲むと醜態を演ずる人間でもある。そしてしらふのときは至って無口とくるから、会いにくるやつはほとんどいなかった。そんなのはどうでもいいことだが、ただひとつ、たまに仕事でくるメイドの若い黒人女がえらくいい体をしてるらしいのが気になった。ひそかにその女を襲う計画を立てたのだが、むこうも私の噂を聞いたらしくて近づいてこなかった。そんなわけで自分で浴槽を洗ったり、空き瓶を、蓋に大きく黒々と「アリゾナ大」と書かれたゴミ箱に捨てにいかなければならなかった。朝の十一時ごろに捨てに出るのだが、たいていはその蓋に吐いてしまうのだ。それから起き

抜けのビールを飲んでベッドに戻り、気分を静めて調子を取り戻すようにしていた。招かれた詩人というよりも、招かれた酔いどれといったほうがよかった。夜も昼もなく、日に六本入りを四、五パック飲んでいた。

さて、冷房がきいてきた。タマには力が満ち、胃のぐあいもよくなって、ペニスはいぜんとして黒人のメイドに思いを馳せている。そして、同じ便器で脱糞して同じベッドで眠った詩人たちのことを思って心に吐き気を催していると、電話がなった。あの有能な編集者だろう。

「ブコウスキー？」

「ああ、たぶんそうだよ」

「朝食でもどうですか」

「チョウなんだって？」

「朝食です」

「やっぱりな。そういったような気がしたんだ」

「女房とすぐそばまできてるんです。キャンパスのカフェテリアで会うことにしませんか」

「キャンパスのカフェテリア？」

「ええ、そこにいます。あなたは高速道路とは反対の方にまっすぐいって、キャンパスのカフェテリアはどこだって、人にきけばすぐにわかります。誰でもいいから会う人に、キャンパスのカフェテリアはどこだって、きくだけでわかります」

「うう-、なんてことだよ……」

「なんていうことないですよ。誰でもいいから人に、キャンパスのカフェテリアはどこだって、きくだけでいいんですよ。いっしょに朝食をとりましょう」

「なあ、別の機会にしようや、今朝はやめて」

「いいですよ、そういうことなら。近くにきたから寄ってみたんです」

「わかってる、ありがとうな」

ビールを三、四本飲んで風呂につかり、そこらへんにある詩集を読んでみようとしたが、できが悪く、眠気を誘うだけだった。パウンド、オルソン、クリーリー、シャピロ……。本や昔の雑誌が何百冊とあったが、私の本は置いてなかった。一冊もないのだから話にならない。これでは死人の寮だ。

目が覚めてから、またビールを飲んだ。それから四十度近い中を、さっきの編集者の家まで十ブロックほど歩いた。そこにいくときは途中で寄り道してビールを二、三パック買うことにしていた。彼らは飲まなかった。彼ら夫婦は老人くさくなって、いろんな病気をかかえこんでいた。悲しいことだ。彼らにとっても、私にとっても。しかし彼女の八十一になる父親は私と変わらぬぐらいにビールが好きだった。われわれは気が合った。

私は詩をレコードにするということでアリゾナまでいったのである。その面での世話をやいてくれることになっていた教授は、私がくると聞いて、潰瘍で入院していた聖マリー病院を出ることにした。退院の日私は個人的に、半分酔っぱらった状態で彼に電話をかけた。そうしたら退院が二日間延期された。

というわけで八十一歳の老人と飲んでる以外になく、そうしながらなにかが起きるのを待った。メイドとの情事や火事や世界の終末を。編集者と言い争いになったときは、寝室にいってポップスを聞き、女たちがミニスカートをはいてダンスする、なんだかよくわからないテレビ番組を見た。股間を固くしてだ。私はポップスについては、ほとんど知らない。

ある晩、気がついたら町の反対側にいた。髭もじゃの大男といっしょだった。アーチャーだったか、アーチニップだったか、とにかくそんな名前だった。われわれは飲んで飲みまくり、

チェスターフィールドを吸った。頭蓋のてっぺんに溜まってることから下着のことまでしゃべりまくった。そのあと、アーチニップとかいったその男が、髭面をテーブルに伏してしまうと、彼の女房が脚を私の脚に押しつけてきた。女の方から仕掛けてきたのだ。そう、女の脚が絡んできたのだ。その脚には優雅な白い毛がはえていた。……ちょっと待て。女はまだ二十四、五だった。えらく太いその脚が明かりの下では白く見えたということなのである。女はいった。ほんとはアンタなんかイヤなんだけどさ、でもアンタがどうしてもっていうのなら、その気にならないじゃないわよ。ここまでいう女はそうざらにはいない。

そのあとも女は脚を押しつけて離さなかった。なんとか気分をそっちにもっていこうとするのだが、その場ではビールとチェスターフィールドの招きのほうが強かった。だから私としては、こんなふうにいうしかなかった。ロスアンジェルスに逃げていくのはどうだ、そうしたらウェイトレスの仕事でもして、おれを食わすことができるぞ。女は興味を感じないようだった。

つまるところ私は、女の亭主を——法律や歴史やセックスや詩や小説や医学なんかを、ばらばらにして好き放題なことをいいあった相手を、バーのはしごをしていろんなものを飲んだあと、スコッチの水割りをキューーッと三杯飲ませて元気にしてやったことになる。女は、ロスアンジェルスにはいってみたいわ、とそれだけを幾度となくくりかえした。私は、ションベンしてこいよ、そしたら忘れるさ、といった。

私はバーから動かなければよかったのだ。壁から女の子が出てきて、カウンターの上で踊り出した。私の顔の前で赤いサテンのパンティをずっと振っていた。共産主義者がなにか企んでいたのかもしれない。だからって、どうということはないんだが。

翌日、ひげを短く手入れした背の低い男の車に乗せてもらって帰ってきた。彼はチェスターフィールドを私にくれた。顔中そんなひげだらけにしちゃって、と私はきいた。坊やはいったいど

んな仕事をしてるんだ？

「絵を描いてる」と彼はいった。

寮に着くと、私はビールを開けて、彼の絵についての態度を正してやった。私も絵を描く。それで彼に新しい絵画の良し悪しの見分け方についての、秘法のようなものを教えてやった。また描くことと書くことの違いについても語った。書きえないことを描けるということを。男は多くを語らなかった。二、三本ビールを飲んでから、帰るといった。

「送ってくれてどうもな」と私はいった。

「どうってことないよ」

あの有能な編集者がまた朝食に誘う電話をかけてきた。「ノー」と私はもう一度いうだけでよかったのに、家まで送ってくれたその男について話してしまった。

「いいやつでな」と私はいった。「いいガキだったよ」

「名前をなんていったんだって？」

私は名前をいった。

「ああ、それなら」と彼はいった。「……教授だよ。アリゾナ大で絵を教えてる」

「ふーん」と私はいった。

小型のAMラジオにはクラシック音楽を流してるチャンネルはない。ほかの音楽を聴くことにして、ビールを開けた。聞こえてくるのは気ちがいじみた曲だった。「サンフランシスコにきたら、髪に花を挿すんだよ」「ヘイヘイ、今日のために生きるんだ」とかなんとか。ある局ではコンテストか、それに似たくだらないことをしていた。アナウンサーが電話をかけてきた人に生まれた月を尋ねた。私は八月とつぶやいた。十一月生まれ？　と女が歌い返してきた。つづいてアナウンサーが、残念ですがあなたは外れでしたといった。えっ、と私は声を発した。ええっ？

と。アナウンサーは電話を切った。つまり、流れてるレコードの歌詞と自分の誕生月が一致しなければならない、それがぴったり合ったら、次は生まれた日だ。たとえば七日とか、十九日とか。そして両方が合えば、**モーテルの滞在費用一切負担のロスアンジェルスご招待の旅**が当たるというわけだった。ふざけやがって。なにもかもあらかじめ決まってるくせに、と独り言をいい、冷蔵庫にいった。ただいま摂氏四十二度です、とアナウンサーがいった。

トゥーソン最後の日になっても黒人のメイドは姿を見せなかった。私は荷作りをはじめた。あの有能な編集者がバスの出発時刻を教えてくれた。北に三ブロックいって、公園通りを東へいくエルム行きのバスに乗るだけでよかった。

もしバス停に早く着いたら、そこで待つなんていうのは愚かだ。ドラッグストアへいって、コークか何かを飲んでいればよい。

というわけで私は荷作りをして四十度の暑さの中をバス停まで歩いた。バスなんてどこにも見えなかった。チッキショウと私はいった。進路を東に変えて早足で歩いた。酒くさい汗がナイアガラの滝のように流れた。スーツケースを持つ手をかえた。詩人寮から列車の駅までタクシーを使うこともできた。あの編集者が「死人につかまれた十字架像」とかなんとかいう本など数冊を渡したがったので、スーツケースにしまうために立ち寄らなければならなかった。車を持っている者は誰もいなかった。やっと編集者の家に着いてビールを開けると、そこに病院に入っていた教授が車を運転してやってきた。私が町を出たことをたしかめにきたんだろうと思う。彼は中に入ってきた。

「いま寮にいってきたところだよ」と彼はいった。

「ブコウスキーとほんの一瞬の差だな」と編集者がいった。「彼は自分の殻に閉じこもる癖がある。彼はキャンパスのカフェテリアで朝食をとろうとしないんだよ。それにさ、バスが遅れてる

ときはドラッグストアで待つようにっていったのにだよ、彼はどうしたと思う？　この暑さの中を、そのスーツケースを提げて、はるばるここまで歩いてきたんだぜ」

「なにをいってんだ、わかってないんだな」と私は編集者にいった。「おれはドラッグストアが好きじゃないんだ！　ドラッグストアなんかで待ってられないんだ。大理石のカウンターがあって、そこに坐って、大理石のカウンターや丸いソーダ水容器なんかをじっと見つめてるなんて。震えてる蟻とか、片方の羽は動いているのに、もう片方は動かない、くたばりかけた虫とか、そんなの見ていたくないんだ。それにヨソモノとくる。頭が鈍くて調子のおかしなやつが二、三こっちを見ている。ウェイトレスはさんざん待たせてからやってくる。ブスのくせにそのことに気づきもせず、汚れたパンティの臭いを嗅がせてもくれない。注文のききかたはいやいやで、まるでなっちゃいない。せっかく頼んだコークは生暖かくつぶれた紙コップで運ばれてくる。飲みたくないけど、飲む。虫はまだ死んでない。バスはまだこない。カウンターの大理石にはねばっとした埃がたまっている。なにもかもがふざけてんだよ。煙草を買いにコーナーにいったって、誰かが出てくるまで五分はかかるんだ。出てくるまでに九回は痛い目にあったような気になるんだよ」

「ドラッグストアは悪いところじゃないぜ、ブク」と編集者はいった。

「ああ、おれは『戦争は悪いもんじゃないぜ』っていったやつを知ってるぜ。だけどいいか、おれはこのノイローゼや偏見とつきあっていかなくちゃ、しょうがないんだ。おれはドラッグストアが嫌いだ。キャンパスのカフェテリアも嫌いだ。シェットランドポニーが嫌いだ。ディズニーランドが嫌いだ。バイクに乗った警官が嫌いだ。ヨーグルトが嫌いだ。ビートルズ、チャーリー・チャップリンが嫌いだ。窓の日除けが嫌いだ。ボビー・ケネディの額に垂れてる大きなシミみたいな躁鬱病的髪の毛が嫌いだ……ちくしょう、ちくしょう」と私は教授の方を向いた。「こ

ゃいないんだ！」

の編集者は十年間で何百という俺の詩を出版してきているのに、おれのことをちっともわかっち

教授は笑った。ただの笑いではなかった。

電車が出るまで二時間あったので、教授は丘の上にある彼の家に私たちを連れていった。雨が降りだした。大きなガラスの窓から町を見下ろすことができた、さえない町を。映画の中の一シーンのようだった。私は有能な編集者にやりかえしたのだ。私は編集者がつらそうにしていることにやっと気がついた。私は彼を自分のドラッグストアへ連れこんでしまったのだった。教授の妻はピアノの前に坐って、上手にヴェルディの曲を少し披露してくれた。私は拍手して彼女にもう一曲弾いてくれるようリクエストした。彼女の演奏は悪くなかった。力強かった。はじめから終わりまで力を一杯にいれて弾くものだから、単調になってしまう。その点で弾き方は雑だった。私はもう一曲弾いてくれるように頼んでみたが、そういうのは私一人だけだった。彼女は淑女らしく辞退した。

彼らは私のポケットをピーチブランデーとか、そういったアルコール類の小瓶で満たして、雨の降る中を駅まで送ってくれた。私はスーツケースを預けにいき、彼らのことは電車がくるまでそこにひとかたまりにして立たせておいた。手荷物を預けるプラットフォームの端まで歩いていくと、雨に構わず手押し車の上に腰をおろした。そしてピーチブランデーを飲み始めた。雨は温かく、皮膚に触れた瞬間に乾いてしまうほどだった。ほとんど汗のようだった。私はロスアンジェルス行きの電車を坐って待った。そこは世界で唯一の都市だった。

つまり、他のどの都市よりもくだらないことに溢れているという意味でだ。滑稽なのもそのせいだった。そこは私の町だった。私のピーチブランデーだった。愛しているといっても過言ではなかった。ようやくやって来た。ピーチブランデーを飲み干すと、列車の方へ歩いていった。客

車の番号110番を探した。しかし110番はどこにも見当たらなかった。それもそのはず110番は42番だということがわかった。私はインディアンやメキシコ人や狂人や娼婦たちといっしょだった。天国のような尻をしたブルーの洋服の女の子が坐っていた。彼女はいかれていた。まるで赤ん坊に話しかけるみたいに人形に話しかけていた。彼女は私の向かい側に坐ってその小さな人形に話しかけていた。おじさんよ、もしその気があるなら、この娘をモノにできるんだぜ、と自分に誘いかけてみた。しかしどうせ彼女を不幸せにするだけだ。そんなの知ったことか。のぞき趣味になった方がましだ。

そんなわけで私は横を向き、月明かりで照らされた列車の窓に映るそのなんともいえない脚を見た。ＬＡが私の方へ近づいてきていた。メキシコ人とインディアンたちはいびきをかいていた。月明かりを浴びた脚をじっと見つめ、そして人形に話しかける彼女の声に耳を澄ました。あの時偉大な編集者はこの私に何を期待していたんだろうか？　ヘミングウェイは何を成しえたんだろうか？　ドス・パソスは？　トム・ウルフは？　クリーリーは？　エズラは？　月明かりの脚は意味を失い出した。反対を向くと、紫に染まった山々と対峙した。もしかしたら、そこにはおまんこも映っているのかもしれなかった。そしておまんこで溢れたロスアンジェルスがどんどん私の方へ迫ってきていた。ブコウスキーの去ってしまったあの詩人寮にいる彼女、あの黒人のメイドの姿が目に浮かぶ。体をかがめたり、立ち上がったり、かがんだり、汗をかいたり、ラジオを聴いたりしている。「サンフランシスコにきたら、きっと髪に花を挿すんだよ」。その黒人のメイドは恋心を抱いてひょっこりやって来てみるが、あたりには誰もいないということに気づく、そんな彼女の姿が見える。そして私はポケットに手を伸ばし、また一本小瓶を開けた。何がなんだかよくわからなかった。だから私はただひたすら瓶に吸いついた。するとＬＡがやって来た。そんなわけだ。

馬鹿なキリストども

The Stupid Christs

大量のゴムを持ち上げて機械に入れるのが三人の男たちの仕事だった。あとは機械が切り刻んで、あるべき形に変えていった。熱くして、ブッたぎって、排泄して、自転車のペダルや、水泳帽や、湯たんぽへと……。ゴムを機械に入れるときは、入れ方をまちがえないように注意深くしてないと、腕をもっていかれてしまう。前の晩の酔いが残ってるときなどは、もがれないように細心の注意がいった。三年のあいだに二人の男が犠牲になった。ダービンとピーターソンだ。ダービンは事務所のほうに置いてもらって、片方の袖をぶらぶらさせて何もせずに坐っていた。ピーターソンのほうは箒とモップだ。便所を掃除して、屑かごを空にして、トイレットペーパーを付けかえたり……。すごいもんだなあ、よくピーターソンは片腕だけでこんなに上手にできるなあ、とみんな口を揃えていったものだった。

さて、もうそろそろ八時間がたつ。ダン・スコースキーは最後のゴムのかたまりを持ち上げるのに手を貸した。二日酔いのなかでも最悪の状態で八時間働いた。働いているときは時間のたつ

のが遅い。一分は一時間に、一秒は一分に感じられた。見上げればいつでもそこには五人の男たちがいた。丸屋根の下に坐って、十個の目でこっちを見ているのだった。

ダンがタイムカードの台がある方へ歩いていくと、細い、細い、葉巻のような男が入ってきた。足が床に着いてるようには見えない歩き方だった。名前はブラックストーン。

「一体どこにいくつもり？」と彼はダンにきいた。

「外。おれがいこうとしてるのは」

「残業」とブラックストーン氏はいった。

「えっ？」

「だから残業。見まわしてみな。こいつらを片づけなきゃならん」

ダンは見まわした。見渡すかぎり、機械に入れるゴムの山また山だった。残業のいちばん悪いところは、いつになったら終わるのか、まったくわからないことだった。二時間から五時間のあいだかもしれない。見当がつかなかった。やっと帰るときがきてベッドに横になる、それからまた起きてゴムを機械に食わせる作業を始める。だがその作業に終わりはないとくる。必ずゴムが残っていて、注文は減らず、機械は動きを止めなかった。建物全体が爆発、射精、嘔吐していた。ゴム、ゴム、ゴムゴムの山だった。そして丸屋根の下の五人の男たちは、どんどんどんどん金持ちになっていった。

「仕事に戻れ！」と葉巻がいった。

「いや、できない」とダンはいった。「もう一かけらのゴムも持てない」

「これをどうやって始末すればいいんだ？」と葉巻はいった。「明日入ってくる荷物のために場所をあけなきゃならん」

「もっと工場をでっかくして人を雇えばいい。あんたらはよお、おんなじやつを死ぬまでこきつ

かってんだぜ。ノーミソを吸い取ってよお。みんな自分がいまどういうとこにいるのか、わかっちゃないんだ。**見ろよ**連中を！　あわれなもんじゃねえか！」

ほんとにそうなのだった。働いてる者たちは人間とはいえなかった。目はどんよりとして力を失い、病んでいた。何を見ても笑い、一年中からかいあっていた。心は荒廃しきって、この世のものとはいいがたかった。

「いい連中だよ」と葉巻はいった。

「そりゃそうだ。給料の半分を州と国の税金に持っていかれて、残りは新車やカラーテレビや馬鹿な女房にもっていかれてな。保険にもだ。四、五種類は入ってるからな」

「みんなのように残業するか、クビになるか、どっちかだぞ、スコースキー」

「おまえに対しては金を払わないからな」

「なら辞めてやるよ、ブラックストーン」

「労働委員会にまかせるよ」

「小切手を郵送するよ」

「いいだろう。すぐにそうしてくれ」

工場をあとにした彼は、クビになったときや自分から仕事を辞めたときの、あのすがすがしい解放感にひたった。そしていまもそこに残っている仲間のことを思った。

「家庭を見つけたようなもんだぞ、スコースキー、こんないいところはないぞ！」。いかにくだらない仕事であろうと、働いてる者たちは決まって彼にそういった。

スコースキーは酒屋に立ち寄ってバーボンを買った。ゆったりとした晩だった。家に帰った彼は、バーボンを空けてからベッドに入って気持ちよく眠った。ここ数年味わったことのない眠りだった。朝の六時半になるとけたたましく鳴って、彼を別の人格に変えてしまう目覚まし時計は、

とりあえず用済みである。
昼まで彼は眠った。鎮痛剤を二錠飲んで郵便受けを見にいくと、手紙が一通きていた。

拝啓スコースキー様
久しく前から貴方の短編小説と詩を高く評価してまいりました。先ごろN大学にて催された絵の展示会にも感動いたしました。当社ワールドウェイ・ブックス社の編集部では一人欠員を抱えております。当社についてはご存知のことと思います。出版物はヨーロッパ、アフリカ、オーストラリア、それにアジアにまで行き渡って読まれております。私どもはここ数年の貴方の仕事ぶりに注目してまいりました。貴方が一九六二年から六三年にかけて「ラムパード」という小雑誌の編集をなさっていたことも存じあげており、詩と散文についての選択眼には感服いたしました。貴方こそがこの編集部にふさわしい人物であると、私どもは信じております。力をあわせればよい仕事ができると思います。待遇は週二百ドルです。ともに働けるのは光栄のいたりです。関心をいだかれましたら、どうぞコレクトコールで————にお電話ください。そうしましたら飛行機代と、不自由のないように当座の資金を電報為替でお送りいたします。

敬具

ワールドウェイ・ブックス社
編集長　D・R・シグノ

ダンはビールを飲み、沸騰してる湯の中に卵を二個落としてからシグノに電話した。まるで鋼鉄製の筒を通ってきたみたいな声だった。これが世界的な作家の本を出しているシグノである。

そっけない人物のようだ。手紙とはまるでちがう。

「おれを本当に必要としてんの？」とダンはきいた。

「本当だ」とシグノはいった。「書いた通り」

「わかったよ、電報為替で金を送ってくれ。すぐ出発するよ」

「金はもう送ってる」とシグノ。「楽しみにしてる」

彼は電話を切った。シグノのほうである。ダンは卵の火を消した。ベッドにいって、さらに二時間眠った。

飛行機でニューヨークへいくのだから、もっとうきうきしていいはずだった。飛行機に乗るのがはじめてだからなのか、それともシグノの声が鋼鉄の筒を通ってきたように聞こえたからなのか、ダンにはなんともいえなかった。ゴムから鉄へ。そうだ、シグノはすごく忙しかったのかもしれない。充分にありえることだ。忙しい人間というのは必ずいるものだ。

飛行機ではずっといい感じだった。バーボンを飲み、半ばくらいまで飛んだところで空になったので、スチュワーデスに飲物を頼むことになった。彼にはスチュワーデスが持ってきてくれたものが何なのかさっぱりわからなかった。紫がかった甘い飲物で、バーボンのあとには合わなかった。まもなくして彼は乗客全員にむかって、自分は元ボクサー、ロッキー・グラチャーノなんだといった。はじめはみんな笑った。そのうち、彼があんまり執拗につづけるので静かになった。

「おれがロックだ、そうさ、おれがロックなんだ。どうやって敵をたたきのめしてきたと思ってんだ！　ガッツだよ、パンチだよ！　どんだけ観客を興奮させたことか！」

それから彼は気持ち悪くなって、トイレに駆けこんだ。吐いたときに、どうしてだか吐いたものが少し靴と靴下にかかってしまった。彼は脱いで靴下を洗うと裸足のまま出てきて、靴下を適当なところへ干した。靴もそこいらに置いた。そのあとで彼は両方ともどこへ置いたのか忘れて

しまった。

彼は通路をうろうろした。裸足のままで。

「スコースキーさん」スチュワーデスがいった。「どうかお席についてください」

「グラチャーノだ。ロックだ。ところで誰がおれの靴と靴下を盗みやがったんだ。引き裂いてやるぞ」

彼は通路で吐いた。すると一人の老婦人がシーッといった。蛇が音を出したみたいだった。

「スコースキーさん」とスチュワーデスはいった。「自分の席に戻っていただきます！」

ダンは彼女の腰をつかんだ。

「好きだよ。この通路でヤリてえんだ。考えてみてくれ！　飛行中の強姦だ！　**やめらんなくなるぞ！**　元ボクサー、ロッキー・グラチャーノがイリノイ上空を飛びながらスチュワーデスを強姦するんだ！　さあこい！」

ダンは彼女の腰のあたりを抱きよせた。女の虚ろで間が抜けた顔のひどさといったらなかった。未成熟でわがままで、醜悪だった。ＩＱは小鳥ていどで、乳房からなにから雌牛にも劣った。だが力は強かった。彼を振りほどくと操縦室へ走っていった。ダンはほんの少し吐いて、席へ戻った。

副操縦士が出てきた。ケツがデカくて、頑丈そうな顎をしていた。三階建ての家に住んで四人の子どもとこうるさい女房をかかえてるといった手合いだ。

「アンタよお」と副操縦士はいった。

「なにをおっしゃりたいの？」

「しっかりしてくれよナ。騒動を起こすなよナ」

「騒動？　何だそりゃあ？　おまえさん正気なのかよ、え、飛行少年さんよ」

「オレは真面目にやれっていってんだよ！」

「おまえの出る幕じゃないんだ、坊や。おれはゼニを払って乗ってんだ」

ケツデカは有無をいわさず彼を坐らせて安全ベルトを締めた。象がマンゴーの木を根こそぎ引き抜いてるようなすごい力だった。風変わりな見せ物のようでもあった。

「いいか、ここにじっとしていろ！」

「おれはロッキー・グラチャーノだ」と彼は副操縦士にいった。副操縦士はすでに正面の操縦室へ向かっていた。あのスチュワーデスがやってきて、シートに縛りつけられた彼を見て、くすっと笑った。

「三十センチ級を見せてやるからな！」と彼は彼女に向かって叫んだ。

老婦人が蛇のように彼にシーッといった……。

空港に着くと彼は裸足でタクシーに乗ってヴィレッジにいった。難なく部屋は見つかった。すぐ近くにバーもあった。そこで明け方まで飲んだが、裸足のことで何かいってくる人はいなかった。だいたい気がつかなかった。話しかけてくる人もいなかった。まさしくここはニューヨークだ。

翌朝、靴と靴下を買いに裸足で店に入っていった。そのときだって、何かいってくる人はいなかった。生まれてから何世紀もたつこの都会は、意味や感情のおよばぬところまでいってしまったのだ。

二、三日して彼はシグノに電話した。

「スコースキーさん、旅はどうでした、よかったかな？」

「ああ、よかったよ」

「昼飯はグリッフォの店にしようと思ってるんだ。ワールドウェイの角を曲がったところだよ。

三十分後にそこで会うのはどうかな？」

「グリッフォの店はどこだって？　住所を知りたいな」

「タクシーの運転手にグリッフォの店っていえば大丈夫だ」

彼は電話を切った。つまりシグノが切った。

彼は運転手にグリッフォの店といった。するとそこに着いた。彼は中に入って入口のところに立った。そこには四、五人の客がいた。どれがシグノだ？

「スコースキー」と呼ぶ声がした。「こっちだ！」

テーブルにはシグノのほかにもう一人いた。彼らはカクテルを飲んでいた。スコースキーが席につくと、ウェイターがきて彼の前にカクテルを置いた。

まさにカクテルだった。

「どうしておれだってわかったのかな」と彼はシグノにきいた。

「そりゃ、知ってるさ」とシグノはいった。

シグノは相手の顔ではなく、いつも人の頭の上の方を見ていた。まるでなにかがくるのを待ってるみたいだ。メッセージとか鳥が飛んでくるとか、アフリカのどっかから毒矢が飛んでくるとか。

「これはストレインジ」とシグノはいった。

「ああ、ほんとにストレインジだ」とダンはいった。

「いやそうじゃなくて、こちらはストレインジさん。編集部の上役です」

「やあ」とストレインジはいった。「あなたの作品にはいつも感心してます」

ストレインジは反対だった。いつも床の方を見ていた。まるで床板の間から何かが這い出てくるのを待ってるみたいだ。油がしみ出してくるとか、閉じこめられたヤマネコが出てくるとか、

ビールを飲みすぎておかしくなったゴキブリとかを。誰も口をきかなかった。ダンは自分のカクテルを空にして二人を待った。二人はどうでもよさそうに、ゆっくりと飲んだ。石灰水でも飲んでるみたいだった。三人はもう一杯ずつ飲んでからオフィスに向かった……。

彼は自分のデスクの前に案内された。見たところ、どのデスクも絶壁のように高い曇りガラスで仕切られていた。ガラスの向こうは見えなかった。デスクの背後にも曇りガラスの閉じられたドアがあった。彼がなにかの拍子でボタンを押したら、彼のデスクの真正面もガラスで閉ざされて、一人きりになってしまった。

自分の秘書を持ったって良かったのだろうが、誰も何もいってくれなかった。秘書の一人が彼に微笑みかけた。いい体をしていた。震える肉。要所が切れこんだ肉。やってもらいたくてもだえてる肉。なんといったって、あの微笑み……。これでは中世の拷問だ。

彼はデスクにあった計算尺をいじくった。パイカだかマイカだか、活字かなんかを計算するためのものだった。この手のものについて彼は何も知らなかった。そこに坐って、ただ遊んでいただけだった。四十五分が過ぎた。喉が乾いてきたので、デスクの後ろのドアを開け、それぞれが曇りガラスに囲まれたデスクとデスクの間の通路を歩いていった。ガラスで仕切られたどの空間にも人が一人いた。何人かは電話中だった。それ以外は書類と戯れていた。みんな自分が何をしているのかわかっているようだった。彼はグリッフォの店にいき、カウンターで酒を二杯飲んだ。それから戻って、また計算尺をいじった。三十分が過ぎると、席を立ってグリッフォの店に戻っていった。今度は三杯飲んだ。それから計算尺のところへ戻っていった。そしてまたグリッフォの店にいって戻ってきた。そのあとの足どりはおぼえてない。

その日も終わりごろ、デスクの前を歩いてくると、どの編集者も正面のガラスを閉めるボタンを押した。ピシッ、ピシッ、ピシッ。目の前でピシッと閉まり、彼が自分のデスクに戻っていく

まで、みんながそうした。一人だけ閉じない編集者がいた。ダンはそこに立って、男を見つめた。喉の脂肪が弛んだ、病気で死にそうな大男である。身体の組織がへたってきてるのだ。むくんで丸々とした顔は、子供が白痴の顔をいたずら書きしたビーチボールみたいだった。彼はダンを見ようとしなかった。見つめているのはダンの頭上の天井で、彼は怒っていた。はじめは赤かった顔が、白くなって、次第にぼやけていった。ダンは自分のデスクに戻ってボタンを押し、殻の中におさまった。するとドアをノックする音がして、ダンは開けた。そこに立っていたのはシグノだった。シグノは彼の頭の上のほうを見た。

「君は雇わないことにした」

「帰りの費用はどうなるのかな」

「どのくらい要るんだ？」

「百ドルと七十五ドルもあれば、いいんじゃないかな」

シグノは百七十五ドルの小切手を切って彼のデスクに置いた。そして出ていった……。

スコースキーは予定を変更して、ロスアンジェルスではなく、サンディエゴへ飛ぶことにした。カリエンテ競馬場へ最後にいったのは、もうだいぶ前のことである。そこの六重勝馬券でいくことにした。彼はそんなに何通りもの組み合わせを買わなくても、六頭の勝ち馬のうち五頭はいけそうな気がした。飛行機の中ではずっとしらふで通し、理論的に正しそうな、負担重量と距離とスピード数値の比率で割り出す方式に頭を傾けた。サンディエゴに着くと、そこで一泊してからタクシーでティファナまでいった。国境で乗換えたタクシーのメキシコ人運転手が、彼のために町の中心にあるいいホテルを見つけてくれた。彼はぼろが詰まったバッグをクロゼットにしまい、町の様子を見にいった。夕方の六時ごろだった。ピンク色の太陽がこの町の貧しさと怒りを和らげてくれているように見えた。かわいそうな連中だ。アメリカにこんなに近く、言葉も話し、政

治の腐敗もわかってるのに、富はほんの少ししかまわってこない。サメの腹にくっついたコバンザメのようなものだ。

ダンは見つけたバーに入ってテキーラを頼んだ。メキシコの音楽がジュークボックスから流れていた。四、五人の男たちが長い時間をかけて酒を舐めていた。女はいなかった。マリファナはいくらでも吸えた。彼は女が欲しくなった。彼のモノを求めて女の股のあいだで興奮して火照った生きものが。こうやって女たちのもとに男が落ちてくる。女は男を、九千通りもの方法で殺すことができるのである。彼は六重勝馬券を当てて五万ドルか六万ドル手にいれたら、LAとサンディエゴのちょうど真ん中あたりの海辺に小さな家を買おうと思う。そして電動タイプライターを買うか、ペンキ塗りの刷毛を手にいれるかして、フランスのワインを飲み、海辺を毎晩散歩するのだ。裕福な暮らしをするか、ひどい暮らしをするか。その差はちょっとした幸運にめぐりあうかどうかの問題で、ダンは上向いてると感じていた。ひとえに小切手の化け方にかかっていた。馬券に……。

彼はバーテンに何曜日かと聞いた。バーテンは「木曜日」と答えた。ということはまだ二日ある。土曜日まで競馬はなかった。アレセオはアメリカ人の群衆が、週五日の仕事地獄のあとのお祭り騒ぎの二日間を過ごしに、国境を越えてくるのを待たなければならなかった。ティファナが彼らの世話をした。ティファナは彼らのために彼らの金の世話もした。だがアメリカ人はメキシコ人にどれだけ憎まれているか、全くわかっていなかった。アメリカの経済力のせいで鈍くなった現実にたいする感覚。それがティファナを覆い、女はみんなイカれてて、警官はみんな漫画欄に出てくるキャラクターのようなものである。だがアメリカ人は、アメリカ人としてテキサス人として、まあ何人としてでもいいのだが、メキシコとの戦争に何度か勝ってきたことを忘れている。アメリカ人にとっては本の中の歴史に過ぎないが、メキシコ人にとってはとても現実的なの

まうのだ。

である。とにかく木曜日の夜をメキシコのバーで過ごすのは、アメリカ人にとってはあまりいいものではない。アメリカ人は闘牛もだめにしてしまった。アメリカ人はなにもかもだめにしてし
まうのだ。

ダンはもう一杯テキーラを注文した。

バーテンはいった。「旦那、いい女の子ほしいかい？」

「そいつはどうも」と彼はいった。「でも、おれは作家なもんでね。女のアソコそのものよりも人間性全体に惹かれるんだよな」

自意識にとりつかれたのだ。いってしまってから彼はいやらしさに気がついた。バーテンはいなくなった。

しかしそこは平和だった。彼は酒を飲んでメキシコの音楽を聴いた。少しの間アメリカの土地を離れるというのはいいものだった。そこに坐って感じるままにまかせ、異文化の裏面に耳を傾けるというのは。文化？　どういう意味だったかな、それは。なんであれ、気持ちがよかった。四、五時間は飲んでいた。邪魔する者は一人もいなかった。彼も人の邪魔になることはしなかった。彼はほろ酔い気分で部屋に帰って、窓のシェードを上げてメキシコの月に見入った。伸びをすると、あらゆることにたいして気高さを感じた。そして眠りについた……。

次の朝ダンはカフェを見つけ、ハムエッグと揚げ豆を食べた。ハムは堅いし、卵ときたら本当に回りが黒こげで、コーヒーはまずいしで、なってないのだが、彼はそこが気に入った。客はほかにいなかった。ウェイトレスはデブで、アホなゴキブリみたいなもので、何も考えていない顔をしていた。歯の痛みを一度も経験したことがなく、便秘に悩んだこともなく、死について考えたことなんて一切なく、人生についてほんのちょっとだけ考えたことがあるという、そんな顔。彼はもう一杯コーヒーを飲んで、砂糖のように甘いメキシコのタバコを吸った。メキシコのタバ

コは燃え方が違う。まるで生きてるみたいに熱く燃えるのである。

まっ昼間だった。バーで飲みはじめるには、いくらなんでも早すぎた。とはいっても、競馬は土曜だし、手もとにタイプライターもなかった。彼はタイプライターでじかに書くようにしていた。鉛筆やペンはだめだった。タイプライターの機関銃のような音が好きで、それを聞くと創作がはかどった。

スコースキーは昨日のバーにいった。メキシコの音楽が流れていた。テキーラを持ってきたバーテンは優しくなったように見えた。坐ってる四、五人の男たちは、昨日いた連中のようだ。もしかしたら彼らには何かいわくがあるのかもしれない。ダンはセントラル大通りの黒人バーに一人で入ったときのことを思い出した。黒人と親しくすることが知的な証になる、そういう信用詐欺みたいなことが横行するずっと前のことだった。彼は黒人たちに話しかけたものの、すぐにやめてしまった。なぜなら彼らの話し方も考え方も白人と全く変わらなかったからだ。物質主義に漬かっていた、どっぷりと。彼は黒人たちのテーブルで酔いつぶれてしまった。誰も彼を殺そうとはしなかった。あの世以外にはどこにもいくあてがなく、心から殺されたいと思っていたのにである。

今はここだ。メキシコ。

彼はすぐに酔っぱらった。ジュークボックスにコインを詰めこんでメキシコの音楽をかけつづけた。なにをいってるのか、理解はほとんどできなかった。どれも同じ一本調子で、なんだかよくわからないロマンティックな弔いの鐘が、ひっきりなしに鳴ってるような感じだった。

飽きてきたので女を頼んだ。思ってたよりも少し歳をくった女がやってきて隣りに坐った。口の真ん中に金歯をはめていた。なんの欲望も湧いてこなかった。抱く気になれないのだ。彼は女に五ドルわたして、自分が思うところでは、とても優しい調子で帰っていいといった。女はいな

くなった。

テキーラのおかわり。五人の男とバーテンが彼のことをじっと見ていた。連中の心をつかまなければ！　心がないはずはない！　やつらはどうしてあんなふうに力を抜いていられるんだろう？　まるで繭の中にいるみたいじゃないか。あるいは午後四時の、ものうげな日の光の中、窓のところで円を描いているハエみたいじゃないか。

スコースキーは立って、また少しジュークボックスにコインを入れた。

それから踊りだした。男たちは笑い、声を張りあげた。それが励みになった。やっとこの場がいきいきしてきた！

ダンはジュークボックスにコインをつぎこんでダンスをつづけた。まもなく男たちは笑うのも声を張りあげるのもやめて、ただ見るだけになった。彼はテキーラを飲みつづけ、五人の静かな男たちにもおごってやり、太陽が沈むとバーテンの分も払った。濡れた汚ならしい猫がティファナの町中を通るようにして、夜がのろのろと近づいてくる。そのときダンはダンスしていた。頭がどうかしていたのだ。まちがいなく。だが、どうかしていた度合いは完璧だった。時の亀裂。とうとうだ。あのときのセントラル大通りだった。もう一度戻ったのだ。彼は完璧だった。彼はいつも最初だった。群衆や日和見主義者がものごとをだめにしてしまうよりも前に、彼は行動していた。

彼は椅子やバーの敷物とも格闘した……。

ダン・スコースキーは公園で目をさました。広場のベンチに坐っていた。はじめに太陽を意識した。快かった。それから眼鏡をかけているのに気づいた。片方の耳にぶらさがって、片方のレンズはフレームから外れて、細い一本の糸で縁に結ばれていた。ほんのちょっと触れただけで糸が切れて、レンズは落ちた。一晩中ぶら下がっていたレンズが落ちてしまった。コンクリートの

上に落ちて割れてしまった。

ダンは片方のレンズがなくなった眼鏡を外してシャツの胸ポケットにしまった。次にすることが、いかに無駄で、むなしいことか、彼は**わかっていた**……。だが彼はそうしなければ**ならなかった**、確認するために……。

ポケットの財布に手を伸ばした。

何もなかった。そこには全財産が入っていたのだった。

鳩が一羽、足もとをつまらなそうに歩いていった。昔から彼は、この馬鹿な鳥の首の動かし方が嫌いだった。ふざけきっている。まるで馬鹿な女房ども、馬鹿なボスども、馬鹿な大統領ども、馬鹿なキリストどもと同じだ。

彼には誰にも話せない愚かしい話があった。酒を飲んで酔っぱらった夜のことだ。住んでいた近所には**紫色の電灯**があった。それと小さなガラス張りの小部屋があって、中の花畑の真ん中に等身大のキリストの像が立っていた。うつむいて自分のつまさきを見ている、ちょっと悲しげで、みすぼらしいそのキリストを、**紫色の電灯が照らしていた**。

それがダンを苛立たせた。ひどく酔っぱらったある晩、ついに、老婦人たちが庭に坐って紫色のキリストを眺めているところへ、スコースキーは入っていった。キリストを人工的な籠の中から出そうというのである。だが簡単ではなかった。そこに男が一人やってきた。

「そこの方!　何をなさってるんですか?」

「……この馬鹿を自由にしてやろうと思ってよ!　文句あっか?」

「悪いんですが、もう警察に連絡しましたから……」

「警察?」

スコースキーはキリストを落として逃げていった。

メキシコのくだらない広場まで。

ひざをポンポン叩いている男の子がいた。白い服で身を包んだ男の子だ。きれいな目。こんなにきれいな目は見たことがなかった。

「おれの姉ちゃんとやりたい？」と男の子はきいた。「十二歳なんだ」

「いいや。今日はいい。ほんとだ」

男の子は心から悲しんでるふうに、うなだれて去っていった。子供は失敗した。ダンは男の子のことを思って悲しくなった。

それから広場を出ていった。北の、自由の国へではなく、南へ向かった。メキシコの奥深くへ。数人の子供らが石を投げつけてきた。裏手の泥でぬかるんだ道を歩いてるときだった。どうということはなかった。少なくとも、このときは靴をはいていた。

それに彼が望んでいたことは、子供らが彼にしようとしていたことだった。

そして子供らが彼にしようとしていたことは、彼が望んでいたことだった。

万事が愚か者たちの手中にあった。

小さな町を通り抜けて、メキシコ市まであと半分ぐらいのところを歩く彼は、紫色のキリストにそっくりだったそうである。なんであれ**ブルー**だったことはまちがいない。紫とは仲間のようなものだ。

そのあとの彼を見た人はいなかった。

ニューヨークであんなに急いでカクテルを飲むべきでは、断じてなかった。そういうことなのかもしれない。

飲んでよかったのかもしれないがね。

男の繊細さ

Too Sensitive

「一人暮らしで台所がいつも汚れていたら、九人のうちの五人は優秀な男である」
一九六七年六月二十七日、チャールズ・ブコウスキー、十九本目のビールを飲み終えて

「一人暮らしで台所がいつもきれいでいたら、九人のうち八人は浅ましい性根の男である」
一九六七年六月二十七日、チャールズ・ブコウスキー、二十本目のビールを飲み終えて

台所の状態はしばしば心の状態を映し出す。混乱して、ものごとに不確かな男とか、柔軟な男というのは、思想家である。彼らの台所には心の中と同じように、ゴミや汚れた物や不潔な物が散っている。だが自分たちの精神のありように気づいているから、そこからユーモアを見つけだ

すことができる。ときには激しい炎を噴きだして、不滅の神々を否定する、われわれが創造と呼ぶすさまじい輝きを発することがある。まさにそれは、半分酔っぱらったときに台所をきれいに掃除することと同じである。だがまたすぐに全ては無秩序になり、ふたたび暗闇の中でバーボや薬や、祈りやセックスや、幸運や救済を必要とするのである。

台所がいつもきちんとしてる男は、変人である。そういう男には気をつけた方がいい。台所の状態は心の状態である。いつもきちんと片づけている男は、なにかというと受け身になって気休めの思考をする。そのようにできあがってしまっている。十分間でいい、もしその男がいうことに耳を傾けたら、男は一生を通じて意味のない退屈きわまりないことしかいわない、ということがわかる。セメント男なのである。そしてセメント男の方が、そうではない男よりも多くいる。だからこそ、まともに生きてる男を探したいなら、まず台所を見ればいいのである。時間の節約になる。

だが台所を汚くしてる女は、男の立場からいうと別問題だ。外で働いているわけではなく、しかも子どももいない女の場合、台所の清潔度あるいは不潔度は、ほとんど例外なく（例外はあるのだが）、いかに男を大切にしているかということに比例する。中には世界を救うことについての意見は持っていても、コーヒーカップ一つ洗えない女がいる。もしそこを衝こうものなら「コーヒーカップを洗うことなんて重要じゃないわ」と切り返してくる。不幸なことに、女は本当にそういうのである。八時間ぶっ通しで働いた上に、二時間の残業をしてきた男にとっては不幸この上ない。

一人の男を救うことが世界を救うことにもなる。それ以外のことは全て大げさな理想主義。あるいは政治である。

世の中にはいい女もいる。私も一人か二人会ったことがある。だが、糞いまいましい仕事で死

ぬ思いをしていた時期に会った女はそのタイプではなかった。八時間とか十二時間働いたあとの体は、全身の筋肉がつっぱって痛みの板になっていた。そう「板」としかいいようがなかった。仕事が終わるころにもなるとコートも着れない状態だった。痛みがひどくて腕が上がらないから、袖に通すことができないのである。身動き一つするたびに焼けた針を刺したような痛みが走って、気がくるったようになってしまうのだった。

当時、交通違反のチケットを何度も切られた。たいていは朝の三時か四時だった。仕事場から帰る途中だ。その晩は、つまらない法律に引っかからないように、左腕を出してから左折しようとした。酔って運転したときにウィンカーの部分がとれてしまったので、出したくてもウィンカーは出せなかった。そこで左腕を出そうとしたのだが、窓のところまでがやっとで、私は小指を突き出した。腕の痛みがあんまりで、その馬鹿馬鹿しさに笑いがこみあげてきた。滑稽ではないか。真っ暗で静まりかえって、まわりに車はいないというのに、ロスアンジェルス警察に服従して、合図になりそうもない小指を突き出してるなんて。私は大きく笑った。笑いながら、もう一本の汚れた腕でハンドルを回していたら、止めてあった車にもう少しでぶつかるところだった。

そして家の前までできた。車を止めて、なんとかドアの鍵をあけて中へ入った。ああ、帰ってきた！

彼女はベッドでチョコレートを食べながら（本当に！）『ニューヨーカー』と『サタデー・レビュー』をめくっていた。その日は水曜日か木曜日だったが、日曜日の新聞がまだ居間の床にあった。私は疲れすぎて食欲がなく、浴槽に半分だけお湯をためた。これなら溺れる心配がなかった（人にしてもらうよりは自分でしたほうがいい）。

置き場所をまちがえられたムカデみたいに、ちょっとずつ浴槽から這いだしたあと、水を飲みに台所へいった。流しは詰まって、汚れた臭い水が縁のところまできていた。吐き気がしてきた。

ゴミは捨てられずにいたるところに散っている。彼女には、空になった瓶や栓をとっておく趣味があった。食器にまざって中身が残ってる瓶や栓がぷかぷか浮かんだ様子は、なんだか知らないが、なにもかもをやんわりとあざ笑ってるような印象だった。

私はグラスを一つ洗って水を飲んだ。それから寝室へいった。立った姿勢からベッドに横になった姿勢へ。このときの痛みを誰がわかってくれるだろう。横になったら、もうなにがなんでも動かないことだ。そうすれば痛みを遠ざけておける。だから私は、冷凍になった間抜けでうすのろで、不細工な魚のようになって動かなかった。

雑誌のページをめくる音が聞こえた。少し人間的な接触が持ちたくなって、質問を試みた。

「ところで今夜の詩の研究会はどうだった?」

「そうね、ベニー・アディムスンのことが心配ね」と彼女はこたえた。

「ベニー・アディムスン?」

「ええ、カトリック教会についての面白い小説を書いてる人でね。笑わしてくれるのよ。カナダの雑誌に一回載っただけで、まだ本は出したことがないの。それで彼、作品を送らなくなったの。雑誌は彼の作品を載せる気がないみたいね。でも彼は本当におかしいのよ。あたしたちみんなを笑わせてくれるの」

「何が問題なの?」

「運送トラックの仕事がだめになっちゃったんだって。朗読が始まる前に、教会の外で彼と話したのよ。そしたら彼、仕事がないと物が書けないっていうのよ。書くためには彼、仕事が必要なのね」

「そいつは妙だな」と私はいった。「おれが一番デキのいいものを書いたときっていうのは、仕事をしてないときだった。飢え死にしそうなときだった」

「だってベニー・アディムスンは」と彼女は応じた。「ベニー・アディムスンは自分のことは書かないの！　彼は他の人たちのことを書いてるの」

「ふーん」

この件については忘れることにした。眠れるようになるまでに三時間はかかるとわかっていた。そのころには痛みが少しはマットレスの底から抜けてくれてるだろう。そしたらもう起きて仕事にいく時刻だ。

『ニューヨーカー』のページをめくる音が聞こえていた。不愉快だったが、いろんな考え方があってもいいということにした。もしかしたら詩の研究会には作家が何人かきてるのかもしれない。ありそうもないことだが、ありえてもよかった。

私は体がほぐれるのを待った。またページをめくる音と、チョコレートの包み紙をはがす音が聞こえた。

「そうよ、ベニー・アディムスンには仕事が必要なの」ともう一度彼女はいった。「書くことに専念するための基礎が要るのよ。あたしたちみんなで励まして、雑誌の編集者のいうことをきくようにいってるんだけど、あなたにも彼の反カトリックの小説をぜひ読んでほしいのよ。彼も以前はカトリックだったのよ、あなたも知ってるでしょ」

「いいや、知らないよ」

「彼には仕事が必要なの。あたしたちみんなで仕事を探してるところなの、そうすれば彼、書けるでしょ」

沈黙が流れた。正直なところ私はベニー・アディムスンと彼のトラブルについて、なんにも考えていなかった。だからベニー・アディムスンと彼のトラブルについて考えてみることにした。

「そうだ」と私はいった。「ベニー・アディムスンのトラブル、おれが解決してやるよ」

「あなたが？」

「ああ」

「どうやって？」

「郵便局が雇ってくれるよ。あちこちで人を雇ってるんだから。明日の朝からだって働けると思うよ。そしたら書けるじゃないか」

「郵便局？」

「ああ」

またページがめくられた。彼女はいった。

「ベニー・アディムスンは繊細すぎて、郵便局じゃ働けないわよ！」

「ふーん」

耳を澄ましていたが、ページをめくる音もチョコレートを食べる音も聞こえなかった。彼女はチョーツだったかコーツだったかカオスだったか、そんな名前の作家の短編にのめりこんでいた。そいつは酒と汽船の広告にはさまれた縦に長い欄を、あくびの出るような退屈な散文でびっしりと埋めていた。終わり方はいつも、たとえばヴェルディを全曲揃えてる男がバカルディを飲んで二日酔いになって、午後四時十三分にニューヨークの汚い路地裏かなんかでブルーのジャンパーを着た三歳の少女を殺す、といったあんばいだ。これが洗練されたアヴァンギャルドにのっとってるつもりの『ニューヨーカー』の編集者たちのおそまつなアイデアなのである。死は常に勝利を意味し、われわれの爪の下には垢がたまっているといいたいのだ。しかしこれは五十年前にイヴァン・ブーニンが「サンフランシスコから来た紳士」とかいう作品の中でやっていることで、そっちの方が勝っていた。サーバーが死んでからというもの『ニューヨーカー』はずっとさまよっている。中国紅衛兵が遺した氷の洞穴のなかの死んだコウモリのようなものだ。時代遅れもは

なはだしいということである。

「おやすみ」と私はいった。

長い間があった。彼女は口論をふっかける気でいたのだ。

「おやすみ」と彼女も結局は、いった。

バンジョーをかき鳴らすような痛みを体で聞きながら、しかし物音はひとつもたてずに、仰向けの状態から腹這いになって（たっぷり五分はかかった）朝がくるのをまった。翌日になるのを。

この女性にたいして私は不親切だったかもしれない。台所のことで執念深くなってあれこれ頭をつかったのかもしれない。愚かしさは誰の心にもあるものだ。私にはたくさんある。私は台所のことにかかわりすぎた。多くのことにかかわりすぎた。私が語った女性は、いろんな課題について勇気をもって接している。この夜は彼女にとっても私にとっても、あんまりよくなかったということだ。

私は希望する。慈しみ深い婦人たちが、反カトリック小説の彼に、その繊細な資質に見合った仕事を見つけてあげて、彼の（カナダ以外に対する）不服従の精神にむくいることができるようになるのを。

一方で私は自分のことを書き、大いに飲む。いうまでもないことだが。

レイプ！　レイプ！
Rape! Rape!

医者が私にしようとしていたのは、血液を三回にわけて採るテストだった。一回目を採ったら、つぎは十分後、そのつぎのはさらに十五分後だった。私は二回目の採血が終わると、十五分をつぶしに街をぶらっとしてくることにした。そして通りに出たときに、道の向こうのバス停に女がひとり坐ってるのが目に入った。この世にはくさるほど女はいるが、ときたまそんなことを忘れさせてしまう女に出会うものだ。そういう女たちには、身のこなし方とか、服の選び方とか、からだのくっつけ方とかに、なにか共通したものがある。私を圧倒するものが。

その女は鮮やかな黄色の服を着て、脚を高く組んでいた。先へいくほど細くなって、足首なんか折れそうだが、ふくらはぎは肉づきが充分で形よく、太股や臀部、これはもうただ一言、みごとというしかなかった。顔のほうはいたずらっぽくて、私を見て笑いたいのをこらえているみたいだった。

私は交差点までいって道を渡り、バス停のほうへ歩いていった。ぼおっとしてコントロールが

きかなかった。すると女が立ちあがって歩きだした。その尻といったらなく、私は完璧に魅了されて、ハイヒールのコツコツいう音を聞きながら、女をつけていった。私は目でむさぼった。いったいどうなってんだ、と私は思った。自分じゃないみたいだ。

勝手にしろよ、という声が聞こえた。

女は郵便局に入っていった。私も入った。窓口に四、五本の列ができていた。申し分なく気持ちのよい午後で、うとうとしていない人はいなかった。私はとにかく、気持ちよくなってとろんとしていた。

女とはほとんどくっついていた。触りたかったら、いつでも触ることができた。

女は七ドル八十五セントの郵便為替を買った。私は声を聞きたくて耳をすました。なんだかセックスのためのロボットがしゃべってるような感じがした。女は出ていった。私は欲しくもないエアメールの葉書を一束買って、急いで外へ出た。女はバス停にいて、ちょうどバスがきたところだった。私はどうにか間にあい、女の後ろの席に坐った。バスはかなりの距離を走った。女はおれに勘づいてるはずだがな、と私は思った。だからといって、女はいらいらしているわけではなかった。髪はオレンジ色だった。女に属するものはなんでも燃えていた。

五、六キロ走ったにちがいない。女はとつぜん立ちあがって、降車を伝えるコードを引いた。ぴっちりとした服が、コードを引くときにずりあがった。いい眺めだった。がまんするのも限界だ、と私は思った。

女は前のドアから降りて、私は後ろのドアから降りた。女は角を右に曲がった。一度も振り返らなかった。アパートが多い地区である。そこをいく女は、最高だった。こういう女には、できたら街をあんまり歩かないでほしいと思う。

「ハドソン・アームズ」という名の建物に入っていった。私は女がエレベーターに乗るまで外に

いて、それから中に入ってエレベーターのドアの前にいった。エレベーターが上がっていく音が聞こえた。どこかの階でドアが開いて、彼女が降りた。私は下に呼ぶボタンを押した。下りてくる音を聞きながら、だいたいの秒数をかぞえた。

一、二、三、四、五、六……

一階に下りてくるまでに十八秒かかった。

エレベーターに乗って、最上階の四階を押した。数えると、二十四秒かかった。であるならば、あの女は三階で降りている。その階のどこかにいるはずだ。私は三階のボタンを押した。だかなりの部屋がある。いちばん手前の部屋が彼女のだったら、いくらなんでもうますぎる。だから、そのドアは素通りして、二番目のドアをノックした。

下着にサスペンダーをつけたハゲ頭がドアをあけた。

「コンコード生命保険会社からきました。後顧に憂いなし、というぐあいになってますか？」

「帰ってくれ」とハゲ頭はいってドアを閉めた。

隣りの部屋に当たってみた。歳は四十八といったところ。豊かに皺を重ねたデブの女がドアをあけた。

「コンコード生命保険会社のものです。奥様、保険はきちんとかけていらっしゃいますか？」

「どうぞお入りになって」と女はいった。

中に入った。

「聞いてくれる」と女はいった。「あたしたち母子は食べるものに困ってるんです。主人は二年前、道を歩いていてバッタリ倒れて死んだんです。歩いていてバッタリとね。あたしがかわって月に百九十ドル稼ぐなんて、そんなことできません。子供はおなかをすかしてます。あなたがお金を幾らか下されば、あの子に卵の一つでも買ってやれるんですけど、どうでしょう？」

女の向こうには、子供がいた。部屋の真ん中に立って、にやにやしていた。十二ぐらいの図体のでかいガキである。いささか低能に見えた。ずっとにやにや笑っていた。

私は女に一ドルくれてやった。

「まあ、ありがとうございます！」

女は両腕で私を抱いてキスした。唇の全体が水をふくんだみたいに濡れてやわらかかった。それから舌を押しこんできた。私はあやうく喉を詰まらせるところだった。唾液たっぷりの肉厚な舌なのだった。胸は大きくぷよぷよして、パンケーキの形をしていた。私は女を振りほどいた。

「ねえ、そんなに一人がいいの？　女が欲しくならない？　あたしはきれい好きないい女よ。ほんとなのよ。病気になる心配はぜったいにないの」

「もういかないと」と私はいって、そこから出た。

そのあとも三つの部屋を試してみた。どれもちがっていた。

そして四番目。そこにあの女がいた。ドアが七センチほどあいていた。私は身をかがめて入って後手にドアを閉めた。なかなかのアパートだった。女は私を見つめた。悲鳴をあげるかな、と私は思った。大きくなったイチモツを私はつきだしていた。

近づいていって、髪の毛と尻をつかんでキスすると抵抗された。女はまだあのぴっちりした黄色の服を着ていた。私は平手で思いきり四回ひっぱたいた。女はもう抵抗しなかった。もつれあいながら、女の服を喉もとから引き裂いて前を開け、ブラジャーをもぎとった。火山のような巨大な胸だ。その胸に先にキスしてから唇を吸い、スカートをたくしあげてパンティに手をかけた。はいていたものは全部下にさげた。性交は立ったままだ。終わると彼女をソファに放りだした。こっちを見るおまんこは、まだまだやりたげだった。

「バスルームにいって、きれいにしてこい」と私はいった。

冷蔵庫には、よさそうなワインがあった。グラスを二つ出して、そこに注ぎ、バスルームから出てきた彼女にグラスをわたした。

「名前はなんていうんだ？」と、ソファにならんで坐った。

「ヴェラ」

「楽しんだ？」

「ええ。強姦されるのっていいわね。あたしをつけてきたの、知ってたわ。待ってたのよ。エレベーターに乗ってこなかったときは、怖じ気づいちゃったのかと思ったわ。あたし、前に一度だけ強姦されたことがあるの。美人が男をつかまえるのって、大変なのよ。男たちは、美人は近よりがたいと思ってるでしょ。馬鹿げてんのよ」

「じゃあおまえのその服や顔はなんだよ。道で男たちをクラクラさせるためじゃないのか？」

「そうよ。このつぎはあんたが締めてる、そのベルトをつかってね」

「おれのベルト？」

「お尻や太股や脚をぶって。痛めつけてからハメてほしいの。ねえ、あたしを強姦するって約束して！」

「いいよ、おまえをやってやる、強姦してやる」と私はいい、髪をつかんで顔を引きよせ、唇を咬んだ。

「やってよ！」と女は叫んだ。「ハメてちょうだい！」

「待ちなよ」と私はいった。「一休みしなきゃもたねえよ！」

女はジッパーをさげてペニスをつかんだ。

「きれいね、紫色に染まって、しなってる！」

女は口にいれて舌をつかいはじめた。なかなか上手だった。

「ちくしょう、いっちゃうじゃねえか！」

女のいいなりになった。この調子で六、七分もやられたら我慢できるものではない。女は歯を亀頭のすぐ下にあててしごき、精液を飲みつくした。

「思うんだが、どうやらおれは、ひと晩じゅうここにいることになりそうだ」と私はいった。「となったら力をつけないとな。そこでだが、おれが風呂に入っているあいだに、おまえがなにか食べるものを用意するってのはどうかね」

「いいわよ」

私はバスルームにいってドアを閉め、熱い湯を出した。服はドアの把手にかけた。

気持ちよくなって、タオルを巻いて出てきたちょうどそのとき、警官が二人、部屋に入ってきた。

「こいつがあたしを強姦したの！」と女がいった。

「おい、ちょっと待ってくれよ」と私はいった。

「服を着ろよ、え」と大きい方の警官。

「なあヴェラ、これは冗談なんだろう？」

「あんたはあたしを強姦したのよ！　それに無理やり口でやらせたじゃないの！」

「服を着るんだよ」と、大きな方がいった。「二度と同じことをいわせるなよ！」

私はバスルームにいって服を着た。出てくると手錠をかけられた。

「強姦主義者！」とヴェラがいった。

エレベーターで下におりた。ロビーを抜けていくとき、そこにいた連中がこっちを見た。ヴェラは自分の部屋から出てこなかった。私は車の後ろの席に放りこまれた。

「なにをやったんだ」と警官の一人が声をかけた。「たった一回の出来心で一生を台無しにする

なんて、あまりに能がないぞ」

「強姦とはいえないな、おれがやったことは」と私はいった。

「だいたいどいつも同じことをいうよ」

「なるほどな、そうかもしれない」と私はいった。

私は記録を取られた。そして監房に入れられた。

女のいうことだけを真に受けるのは平等ではない。私は思った。それから、おれはあの女を強姦したんだろうか、しなかったんだろうかと考えた。

わからなかった。

やがて眠りに落ちた。朝になって、グレープフルーツ、マッシュポテト、コーヒーにパンが出された。レイプの容疑で捕まえたやつにグレープフルーツを出すとはな。品のいいところを見せたいらしい。

それから十五分ぐらいたっただろうか。監房のドアが開いた。

「ラッキーだな、ブコウスキー。あの女が告訴を取りさげた」

「助かったよ！」

「気をつけるんだな」

「わかった、わかった！」

所持品を受けとって、そこを出た。バスを乗りかえてアパート街で降りると、「ハドソン・アームズ」にいった。真ん前に立ったはいいが、どうしたらいいかわからなかった。二十五分はそうやって立っていたはずだ。土曜日だから、女はきっといるだろう。私はエレベーターに乗って三階のボタンを押した。ドアをノックすると女はいた。

「あんたの子供のために、金をまた持ってきたよ」と私は中に入って、いった。

女は受けとった。

「まあ、ありがとう！　ありがとう！」

女は唇を押しつけてきた。濡れた吸引ゴムのようだった。そこから出てきた肉の厚い舌をしゃぶって、服をたくしあげた。立派な尻をしていた。尻とケツと臀部がいっしょになったような豊かさだ。青い色の、ゆったりめのパンティには、左側に穴が一つあいていた。われわれは大きな鏡の前に立った。その大きな尻をつかんで、私は舌を吸引ゴムのような口の中に突っこんだ。二人の舌が狂ったヘビみたいに絡みあって円を描いた。

私の前に大きなものが登場した。

白痴の息子が部屋の真ん中に立って、にやにやしていた。

フランクは階段を降りた。エレベーターが嫌いだった。

彼には嫌いなものがたくさんあった。エレベーターより階段の方がまだ嫌いではなかったということだ。

フロント係が彼を呼び止めた。「エヴァンズさん！　こちらにお越しいただけませんか」

フロント係はトウモロコシの粉を練ったような顔をしていた。殴りかからないでいるのが、フランクにはやっとだった。フロント係はロビーを見まわしてから、身をくっつけんばかりに近づけた。

「エヴァンズさん、あなたを観察してるんですよ」

フロント係はまたロビーを見まわして、誰も近くにいないとわかると、さらに身を乗りだしてきた。

「エヴァンズさん、あなたを観察してます。あなたは頭がおかしくなりかけてますね」

フロント係はそっくりかえって、今度はフランクのことをまっすぐ見すえた。

「映画でも見てこようかと思ってんだ」とフランクはいった。「何かいい映画をやってる？」

「話をそらさないでくださいよ、エヴァンズさん」

「いいだろう。おれは頭がおかしい。ほかに何かあるか？」

「あなたの力になりたいんですよ、エヴァンズさん。あなたの心がどのあたりにフッ飛んでったかわかります。取り戻したいでしょう？」

「わかったよ、取りかえしてくれ」

フロント係はカウンターの下に手を入れ、何かセロファンに包まれたものを取り出した。

「どうぞ、エヴァンズさん」

「ありがとう」

フランクはコートのポケットに入れて外へ出た。ひんやりとした秋の夕べである。彼は西へ向かって歩いた。路地を見つけると、いったん足を止めてから入っていった。コートに手を入れ、もらったものを出してセロファンをはがした。チーズに似ていた。チーズのようなにおいがした。一口かじってみた。チーズの味がした。食べ終わると路地から出て、また道を歩いた。

最初に目にした映画館でチケットを買った。暗闇の中に入っていって、後ろのほうの席に坐った。混んではいなかった。そこらじゅう小便の臭いがした。スクリーンに映し出された女たちは二〇年代の格好をしていた。男たちは髪をポマードでかためてオールバックにしていた。鼻がどれもとても長く、男たちも目の下にマスカラを引いてるように見えた。映画はトーキーではなかった。下に字幕が出ていた。ブランシェは都会がはじめてだった。髪を油でかためた男が、ブランシェにジンを壜から飲ませていた。ブランシェは酔ってきたようだ。ブランシェは頭がくらくらしてきた。突然彼が彼女に接吻した。

フランクはあたりを見渡した。いたるところで頭がひょこひょこ動いている。女はどこにもいなかった。男たちが互いにしゃぶりあってるらしい。せっせと励んでいた。疲れ知らずだ。一人でいる男たちはマスターベーションをしてるのだろう。あのチーズはうまかった。フロント係はもっとくれたらよかったのに、と彼は思った。

彼はブランシェの服を脱がしはじめた。

彼がまわりを見るたびに、その男は近づいてきていた。そしてフランクがスクリーンに戻ったとき、その男は座席二つか三つ飛ばして彼の近くへきた。

彼女が酔ってふらふらになっているあいだに彼は成し遂げた。

フランクはまた見た。男は三つ隣の席にいた。荒い息づかいが聞こえた、と思ったら男は彼の隣の椅子にきた。

「ああ、どうしよう」と男はいった。「おう、どうしよう、おお、おお、おお。あっ、ああ！あっ！　ああ！」

ブランシェは翌朝目が覚めて、強姦されたことに気がついた。

男からは、まるで一度も尻を洗ったことがないかのような臭いがした。フランクにもたれかかってきて、口の両はしからよだれを垂らした。

フランクは飛び出しナイフのボタンを押した。

「気をつけろよ！」と男にいった。「これ以上近づいたら怪我することになるぞ！」

「ああ、びっくりした！」と男はいい、立ち上がると通路側の列まで走っていき、それから通路を通って最前列までいった。そこには二人の男がいた。片方が手をつかい、もう片方は吸っていた。フランクを邪魔した男はそこに坐って、彼らを見つめた。

まもなくブランシェは売春宿に身を置くようになった。

フランクは尿意を催した。立ち上がって「殿方」と表示の出ている方へいった。中は本当に臭かった。吐き気がした。ペニスを出して小便をすると何か物音が聞こえた。

「おお、すげえ、おお、すげえ、おお、すげえ、ヘビじゃないかコブラ級じゃないか。信じられねえ、おお、おお!」

トイレの仕切りに一つ穴が開いていた。そこに男の目があった。フランクはペニスをつかんでくるっとひねり、男の目めがけて小便をひっかけた。

「うわあ、うわあ、なにすんだよ!」と男は叫んだ。「まるでケダモンじゃねえか、ちっきしょう」

男がトイレットペーパーを引きちぎって顔を拭く音が聞こえた。男は泣きだした。フランクはトイレから出て手を洗った。これ以上映画を見る気はしなかった。外へ出てホテルに向かった。ロビーに入ると、フロント係が何度もうなずいて合図を送ってきた。

「何か?」とフランクはきいた。

「申し訳ありませんでした、エヴァンズさん。ちょっとふざけただけなんです」

「何のことだ?」

「知ってるくせに」

「いいや、知らない」

「頭がおかしいっていったことですよ。酔ってたんです。誰にもいわないでくださいね、首になってしまいますから。酔ってたんですよ。あなたの頭がヘンじゃないことぐらい承知してます。冗談をいったんですよ」

「おれは頭がおかしいんだよ」とフランクはいった。「チーズありがとうな」

そして彼は階段を上がっていった。部屋に入ると机に向かい、飛び出しナイフを出してボタン

を押した。じっと刃に見入った。一面きれいに研いであった。これなら刺すのも切るのも自在だ。彼は刃をしまってポケットに戻した。それからペンと紙を見つけて書きだした。

お母さんへ

ここはひどい町です。悪魔が支配しています。どこもかしこもセックスで、神が意図した美の道具としてではなく、悪の道具として使われています。ええ、間違いなく悪魔の手に、悪鬼の手にゆだねられてしまってます。若い女たちはジンを飲まされ、そしてケダモノどもに犯され、売春宿に入れられてます。ひどいものです。信じがたいことです。ぼくの心は痛んでます。

昨日、海岸沿いを散歩しました。美の世界にひたって息を吸いました。海、空、砂。生きてるということが永遠の至福になりました。正確にいうと、歩いたのは崖のはしっこでした。そこで足を止めて腰をおろし、美の世界にひたって息を吸いました。それからとても驚くべきことが起きました。リスが三匹、下の方からぼくを見ていたのです。そして崖を登ってくるのです。その途中、岩陰や岩の割れ目からぼくのことを見ているその小さな顔が見えました。とうとうぼくの足元までやってきました。彼らの目がぼくのことをじっと見るんです。お母さん、こんなに美しい目を見たのははじめてです。汚れを知らない目でした。空の全部、海の全部、永遠がその目にはありました。そして最後にぼくが動くと、かれらは……

ドアをノックする音が聞こえた。歩いていってドアを開けた。そこにいたのはフロント係だった。

「エヴァンズさん、どうか話をさせてください」

「わかった、入んなよ」

フロント係はドアを閉めてフランクの前に立った。ワインの匂いがした。

「エヴァンズさん、わたしたちの誤解を経営者にしゃべらないでくださいね」

「何の話かおれにはわからんよ」

「あなたは立派な男だ、エヴァンズさん。わたしは酔ってたんですよ」

「許してやるから、とっとと出ていけ」

「エヴァンズさん、いわないといけないことがあるんですよ」

「いいだろう。何なんだ?」

「あなたに恋しているんです、エヴァンズさん」

「なに、おれの精神にって意味か?」

「違います、あなたの肉体にですよ」

「何だって?」

「あなたの肉体にです。どうか立腹しないでください。肛門に入れてもらいたいんです」

「何?」

「肛門をやって、エヴァンズさん! わたしは海軍の半分に肛門をやられてきました。連中は何がいいかわかってんですよ。きれいな肛門に勝るものはありませんよね!」

「今すぐここから出ていくんだ!」

フロント係はフランクの首に抱きついた。そしてフランクの唇に自分のを重ねた。フロント係の口は濡れていて冷たかった。それに臭かった。フランクは男を突きとばした。

「なにしやがんだ、このクズが! おれにキスしたな!」

「好きなんです、エヴァンズさん」

「うすぎたねえブタが!」

フランクはナイフを摑んでボタンを押した。刃が飛び出した。フロント係の腹を突き刺して、抜いた。

「エヴァンズさん……ああどうしよう……」

フロント係は床に倒れた。出血を止めようとして両手を傷口に当てている。

「馬鹿野郎！　**おれにキスしたな！**」

フランクはフロント係のファスナーを下ろした。ペニスを握ってまっすぐ引っぱり、四分の三を切り落とした。

「ああ、こんなバカなこんなバカな、ああ……」とフロント係はいった。

フランクはバスルームへいき、手にしてたものを便器の中に捨てて水を流した。それから石鹼でよく手を洗った。出てくると再び机に向かい、ペンをとった。

……逃げていったけど、ぼくは永遠を見たんです。

お母さん、この町から、このホテルから出ていかなければなりません。悪魔がほとんどすべての肉体を手中に収めています。落ち着いたらまた手紙書きます。サンフランシスコになるかもしれません。ポートランドかシアトルあたりかもしれません。北へいきたい心境です。お母さんのことをいつも思っています。幸せで、そして健康でいてください。神さまがいつもお母さんとともにいますように。

愛をこめて、
あなたの息子
フランク

封筒に住所を書き、封をして切手を貼ると、クロゼットにいって吊るしてあったコートのポケットに入れた。そしてスーツケースを出してベッドの上で開き、荷作りをはじめた。

愛せなければ通過せよ

Love It or Leave It

太陽のもとを私は歩いた、何をしようかと思いながら。歩きに歩いた。なにかの外側のへりに沿って歩いているようだった。見上げると鉄道の線路が伸びていた。そのそばにペンキの剝げた小さな小屋があって、看板が出ていた。

求む

中に入っていった。青みがかったズボン吊りをした小さな老人が嚙みタバコをくちゃくちゃやって坐っていた。

「何だ？」と彼はきいた。

「おれ、その、おれは、そのう……」

「何なんだ、早くいえよ！　どうしたんだ？」

「見たもんで……看板を……求人の」

「働きてえのか？」

「働くって、どんな？」

「だからよ、ここはコーラスガールがくるところじゃねえんだよ！」

彼は身を乗りだして、汚れたタンツボにつばを吐いた。そしてまた嚙みタバコを口に含み、頰をすぼめながら歯のない口でくちゃくちゃはじめた。

「何をするのかな？」と私はきいた。

「何をするかは、教えてくれらあ！」

「どんな仕事かってことなんだけど？」

「線路工夫の作業班だよ。サクラメントのどこか西だ」

「サクラメント？」

「わかっただろ。なんてやつだ。こっちは忙しいんだよ。サインするのか、しないのか？」

「サインします、サインしますよ……」

彼がクリップボードにはさんでいた名簿に私はサインした。二十七番だった。私は本名をサインしたのだった。

彼はチケットを差し出した。「自分の持ち物を持って二十一番ゲートに来い。お前らを乗せる特別列車を用意してあるから」

チケットを空っぽの財布にいれた。

彼はまたつばを吐いた。「おい、いいか若僧、聞け。お前ができそこないだってことぐらいわかる。ここの鉄道会社はお前みたいな連中をたくさん面倒みてやってんだ。人助けさ。親切なんだよ、おれたちは。この——鉄道会社のことを絶対忘れるんじゃねえぞ。たまには会社のことをほめる言葉の一つでもいうこったな。それに現場についたら、監督のいうことをちゃんときくんだ。お前のことを考えてくれるんだから。金はたまるぞ、なにせ砂漠で、つかいたくたって金を

つかうところなんてねえんだから。だけど土曜の夜はな、若僧、土曜の夜は……」

男はまたタンツボの方へ体を傾けた。そして戻した。

「すげえぞ、土曜の夜は町へいって、酔っぱらって、密入国のメキシコ人のセニョリータに安くやってもらっていい気分で帰ってくるのさ。女たちが男の頭から面倒なことを全部吸い取ってくれる。おれも作業班からはじめたんだ。そして今はここだ。お前もがんばるんだな」

「ありがとう」

「わかったらさっさといけ！　忙しいんだ！……」


いわれた時刻に二十一番ゲートに着いた。列車のそばには、ボロを着た悪臭を放つ男どもが、笑ったり巻きタバコを吸ったりして立っていた。私は彼らの後ろにいって並んだ。彼らには散髪とひげ剃りが必要だった。勇気がありそうにふるまってはいたが、いらいらしてもいた。

それから頰にナイフの傷痕のあるメキシコ人が、われわれに乗車するよう指示した。みんな列車に乗りこんだ。窓からは何も見えなかった。

私は車両の一番後ろの席に坐った。他の男たちは前の方に坐ってにぎやかにやっていた。一人の男がウィスキーを取り出して、七、八人で少しずつ回し飲みした。それから振り向いて私を見た。何かいってるのが聞こえたが、頭には入ってこなかった。

「あの野郎はどうしたんだ？」

「おれたちよりも、できがいいと思ってんじゃないのか？」

「おれたちといっしょに仕事してやろうってつもりさ」

「自分のこと何だと思ってんだよな？」

私は窓の外を見た。見ようとした。その窓は二十五年間磨かれていなかった。列車が動きだし

た。私は彼らといっしょにそこにいた。おおよそ三十人いた。彼らはじっとしていられなかった。私は座席に体を伸ばして、眠ろうとした。

「シャーッ！」

ホコリが顔と目に吹きつけてきた。誰かが椅子の下にかくれていた。また吹く音が聞こえたと思ったら、二十五年間でたまったホコリのかたまりが舞い上がって、私の鼻の穴、口、目、眉毛に入り込んできた。私は動かなかった。するとまた同じことが起きた。勢いのいい突風だった。下に潜ってるのがどんなやつだか知らないが、狙いどおりにやるのはえらくうまかった。

私は体を起こした。席の下からはフウノウ吹く音が聞こえていた。それからそいつは這い出てきて前の方へ走っていき、座席に勢いよく飛びこんで仲間にとけ込もうとした。

男の声が聞こえた。「あいつがこっちにきたら、あんたたち、おれを助けてくれよな！　あいつがこっちへきたら、助けるって約束してくれよ！」

約束する声は一つも聞かれなかったが、男は無事だった。私には彼らの見分けがつかなかった。ルイジアナを出る直前に、水を飲みに前の方へいかなければならなくなった。彼らは見つめた。

「おい、見ろ。あいつを見ろよ」

「ひでえ面構えだな」

「自分を何様だと思ってんだ？」

「ろくでもねえ野郎だよ。線路の上にほっぽり出してやろうじゃねえか。泣きさけばしてやろうじゃねえか。キンタマをしゃぶらせようじゃねえか！」

「見ろよ！　紙コップを逆さに持ってるぞ！　違う方で飲んでる！　なあ、あいつを見ろよ！　ケツの方で飲んでる！　あいつは頭がおかしいんだ！」

「現場に着くまで待て。あいつに吸わせようぜ！」

私は飲み干すと、紙コップをいっぱいにしてまた空にした。逆さまのままで。コップを容器の中に放りこんで引き返した。すると聞こえてきた。

「あいつは気ちがいのふりをしてるんだ。恋人と別れたのかもしんねえな」

「あんな男がどうやって女を見つけるんだ？」

「知るか。もっと信じられないことがたくさんあるんだ」

テキサスに入ると、メキシコ人の監督が缶詰を持ってやってきた。彼は缶を手渡しで配った。中にはラベルのないのや、ひどくへこんだのがあった。

彼は私のところにきた。

「お前がブコウスキー？」

「ええ」

彼はミートローフの缶詰を渡して「F」という欄に「75」と書いた。「T」という欄には「45・90ドル」と書かれてあった。それから彼はちっぽけな豆の缶詰を渡して「45」と「F」の欄に書きこんだ。

彼は車両の前の方へ戻っていった。

「おい！　一体缶切りはどこにあるんだよ？　缶切りもなくてどうやって食うんだ？」と誰かがたずねた。

監督はゆらゆら揺れながらデッキを通って姿を消した。

テキサスは緑が豊かで、水飲み場がいくつかあった。止まるたびに二人、三人、四人と飛び降りていった。エルパソに着いたときには、三十一人いたのが二十三人になっていた。

エルパソでわれわれが乗っていた車両が引き離された。列車はそのまま走っていった。

「エルパソで降りるぞ。ここのホテルに泊まるんだ」とメキシコ人の監督がきて、チケットを配った。「これはホテルのチケットだ。サクラメントまでいく。これがホテルのチケットだ」

彼はまた私のところにきた。

「お前がブコウスキーか？」

「ええ」

「ここがお前のホテルだ」

彼は私にチケットを渡して「L」の欄の中に「12・50」と書きこんだ。

缶詰を開けることができた者は一人もいなかった。缶詰はあとで回収されて、次の班の連中たちに配られることになるんだろう。


私はチケットを捨てて、ホテルから二ブロック離れた公園で寝た。ワニの呻き声で目を覚ました。特に一匹の声がすごかった。池には四、五匹いた。もしかしたらもっといたのかもしれない。白い制服を着た水兵が二人いて、一人は池の中に入っていた。酔っぱらって、ワニの尻尾を引っぱっていた。ワニは怒っていたが動きが鈍く、水兵に噛みつけるほどには首を回せなかった。もう一人の水兵は若い娘といっしょに笑いながら池の端に立っていた。水兵とワニの対決はなおもつづき、もう一人の水兵は娘といっしょに離れていった。私は反対を向いて眠った。


ロスアンジェルスに向かう途中、水飲み場に止まるたびに男たちは降りていった。ロスアンジェルスに着いたときには、十六人になっていた。

メキシコ人の監督が列車の中を歩いてきた。

「二日間ロスアンジェルスに泊まる。水曜の朝、九時半の汽車だ。四十二号車だぞ、二十一番ゲートから乗れ。ホテルのチケットをくるんだ紙に書いてある。それから食券を配る。それでメインストリートのフレンチカフェで食事ができるぞ」

彼は二冊のチケットの綴りを配った。一冊には「部屋」と書かれてあり、もう一冊には「食事」と書かれてあった。

「お前がブコウスキーか？」と彼はきいてきた。

「はい」と私は答えた。

彼は私の綴りをよこした。「12・80」と「L」の欄の中に、それから「6・00」と「F」の欄に書きこんだ。

ユニオン駅を出て広場をよこぎっているとき、列車でいっしょだった二人の小男が日にはいった。二人は早足で突っきってきて私の右に並んだ。私は二人を見た。

彼らは歯をむきだして笑った。「よっ！　どうだ調子は？」

「いいよ」

彼らはもっと早足になった。ロスアンジェルス通りをすべるように横切ってメインへ向かった……。

カフェでは男たちは食券を使ってビールを飲んでいた。私も食券でビールを買った。一杯が、たったの十セントだった。男たちのほとんどはすごい早さで流しこんでいた。私はバーの端に立った。私についてなにかいうやつは、もういなかった。

私は食券をみんな酒に使ってしまったので、宿泊用のチケットを五十セントで客の一人に売った。さらにビールを五杯飲んで、出ていった。

歩きだした。北へ向かって歩いた。それから東へ向かい、また北へ向かった。それから壊れた車ばかりが積み上げられた廃車置き場に沿って歩いた。昔、ある男がこういった。「おれは毎晩ちがう車の中で眠ってるんだ。昨日はフォードで寝ただろ、その前の晩はシボレーだった。今晩はキャデラックで寝るよ」

いい所が見つかった。門の扉は鎖で閉めてあるのだが、扉が曲がっていた。扉と鎖の隙間からすべりこめるぐらいに私の体は細かった。見まわしてみるとキャデラックがあった。何年型かはわからなかった。私は後ろの座席に入って眠った。

朝の六時ごろだったにちがいない。子どもの叫び声が聞こえた。十五歳ぐらいだろうか、おもちゃのバットを持っていた。

「おい乞食、そこから出ろ！　うちの車から出ろ！」

怖がってるようだった。白いTシャツを着て、テニスシューズを履いていた。前歯が一本欠けていた。

私は外に出た。

「うしろへ下がれ！」と少年は叫んだ。「うしろへ下がれ、うしろへ下がれ！」とバットをこちらに向けた。

私はゆっくりと門の方へ向かった。門は開かれていた。そんなに遠くはなかった。

そこに五十ぐらいの、眠たげな太った男が小屋から出てきた。

「とおちゃん！」と子どもがいった。「こいつ、うちの車の中にいたんだよ！　うしろで寝てるところを、ぼくが見つけたんだ！」

「ほんとうか？」

「ほんとうだよ、とおちゃん！　あの車はうちのだよ、うしろで寝てるのを、ぼくが見つけたん

だ！」

「うちの車で何をしてたんですかね、あなたは？」

中年の男は私よりも門に近いところにいた。私は構わずにそのまま歩き続けた。

「きいてんだよ。うちの車で何をしてたんだ？」

私は門に近づいた。

男は子どもからバットを取ると走ってきて、バットの先を私の腹に押しこんだ。強くだ。

「ううっ！　なんてことだよ！」

まっすぐ体を起こしていられず、後ずさりした。子どもはその様子を見て勇気を出したようだ。

「とおちゃん、ぼくがやるよ！　ぼくがやる！」

少年はおやじからバットを取って振りまわした。体のほとんどいたるところを叩いた。背中、両わき、両脚。ひざも足首も。私には頭を守ることしかできなかった。両腕で頭を抱えていると、子どもは腕やひじを打った。私は鉄条網まで退がった。

「ぼくがやるからね、とおちゃん！　やっつけてやる」

子どもは止めようとしなかった。しだいにバットが頭に当たるようになった。

おやじがやっといった。「いいだろう、それぐらいでやめときな」

子どもはまだバットを振りまわしていた。

「おい、それぐらいでやめとけといっただろう」

私は反対を向いて、鉄条網につかまって体を支えた。しばらくのあいだ、動くことができなかった。彼らはじっと見ていた。手を放してみたら、どうにか立てたので、足をひきずって門に向かった。

「とおちゃん、もう一度やらせて！」

「だめだ」

門を出ると、北へ歩いた。体じゅうが痛かった。体じゅうが腫れてきた。足取りが鈍くなった。そんなに遠くまで歩けそうもないことがわかった。あたりはどこも廃車置き場だった。二箇所の置き場のあいだに、空き地があった。そこに入っていくと穴にはまって足首をひねった。足はすぐに抜いた。私は笑った。空き地は下り坂になっていた。そのあとで、硬いブラシのような枝につまずいた。起き上がろうとして、右の手のひらを緑のガラスの破片で切ってしまった。ワインの瓶だ。破片を引き抜いた。流れた血が地面にしみこんだ。私は土を払って傷口を吸った。つぎに転んだときには、転がって仰向けになった。痛みで悲鳴をあげた。それから朝の空を見あげた。我がふるさと、ロスアンジェルス。小さなブヨがきて顔のまわりを飛びかった。私は目を閉じた。

素足

No Stockings

女はバーニーに後ろを責めさせる一方で私のものを吸った。バーニーが先にいきはて、爪先で女の尻をくすぐって「よかったか？」ときいた。女はすぐには返事ができなかった。女は私をいかせた。それからわれわれは一時間かそこら酒を飲み、そのあとバーニーと交代して、今度は私が後ろにまわり、バーニーは女に吸わせた。終わると彼は自分の住まいに帰った。私も家に帰って寝酒を飲んで眠った。

午後の四時半だったはずだ。呼び鈴が鳴った。ダンである。私が寝込んでいたり、眠らないといけないときにやってくるのは、ダンと決まっていた。インテリ共産主義者といった感じの、詩のサークルを主宰してる男で、クラシック音楽に詳しかった。ヒゲを切るハサミをいつも携帯していて、人と話してる最中にその金属製の奇妙な小道具を手からはなさないのである。だがもっと悪いのは、彼が韻をふむ詩にこだわっていることだった。

「なんだおまえか」と私は彼の顔を見て、いった。

「また調子が悪いみたいだな、ブク？　おお、ブクがビュークになってピューとゲロを吐く！」

当たりだ。私はバスルームにいって、モドした。

戻ってくると、彼はのうのうとソファに坐っていた。

「それで？」と私はきいた。

「春季朗読会であなたの詩を少し読ませてもらいたくてね」

彼の朗読会には一度も顔を出したことがなかった。興味もなかったが、ひょこっと訪ねてくるようになって何年にもなる彼を、ていよく追い出す方法を知らなかった。

「ダン、おれ詩は書いてないんだよ」

「引出しいっぱいにあったじゃないか」

「ああ」

「引出しの中を見てもいいか？」

「かまわんよ」

私は冷蔵庫からビールをとってきた。ダンはしわくちゃになった紙片を何枚か持って坐っていた。

「うん、これは悪くない。うーん、これはだめだ！　それに、こいつもひどい。ヒッヒヒッヒッ！　なあ、ブコウスキーにいったい何があったの？」

「知らんよ」

「うーん、これはさほど悪くない。ああ、ああ、これはおそまつだ！　これも！」

彼が詩について何かいってる間に、私はビールをどのくらい飲んだかわからない。気分はよくなっていた。

「これは……」

「ダン？」

「ハイなあに？」

「女を知らないか？」

「何だって？」

「ちっぽけなモノ相手でものたうちまわる女を知らないか？」

「ここにある詩なんだけど……」

「詩なんてどうでもいい！　女だよ、女！」

「まあ、ヴェラがいるけど……」

「いこうや！」

「詩を幾つかあずかっていきたいんだけど……」

「持っていけ。着替えているあいだ、ビール飲んでるか？」

「一本ぐらいなら平気だね」

彼に一本渡して、くたびれた部屋着からくたくたになった服に着替えた。押韻詩人だってよ。すりへった靴に、すりきれたズボンをくったくなくはいて、ジッパーは四分の三しか上がらないとくる。われわれは外に出て車に乗った。途中でスコッチ・ウィスキーを一本買った。

「あなたが食べるところ、見たことがないな」とダンがいった。「食べないようにしてるの？」

「決めたものしかな」

彼はヴェラの家までの道を指示した。われわれはスコッチの瓶、私、ダンの順で車から下り、なかなか高級そうなアパートの呼び鈴を鳴らした。

ヴェラがドアを開けた。「まあ、ダンじゃないの」

「ヴェラ、こちら……チャールズ・ブコウスキー」

「あら、あたし、チャールズ・ブコウスキーってどんな感じの人だろうって、いつも思っていたのよ」

「おれもだよ」と彼女をおしのけて中に入った。「グラスあるかい？」

「ええ、あるわ」

ヴェラがグラスを持ってきた。ソファには男が坐っていた。私はグラス二つをスコッチで満たし、一つはヴェラに渡し、一つは自分が持った。それからヴェラとさっきからソファに坐ってる男との間に腰を下ろした。ダンは向かい側に坐った。

「ブコウスキーさん」とヴェラはいった。「あなたの詩を読んだことがあるんですけど……」

「詩なんてどうでもいいよ」と私はいった。

「まあぁ」とヴェラ。

私はグラスを空け、手を伸ばしてヴェラのスカートを膝の上までめくった。「きれいな脚をしてるな」

「少し太いって思ってるんだけど」と彼女はいった。

「そんなことはない！　ちょうどいい！」

自分のグラスを満たすと、身を乗りだして彼女の片方の膝に口をつけた。それからちょっと飲んで、今度はずっと腿の方までキスしていった。

「なんだよ、これ。帰るよ！」とソファの反対側に坐っていた男がいい、立ちあがって出ていった。

私はつまらぬ会話をしながらキスをつづけ、彼女のグラスにウィスキーを注いだ。まもなくスカートを上までまくりあげた。パンティが見えた。不思議なパンティだった。ふつうのパンティの素材でできたものではなく、なんというか、昔風のキルトのベッドカバーのように見えた。柔

らかな絹地のものが四角模様に縫われて、ふんわり膨らんだ感じ。パンティの形をしたキルトのミニチュアベッドカバーといったらぴったりかもしれない。彩りも豪華だった。緑に青に金にラベンダー色。思うに彼女は並外れた欲望の持ち主だったのだ。

彼女の股の間から頭を引っ込めた。ダンはてかてかしながら向かい側に坐っていた。

「ダン、ぼちぼち帰る時刻じゃないのか」

ダンはしぶしぶ帰っていった。あとで手淫をするにはこのくらいのショーのほうが効き目があるものだ。彼はしかし去りがたく、それは私だって同じだった。どうしても去りがたかった。それは私も同じことだった。いいところなんだから。

私は体を起こして酒を飲んだ。彼女を待たしてゆっくり飲んだ。

「チャールズ」

「おれはウィスキーが好物なんだよ。もう大丈夫だ、落ちついて相手ができる」

ヴェラはスカートを尻のあたりまでまくりあげたまま、坐って待っていた。

「あたし太りすぎなのよ。ほんとうよ。そう思わない？」

「そんなことは絶対にない。おれだったら三時間はやってられるよ。きみは食品貯蔵庫だ、中に永遠に入ってとろけていられる」

私はグラスを空けて、また注いだ。

「チャールズ」

「ヴェラ」

「なあに？」

「おれは世界でいちばんの詩人だよ」と私はいった。

「生きてる人のなかで、それとも死んだ人のなかで？」

「死んだ人のなかで」と私はいい、手を伸ばして片方の乳房をつかんだ。「きみのケツに生きてる鱈を押しこみたいよ、ヴェラ！」

「なんで？」

「わからん」

彼女はスカートを下ろした。私はグラスを空けた。

「きみはおまんこからションベンするんだろう？」

「そうらしいわね」

「そこが女たち全員に共通した悪いところだ」

「チャールズ、悪いけれど、帰っていただきたいの。あたしは明日の朝早く仕事にいかなくちゃならないんです」

「仕事とは見事。ゴロツキがごちそう狙って、ごしごし股の間でしごいてる」

「チャールズ」と彼女はいった。「お願いだから、帰って」

「心配すんな、いますぐヤッてやるからさ！　その前にちょっと飲ませろよ、おれの大好物は酒とくるんでね」

彼女が立ちあがるのも気にせず、ウィスキーを注いだ。そして顔をあげると、そこにはヴェラともう一人の女が立っていた。その女もまた見たところ悪くはなかった。

「あのう」とその女がいった。「私はヴェラの友人です。彼女、あなたに怯えています。明日の朝早起きしなくてはならないんです。私からもお願いします、帰ってください！」

「あばずれ女ども、よく聞け。おまえら二人ともおれがヤッてやる、約束するよ！　だからちょっと飲ませろ。それだけ聞いてくれればいい！　二十センチ級のいちもつで相手をしてやるよ！」

私は瓶の底が見えるまで飲んでいた。そこにお巡りが二人入ってきた。私は靴も靴下も脱いで下着ひとつでソファに坐っていた。居心地がよかった。感じのいいアパートだったのだ。

「あなたがたは」と私はきいた。「ノーベル賞委員会の人なの？　それともピュリッツァー賞のほう？」

「ズボンと靴をはくんだ」と片方のお巡りがいった。「今すぐだ！」

「あなたがたはチャールズ・ブコウスキーと話してるということがわかってるの？」と私はきいた。

「身分証明書を見せてもらうよ。署にいったらな。今は早くズボンと靴をはくんだ」

後手で手錠をかけられた。いつもながら痛い。小さな切りこみが血管に食い込んできた。それからせかされて外に出て、坂になってる車道を下った。小走りにならないとつんのめる速さだった。世界全体に見られているような感じがした。それにまた奇妙なことに、なんだか恥ずかしいような思いもしていた。ちびた小便のような、当たりそこねた機関銃の弾丸のような、やましい、役立たずの、できそこないかのように。

「あんたは恋人なのか？」と片方がきいた。

不思議な親しみをこめた、味のある質問である。

「いいアパートだったよ」と私はいった。「あんたらも、あのパンティを見ておくべきだった」

「だまるんだ！」ともう一人がどなった。

とくに警戒されることもなく後部座席に放りこまれた。私は体を伸ばして耳を傾けた。空の彼方から慈悲の心をふりそそいでくれるラジオに。こんなとき、いつものことだが、お巡りというのは私よりも優れてるんじゃないかと思う。そこにはなにがしかの真実があるだろう。

署ではお決まりの写真撮影と所持品の没収である。物事は変わりつづけている。機材が新しく

なっていた。そのあと背広を着た男が出てきた。指紋押捺というやつにはいつも難儀している。左手の親指がいやがるのである。「リラックスして！　さあ、リラックスして！」といわれて親指を回して、罪悪感にかられないことはない。ブタ箱の前でどうしてリラックスできる？背広の男は質問を重ね、罫線の引かれた緑色の紙に書き込んでいった。男は笑みを絶やさなかった。

「まともな男はここにはいない」と彼は声を落とし「あんたが気にいった。出たら、電話をよこせ」といって紙切れをさしだした。「けだもんだよ。ここの連中は。用心しろよ」

「電話しますよ」と私は、なにかの役に立つかもしれないので嘘をついた。警察で思いやりを感じさせる声を聞くと、素晴らしいことのように思ってしまうのである。

看守は「電話は一回ならかけてもいい」といった。「今かけてこい」

私はブタ箱から出された。その中ではみんな板の上に寝かされてるというのに、煙草をせびったり、いびきをかいたり、笑ったり、小便たれたりしながらも、居心地よさそうだった。とりわけメキシコ人たちは、まるで自分の寝室にいるみたいにリラックスして見えた。連中の気楽さがうらやましかった。

私はアドレス帳をめくった。おれには友だちが一人もいないということに気がついたのは、このときだった。私はページをくりつづけた。

「おい」と看守から声がかかった。「いつまでかかるんだ。ここに十五分はいるぞ」

あわてて当てずっぽうでかけた。電話に出たのは誰かの母親で、くどくどとくだらない話を聞かされた。彼女がいうには、私はかつて彼女の息子をムショ送りにしたらしい。それもカリフォルニアのイングルウッドの大通りにある死体置き場の階段で寝たら最高だと、私が言い張ったからだとか。われわれが酔っぱらったときに。そのばあさんにはユーモアのセンスがひとかけらも

なかった。看守は私を連れ戻した。

見てみると靴下をはいていないのは私だけだった。留置場に百五十人はいたはずだ。百四十九人は靴下をはいていた。多くはこぎれいな乗り物からおりたったばかりといった感じだ。底に落ちたと思っていたら、抜けてもっと下に底があったというわけだ。やれやれ。

看守が変わるたびに、電話を一本かけさせてもらえないかとたずねた。いったい何人にかけたか思いだせない。しまいには諦めて、そこで朽ち果てる覚悟をした。するとやがて扉が開いて、私の名前が呼ばれた。

「保釈だ」と看守はいった。

「ほんとかよ」と私はいった。

保釈の手続きにかかるおよそ一時間、誰が天使になってくれたのかを考えた。一人残らず頭に浮かべてみた。誰が友人になってくれたのかを考えた。外に出てわかった。そこにいたのは、私のことを嫌ってると思いこんでいた男とその妻だった。彼らは歩道で待っていた。

私は家まで送ってもらった。そこで保釈金を返した。二人を車まで見送って部屋に戻ってきたとき、電話が鳴った。女の声だった。いい声だった。

「ブク?」

「そうだけど、誰なんだい?　おれは今ブタ箱から出てきたところだよ」

サクラメントの女が長距離電話をかけてきたのだった。ここからでは裸になっても抱いてやれない。足のほうはあいかわらず裸足だが。

「ときどきあなたの詩集を一から読み返しているのよ、ビューク。いつ読んでも、感動するわ。ビューク、いつもあなたのことを想っているのよ」

「ありがとう、アン。電話をありがとう。きみはかわいいよ。おれはこれからちょっと外に出な

くちゃいけないんだ、一杯やってくる」

「愛してるわ、ビューク」

「おれもだよ、アン……」

私は出ていって、ロング缶のビール六本入り一箱とスコッチを一本買った。一杯目のスコッチを注いでいるときに、電話が鳴った。グラス半分まで一気に飲んでから電話に出た。

「ビューク？」

「ああ、ブクだ。ブタ箱から出てきたところだよ」とブク。

「知ってるわ。あたしヴェラよ」

「ろくでもない女だよ、おまえは。よくぞ警察に電話してくれたよ」

「怖かったのよ。ものすごく。警察が強姦で告訴するかってきいてきたから、告訴はしないっていったのよ」


彼女はドアにチェーンをかけていた。それでも隙間から中を覗くことができた。私の体の中で、さっきのスコッチ一本とビールのロング缶一箱分がたぽたぽいっていた。彼女の部屋着は前がはだけていた。私の口になんとかしてもらいたがってる、すっぱそうな胸が見えた。

「ヴェラちゃん」と私はいった。「おれたちは仲良くなれると思うよ。すごく仲良く。警察に電話したことは許してあげるよ。中に入れてくれ」

「だめ、だめよ、ビューク。あたしたち仲良くなんてなれっこないわ！　あなたは恐ろしい人だもの！」

胸は私に訴えつづけた。

「ヴェラ！……」

「だめよビューク、これを持って帰ってちょうだい。お願い、お願いだから！」

私は財布と靴下をひったくった。

「オーケー、おでぶさん。そのでっかいぶよぶよしたケツを、せいぜいかわいがってもらうんだな」

「もう！」と彼女はいってドアを閉めた。

財布の中身が三十五ドルあるのを確かめていたら、彼女がアーロン・コプランドのレコードをかけた。なんとおそまつな音楽。

今回は警察官に腕をとられずに、車道まで歩いていった。車は下の方に止めてあった。乗ってエンジンをかけて、オンボロだがよく走る車の中を暖めた。そして靴を脱いで靴下をはき、また靴をはいた。こうやって上品な市民になってから二台の車の間をバックして出た。ハンドルを華麗にあやつってスピードを上げ、夜道を北へ向かった。北北東でも北北西でもない、北の中の北に向けて。

私自身に向かって、私の家に向かって、なにものかに向かって、オンボロ車は走った。私は走った。信号で止まったときに灰皿に半分になった葉巻を見つけた。火を点けたら鼻先を少し焼いてしまった。信号が変わった。息を吸い込み、青い煙を吐きだした。ツキがなくて負けたからといって、なにかが死に絶えるわけではない。終わればもとの場所に帰っていくのである。

珍奇なこと。ときには性交には至らないほうが、性交するよりもいい場合がある。

私はまちがってるかもしれないが。いつもそうだといわれている。

静かなやりとり

A Quiet Conversation Piece

　私のところにくる人たちは変わってるのが多い。といっても人というのはみんな多かれ少なかれ変わっている。世界はかつてないほど震撼している。その影響がないはずはない。

　ここに登場する男は太り気味で、山羊のようなあごひげを生やしている。なかなか裕福そうである。彼は朗読会で私の詩を読みたいといってきた。私は承諾して、どう読んでほしいかをいった。すると彼はピリピリしだした。

「ビールはどこ？　ジーザス、飲むもの、なんかないんですか？」

　彼はヒマワリの種を十四粒つまんで口の中に放りこみ、機械のように嚙んだ。私はビールを取りにいった。マキシーというこの若者は一度も働いたことがなく、ヴェトナムの徴兵逃れのためにカレッジに通っていた。いまはラビ……ユダヤ教の坊さんになるための勉強をしている。ラビになるのは大変だろう。彼は元気いっぱいで馬鹿なことばかりやっている。きっといいラビになることだろう。だが彼は反戦主義者ではぜんぜんなかった。多くの人と同じように悪い戦争とい

い戦争とに分けて考えていた。マキシーは中東戦争には参加したかったのだが、召集される前にその戦争は終わってしまった。つまりは人というのは撃ち合いをやめないということだ。いいあってる最中にピストルをちょいと渡してやるだけで、答えは出る。北ヴェトナム人を撃つのはよくないが、アラブ人を撃つのは構わないというのだから、どんなラビになるかは知れている。

彼は私の手からビールをひったくって口に含み、さっきのヒマワリの種を流しこんだ。

「ジーザス（まったくなぁ）」と彼はいった。

「お前たちがイエス・キリストを殺したんだ」と私はいった。

「話をそっちに向けないでくださいよ」

「しないよ。おれはそういう手合いとちがう」

「ぼくはその、あなたが『テロの街』でかなりの印税を手にしたって聞いたので、それでジーザス（まったくなぁ）といったんです」

「ほんとだよ、あれはベストセラーだ。ダンカンとクリーリーとレヴァートフの詩集全部あわせたよりも売れてるよ。だけどそのことには意味はないよ。ＬＡタイムズだって毎晩たくさん売れている。ＬＡタイムズに中身があるのかっていうと、そうではない」

「そうですね」

われわれはビールを飲んだ。

「ハリーはどうしてる？」と私はきいた。ハリーはまだ若い。ハリーは精神病院にいた若者だった。私は彼の最初の詩集に序文を書いた。なかなかの詩を書いていた。いまにも叫びをあげそうな詩だった。その後ハリーは女の雑誌に書くようになった。それは私が断った仕事だった。編集者に「ノー」といったあとでハリーを紹介したのである。ハリーはどうかしていた。ベビーシッターでもするみたいに仕事を引き受けた。いまではもう詩は書いていない。

「ハリーですか。あいつはバイクを四台も持ってます。七月四日には大勢の人を裏庭に集めて、五百ドル分の爆竹を鳴らしましたよ。十五分間で五百ドルが空に消えたわけです」

「完璧だな」

「いえてます。豚みたいに太ってます。ウィスキーをよく飲んで、年がら年中食べてますよ。亭主が死んで四万ドルを手に入れた女と結婚したんです。あと、スキンダイビングで事故にあった。溺れたんです。いまでもスキンダイビングの道具は手放さずに持ってますよ」

「けっこうだな」

「でも、彼はあなたにやきもちを焼いてる」

「どうして？」

「わからないけど、あなたの名前が出てくると彼、おかしくなるんです」

「おれは切れかかった一本の紐にぶらさがってるようなもんだぞ。もう終わりが近いというのに」

「あの夫婦はお互いに相手の名前が編み込まれたセーターを着てますよ。彼女はハリーのことを立派な作家だと思っている。世間のことをあまり知らないんですね。いま二人はハリーの書斎を作るために壁の一つを取り壊してますよ。あれはプルーストだったかしら？　失われていく壁の音を聞いてると『失われた時……』の作家を思いだしますよ。あれはプルーストだったかしら？」

「壁にコルクを張った防音の部屋で書いた作家か？」

「ええ、たしかそうですよ。とにかく書斎をつくるのに、二千ドルはかかりますよ。立派な作家がコルクの部屋で書いてる姿が目に見えるようです。『リリーは華麗にバレーのように飛んだ、農夫ジョンの垣根を……』」

「あいつの話はやめよう。金に溺れたんだな。ばかばかしい」

「そうですね。ところでお嬢さんは？　名前なんでしたっけ。マリーナ？」

「マリーナ・ルイーズ・ブコウスキー。このあいだ、おれが風呂から上がるところを見てな。三歳半だよ、まだ。なんていったと思う？」

「さあ」

「こういったよ。『自分のことを見て。へんよ。前にはぶら下がってるけど、後ろには何もぶら下がってないもん！』」

「かないませんね」

「そうだよ、娘は、ペニスが両側についていると思ってたんだ」

「そうなったらいいもんでしょうね」

「おれは勘弁してもらう。一本だって充分に活用してないのに」

「もっとビールあります？」

「あるよ。気づかずに悪かったな」

　私はビールを出してきた。

「ラリーが寄ってったよ」

「本当に？」

「ああ。あいつは革命がすぐそこまできてると思ってる。そうかもしれないし、そうじゃないかもしれない。誰にもわかりゃしない。おれはやっこさんにいうんだ。革命というのは内から起きてくるもので、外からやってくるもんじゃない。暴動が起きて、人々が最初にするのは、カラーテレビを盗むことと決まってる。人が求めてるのは、所詮そんなものだ。だけど、やつには、なにをいっても聞く耳がない。ライフルをしこんで革命家たちの仲間入りをしにメキシコへいった。テキーラを飲んであくびをしてる革命家たちのところにな。そこにもってきて言葉の障害がある。

いまはメキシコを出てカナダにいる。北部の州のどこかに食料と銃が隠されてる。でも原爆は持ってない。間が抜けてるよ。それに空軍もない」

「ヴェトナム人も持っていないけど、よくやってますよ」

「だからソ連と中国の手前、アメリカは原爆を使えないでいる。だけどもしアメリカが、カストロ支持者がいっぱいいるオレゴンの隠れ家に落とすことに決めたらどういうことになる？　アメリカ内のことだから、よその国は口出しできないよな、そうだろう？」

「善良なアメリカ人みたいなしゃべりかたですね」

「おれは政治オンチだよ。ただの見物人でね」

「みんながみんな見物人じゃなくてよかった。ぼくたちはどこにも進めなくなってしまうもんね」

「おれたちはどこかへ行き着いたのかい？」

「知りませんよ」

「おれもだ。だがな、ひとつだけわかってることがある。革命家のほとんどは、いやなやつらで、度し難い馬鹿者だよ。勘違いしてほしくないが、なにもおれは、貧しい人を助ける必要はないとか、教育のない人に教育を与える必要はないとか、病人を病院にいれる必要はないとかいってるんじゃない。おれがいってるのは、ニキビに悩まされていたり、妻から見捨てられていたり、平和のシンボルだとかいうくだらないものを首に巻きつけてる、そういう連中を聖職者かなにかのように思いこんでちやほやするやつがいる、それが問題だということなんだ。あいつらはだいたいが日和見主義者で、フォード社のために働いてる連中とかわりはしない。もし入れたら、ということだが。おれは指導者が悪党からまた別の悪党に変わるだけなんていうのは、ごめんだな。そんなことは選挙で毎回やってきてるじゃないか」

「それでもぼくは、革命というのは世の中をよくしてくれると思いますよ」

「勝つか負けるかだよ。革命が通ったあとには、良いもの悪いもの、いろんなものが消えてなくなっている。人間の歩みはとてものろいものだ。おれは鳥が水浴びできるような場所があればいいよ」

「そこからなら見物しやすい」

「そこからなら見物しやすい。ビールを飲めよ」

「反動的に聞こえちゃうんだけどなあ」

「まあ聞けよ、ラビ。おれは物事を多角的に見ようとしている。自分の側からだけではだめだ。体制側はとても冷静に見ている。こっちだってそうしないといけない。おれは体制側と話し合うつもりだ。手強い相手だということは心得ている。スポックになにが起きたか知ってるだろう。それにケネディ兄弟やキング牧師やマルコムX。リストを作ったら長いものになる。大物たちをあまり急いであの世に送ってはいけないんだ、そんなことをしてたら結局は自分が、墓場でトイレットペーパーの芯をつかって古びたジャズの真似をするなんてことになる。状況というのは刻々と変わっている。若い人たちは年寄りが考えてることよりも、ずっといいことを考えている。年寄りは死にかけてるんだ。誰も彼もが死んでしまうなんてことにならない、なにかしら有効な方法があるもんだよ」

「退嬰的ですね。ぼくは『勝利をくれ、さもなくば死を』のほうがいいな」

「それはヒットラーがいったことだ。彼は死んだ」

「死ぬのはどこがいけないんですか？」

「いまここにある問題は、生きていたらどうしていけないか、ということなんだよ」

「あなたは『テロの街』みたいなものを書いて、何もせずにただ坐っていて、人殺したちと握手

しようとしている」

「おれたちが握手したんだって？」

「こんなことに口をつかってる今の今も、残虐な行為は起きてるんですよ」

「クモがハエを、ネコがネズミを襲ってるということか？」

「ぼくがいってるのは、人はもっとよく理解しあう能力があるのに、いがみあってるということです」

「いいことをいうじゃないか」

「あたりまえですよ。口を持ってるのはあなただけじゃありません」

「それで、おれたちはどうすればいいって、いいたいんだ。町を焼き払うか？」

「ちがいます、国を焼き払うんです」

「さっきもいったが、おまえはとんでもないラビになるよ」

「ありがとう」

「それで国を焼き払ったあと、なにをそこに持ってくればいいんだ？」

「フランス革命は失敗した、ロシア革命は失敗した、アメリカの独立革命は失敗した、そういいたいんですか？」

「すべてがというわけではないが、あっけなく崩れたのははっきりしている」

「試みだったということなんですよ」

「一センチ進むのに、どれだけ多くの人が死ななきゃいけないんだ？」

「一センチも動こうとしないことで、どれだけ多くの人が殺されると思います？」

「ときどきプラトンと話してるような気になるよ」

「あなたでしょう、ひげのユダヤ人と対話するプラトンは」

やがて静かになり、われわれのあいだの未解決な問題が宙に浮いたままになった。その一方、場所が変わってドヤ街は夢も希望も失った人生の落伍者であふれている。貧民は慈善病院でろくな手当てもしてもらえずに死んでいく。刑務所は無法者や瘋癲であふれかえって寝台が足りず、囚人たちは床の上に寝なくてはならない始末だ。救済事業に加わるのは慈善行為ではあるだろうが、長続きするとは限らない。精神病院は、チェスの駒を動かすみたいに人をこき使う社会のせいで、壁から壁までぎっしり詰め込まれてるし……。

知識人とか作家にとって、自分の尻が安泰であるかぎりは、微細にわたって観察するというのは、途方もなく楽しいものなのである。ひとつ知識人とか作家のよくないところは、自分の快楽や苦悩には敏感だが、他人にたいしてはほとんどなにも感じない点だ。異常なことではないが、ほめられたものではない。

「それで議会なんだけど」と私の友はいった。「銃規制の法案をつかえばなんとかなると思ってるみたいですよ」

「そうだな。現実にどこがいちばん銃をつかってるかは、わかってる。だけど、人にむけて引きがねをいちばん引いてるのは誰かとなると、はっきりしない。軍隊か、警察か、州警察か、それとも狂人たちなのか？　つぎに狙われるのはおれかもしれないから、怖くて想像ができない。おれにはまだ書きたい詩が二、三あるからな」

「あなたはそこまで重要な人間ではないでしょう」

「そういってくれて嬉しいよ、ラビ」

「あなたの中には臆病な虫がいるみたいですね」

「その通りだよ。未来を予見できるのは臆病な人間なんだ。勇敢な男というのは、だいたいにおいて想像力に欠けてるもんなんだ」

「ときどきあなたなら立派なラビになるだろうなって思いますよ」

「だめだね。プラトンにはユダヤ人のひげはなかった」

「伸ばせば」

「ビールを飲めよ」

「これはどうも」

それから、われわれは静かになった。別のおかしな晩である。人々は私のところにきて、おしゃべりし、私を満腹にする。未来のラビ、ライフルを携えた革命家たち、FBI、娼婦、女流詩人、カリフォルニア州出身の若い詩人、ミシガンへ行こうとしているロヨラ大学の教授、カリフォルニア大学バークレー校の教授、リバーサイドに住んでいる別の教授、宿無し少年三、四人、ブコウスキーの本を愛読している浮浪者たち……。しばらくのあいだ私は、こうした一団に貴重な時間を奪われ、だいなしにされてると思っていた。だがじっさいは、誰もがそれぞれ私に与えるなにかを持っていた。彼や彼女たちの一人一人に会えたのは、このうえない幸運だった。だから石の壁に隠れるジェファーズの心境とは無縁でいられる。本が売れて有名になったといっても、表に出ずに、知られないようにしてきたことも幸いしていた。ファンが家の前の芝生にキャンプをしにくるヘンリー・ミラーのようになることは、まずあるまい。私は女神に見守られているのである。おかげで元気でいられて、いまだにピンピンしているし、ノートをとったり、見物したり、善良な人々のやさしさや、タイプを打つ腕に、奇跡が狂ったネズミのように駆け上がってくるのを感ずることができる。四十八歳の私に与えられたこのような人生は、明日のことはわからないが、甘い夢の中でも最も甘い夢を見ているようなものなのである。

ビールで腹を膨らました若者、未来のラビは立ちあがった。

「いかなきゃ。明日、授業があるんです」

「わかった。だいじょうぶだな？」

「ええ。だいじょうぶです。父があなたによろしくっていってました」

「その言葉を胸にしまっとく、とおれがいってたとサムに伝えてくれな。なにはともあれ、みんながんばらないとな」

「うちの電話番号知ってましたっけ？」

「おれの左のオッパイに書いてあるよ」

出ていく彼の姿を見つめた。階段を下りる。やや太め。なかなかいい感じではある。パワーがある。持て余すほどのパワーが。こみあげてくる熱がある。地鳴りのようなものがある。いいラビになることだろう。私は彼が好きである。彼の姿が視界から消えていく。私は坐ってこれを書く。タイプライターの向こうで煙草が灰になっていく。その様子や、次はどうなるかを知らせたくて書く。タイプライターの次に私の手が触れるのは、タイプのわきの一センチくらいの白い人形の靴二足。娘のマリーナが置いていったのだった。いまはアリゾナのどこかにいる。革命的な母親といっしょに。一九六八年の七月である。私はキーを叩く。緑色の顔にゼリーが腐ったような目をした男二人が、自動小銃をかかえてドアを蹴破ってくるのを待ちながら……。彼らがあらわれないことを祈る。せっかくの楽しい夜なのだから。おやすみ。

ビールと詩人とおしゃべり

Beer and Poets and Talk

とんでもない夜だった。ウィリーは前の晩ベイカーズフィールドの草むらの中で夜を明かしていた。オランダ人も仲間をつれてそこにいた。ビールは私のおごりだった。私はサンドイッチを作った。オランダ人は文学や詩についてひっきりなしにしゃべった。なんとか帰らせようとしたのだが、彼はいすわった。彼はパサデナだかグレンデイルだかで本屋を経営していた。やがて人を魅了するものについての話になった。あんたはどう思うかときかれて、いい考えはおのずと浮かんでくる、私はそれを待っていると答えた。待てるというのはすばらしいことだった。ウィリーは私の葉巻を一本取って、紙をはがして火を点けた。

誰かがいった。「なんだってまたコラムなんか書いてんだ。あんたはリプトンがコラムを書いてるってんで馬鹿にしたんだぞ。いま、あんたは同じ事をしてるじゃないか」

「リプトンは左翼を気取ったものを書いている。おれのは芸術だ。比較できない」

「おい、エシャロットをもっと出してくれよ」とウィリーがいった。

私はエシャロットとビールをとりに台所へいった。ウィリーは書物から飛びだしてきたような男だった。まだこの世に登場してない書物だが。全身毛深く、頭の毛も髭ももじゃもじゃだった。はいてるのは膝あてのついたブルーのジーンズ。サンフランシスコに一週間いると、つぎの週はアルバカーキ、そのあとはまたどこかにいく。そんなやつで、どこにいくにも自分の雑誌に採用することにした詩を全部持って歩いた。まともな雑誌とは思えないのだが、その後順調に進んでるのかどうかは誰にもわからなかった。電線男ウィリー、細身で活発で不滅。書く文章はなかなかよかった。人を批評するときでも、そこには悪い感情はなかった。意見を述べるだけで、あとは読み手にまかせた。上品なおおらかさである。

ビールを何本か開けた。オランダ人はまだ文学について話していた。彼はD・R・ワグナーの「エジプト第十八王朝時代の自動車熱」を出したところだった。それもなかなかいい仕事だった。聞き役にまわった彼の仲間は、おとなしいが存在感のある、新しいタイプの若者だった。

ウィリーはエシャロットを食べつづけた。

「ニール・カサディと話をしたんだ。彼は完全にいっちゃってる」

「ええ、自爆したがってる。ばかげてるよ。神話をでっちあげたいんだね。ケルアックの本にやられたようなもんだ」

「おい」と私はいった。「文学のゴシップほどくだらないものはないぞ。だろう?」

「そうだな」とオランダ人はいった。「仕事の話をしよう。みんな自分の仕事について話すんだ」

「なあブコウスキー、いま詩は書かれてると思うかい? 誰がいる? ローウェルはいっちまったしな」

「名のとおった連中が最近になってみんなばたばたいったな。フロスト、カミングス、ジェファーズ、W・C・ウィリアムズ、T・S・エリオット。ほかにもいるよな。二、三日前の晩にはサ

ンドバーグが死んだ。短いあいだに、みんないっしょになって死んだみたいな気がするよ。ヴェトナムやどっかの暴動に身を投じてな。へんてこで、やたらと速くって、痛ましい時代になったからな。いまのスカートを見てみろよ、ほとんど尻まるだしだぜ。時代はどんどん変わっている。おれはそこが好きなんだ。いいもんだよ。でも体制側はどうかな。かなり悩んでるだろう。文化というやつは不動なものだと思ってるからな。美術館やヴェルディのオペラや、進歩の足をひっぱる頭のにぶい詩人なんかがいちばんいいんだ。ローウェルは信任状をこまかにチェックされて身があぶなくなった。ローウェルの詩は眠くさせないし、ヘンに興奮させることもない。彼のを読んで最初に思うのは、この男は一度も食いっぱぐれたことがない、タイヤがパンクしたことも、虫歯の痛みも知らないんじゃないかということだ。クリーリーもそんなものだ。とても似ている。おれは思うけど、役人たちはしばらくのあいだローウェルとクリーリーをはかりにかけて、最終的にローウェルのほうにしたんだろう。クリーリーは善良な間抜けからはほど遠い。信用ならないところもあるしな。大統領の園遊会にあらわれて、あの髭づらで客たちを笑わせかねない。だからローウェルじゃなければならなかった。そうだよ、だからローウェルだったんだ」

「それで誰が詩を書いてるんだ？　どこにいる？」

「アメリカにはいないよ。おれが考えつくのは二人だけだ。ハロルド・ノースはスイスでソーウツ病の治療をうけながら、金持ちの支持者に面倒をみてもらって、糞を垂れながしたり、失神の発作をおこしたり、蟻を怖がったりといろいろやってる。詩はほとんど書いてない。まあ、われわれと同じようにイカれつつあるということだろうな。だけど書く時はまちがいなくいい。そしてもう一人はアル・パーディ。小説家アル・パーディではなくて、おれがいってるのは詩人アル・パーディのほうだ。この二人は同一人物じゃない。彼はいまカナダで暮らして、自分で栽培したブドウで自家製のワインを作っている。飲みすけなんだ。四十代の半ばかな。昔はよくいた

んだろう、ああいう男が。詩を書いていられるのは、女房がはたらいてるからだ。じつによくできた女房で、こういうのにはめったにお目にかかれるもんじゃない。それはともかく、カナダ政府は援助金みたいのを四千ドル払って、彼を北極にやってそこでの生活について書かせてる。彼はそれをやってるんだ。鳥や人間や犬についての、おそろしくくだらない詩を書いてるよ。ばかなもんだ。彼は昔『アネットすべてへの歌』という詩集を出してて、読みながらおれは胸にじんじんきてたまらなかった。たまに上を見たり、ヒーローを持ったり、人に荷を背負わせたりするのはいいもんだよ」

「自分も同じぐらいいいものが書けるとは思わないのかい?」

「たまにはな。でもふだんは思わないね」

ビールがなくなった。私は便意をもよおした。ウィリーに五ドルわたして、シュリッツ(これじゃ商品の宣伝だ)のロング缶六本入りを二ケース買ってきてほしいと頼んだ。三人そろって出ていったので、トイレにいって腰をおろした。時代についてなにかきかれるのは悪いものではなかった。自分がしたいことをしているのは、それよりもずっとよかった。病院のこと、競馬場のこと、知り合った昔の女のこと、裏切ったり、飲みまくったり、やりまくったり、だがケンカはさほどしなかった女たちについて私は考えた。アルコールに狂った女たちは、自分たちにしかできないやりかたで愛情を表現したものだった。と、そのとき壁ごしに声が聞こえた。

『ねえジョニー、ぜんぜんキスしてくれないけど、どうかしたの? ねえ、ジョニーったら。なにか話をしてよ。あたし、話がしたいの』

『ふざけないで、あっちへいけよ。話なんかしたくないよ。**ほっとけないのかよ? がたがたうるさいんだよ、ほっといてくれ!**』

『ねえジョニー、あたしはただ話をしてもらいたいだけなの。耐えられないのよ。触わってくれ

なくてもいいから、話をして。おねがいよ、あたしつらいのよ。こんなの耐えられないよ！』

『なんて女だ、ほっといてくれっていっただろ！　うるせえ女だ、ちくしょう、ほっとけよ、おれをひとりにしてくれよ、ほっといてくれよ、わかったか？』

『ジョニー……』

男は殴った。平手だ。いい音だった。あやうく私は便座から落ちるところだった。女は争いを打ち切ってはなれていった。

そこにオランダ人とウィリーと若者が帰ってきた。彼らは缶を開けた。私は用がすんで戻っていった。

「アンソロジーを出そうと思うよ」とオランダ人がいった。「現存する最高の詩人たちのアンソロジーを。本物の詩人たちのという意味だよ」

「いいな、やれよ」とウィリーはいった。それから私に「いいウンチが出た？」

「シブいね」

「シブかったの？」

「シブかった」

「繊維質のものをとらないと。もっとエシャロットを食ったほうがいいな」

「そんなものかな」

「ああ」

私は手を伸ばして取ったエシャロットを二個、噛んで胃に落とした。きっとつぎはスンナリ出るだろう。そのあいだも、愉快な騒ぎ、ビール、おしゃべり、文学があった。私は葉巻を一本つかんで包装の紙と帯を外すと、このつぶれたへんな顔でくわえて火を点けた。へたな文章はだめな女に似ている。してあげられることが、ほとんどない。

レノで男を撃った

I Shot a Man in Reno

　ブコウスキーはジュディ・ガーランドがニューヨーク交響楽団で歌ったときに泣いた。ブコウスキーはシャーリー・テンプルが「あたしのスープに動物クラッカーが」を歌ったときに泣いた。ブコウスキーはドヤ街の宿で泣いた。ブコウスキーは服が着れない。ブコウスキーは話ができない。ブコウスキーは女を恐れてる。ブコウスキーは胃が悪い。ブコウスキーは恐がりだ。そして辞書や、修道女や、小銭が大嫌いだ。バス、教会、公園のベンチ、クモ、ハエ、ノミ、ヒッピーが大嫌いだ。ブコウスキーは戦争にいかなかった。ブコウスキーは年寄りだ。ブコウスキーは四十五年間凧を上げたことがない。ブコウスキーがもし猿だったら、仲間から爪はじきにされていただろう……。

　私の友人は、肉切り包丁をふるって私の心を解剖したことを気にかけすぎて、自分のことには頭がぜんぜん回らないようだ。

「だけどブコウスキーはきれいにゲロを吐くよな。おれは彼が床にションベンしてるのを一度も

見たことがない」

私には人を惹きつけるものが、あるということなんだ。彼はそれから小さなドアを開け放った。人が一人やっと寝れるほどの部屋には新聞やボロ布が山積みだ。

「いつだってここに泊まっていいんだよ、ブコウスキー。きみは泊まりたがらないけどな」

窓がないしベッドもない。隣りはバスルームだ。それでも悪くはなさそうに見える。

「耳栓をつけたほうがいいかもしれないな。おれは、音楽をかけっぱなしにしとくから」

「つかわしてもらうよ」

われわれは彼の仕事部屋に戻っていく。「レニー・ブルースでも聞くかい？」

「いや、いいよ」

「ギンズバーグは？」

「いやだな」

彼はテープかレコードをかけてないと気がすまない。やがてフォルサムの囚人たちに歌いかけるジョニー・キャッシュが流れてきた。

「おれがレノで男を撃ったのは、やつの死ぬところを見たかったから」

私にはジョニーが囚人を相手にバカをいってるようにしか思えなかった。ボブ・ホープがクリスマス休暇にヴェトナムにいって兵士たちにやってることと同じなんだろうと。私はそういう考え方をする。囚人たちはとりあえず独房から出て、大いに感動しているが、それはビスケットの代わりに肉のない骨を与えてるようなものではないかと思うのだ。ジョニーが清らかだとか、勇敢だとか、そんなふうには断じて思えない。刑務所にいる男たちにしてやれることは、ただ一つ。そこから出してやることである。戦場にいる男たちにしてやれることは、ただ一つ。戦争をやめることである。

「消してくれ」と私は頼んだ。

「どうしたんだ?」

「有名人の悪ふざけだ」

「そんなことないよ。ジョニーだって入ったことはある」

「入ったことがあるのは大勢いる」

「おれたちはいい音楽だと思ってんだけどな」

「声は好きだよ。でも刑務所で歌うことができるのは、じっさいに刑務所に入ってるやつだ」

「でも、いいと思うよ」

そこには彼の女房もいた。どこかのバンドでジャズをやってる若い黒人の男も二、三人いた。

「ブコウスキーはジュディ・ガーランドが好きなんだよ。『虹の彼方に』とか」

「ニューヨークのあの時の彼女が好きなんだ。あの迫力はすごかった。圧倒されなかったやつはいない」

「彼女は太った。酒の飲み過ぎだよ」

同じことの繰り返しだった。いいたいことをいうだけで、なんにも得るものはない。私は早めにそこを出た。J・キャッシュがまた聞こえてきた。

途中でビールを飲んで帰ってくると、ちょうど電話が鳴っていた。

「ブコウスキー?」

「そうだよ?」

「ビルだ」

「やあ、ビル」

「何してた?」

「べつに」

「土曜の夜はどうしてる？」

「きっと疲れてるだろう」

「こっちにきて、人に会ってほしいんだよ」

「無理だろうな」

「なあ、チャーリー、電話っていうのは、なんだか疲れるな」

「そうだな」

「まだあの下品な新聞に書いてんのかい？」

「何だって？」

「あのヒッピー新聞……」

「読んだことあるのか？」

「もちろんだよ。抗議文みたいなやつをな。あんた、時間を無駄にしてるよ」

「新聞の方針に沿って書いてるわけじゃないさ」

「そうとは知らなかった」

「きみがあの新聞を読んでたなんて知らなかった」

「ところで、おれたちの共通の友から何か連絡あったかい？」

「ポールのことか？」

「そうだ、ポール」

「彼からはなにもないな」

「彼はあんたの詩を評価してるよ」

「それは結構だね」

「おれ自身は、あんたの詩、好きじゃない」

「それもまた結構なことだね」

「土曜日は空けられないわけか」

「そうなんだ」

「電話してるのに疲れてきたよ。それじゃあな」

「ああ、お休み」

また一人肉切り包丁をふるうやつ。いったいなにがお望みなんだ？ まあいい、ビルはマリブに住んで、金になるものを書いていた。哲学的セックスが中身とかで、誤植だらけで、大学生レベルだった。文章が書けないだけでなく、ビルは電話から遠ざかることもできなかった。彼は何度でも電話してくる。そして排泄物のようなごたくを並べて一つ一つ私に投げつけてくる。私は股間のものを肉屋に売り渡さなかった年寄りだ。それが人をいらつかせた。だから私に勝利するには、肉体的に責めるしかなかった。誰にでも起きうることで、めずらしくはなかった。

ブコウスキーはミッキー・マウスはナチスだと思った。ブコウスキーはバーニーのビーナリーで自分自身をバカ者扱いした。ブコウスキーはシェリーのマンホールで自分自身をバカ者扱いした。ブコウスキーはギンズバーグに嫉妬している。ブコウスキーは一九六九年型のキャデラックに嫉妬している。ブコウスキーはランボーがわからない。ブコウスキーは茶色の硬いトイレットペーパーでケツを拭く。ブコウスキーは五年後に死ぬ。ブコウスキーは一九六三年以来きちんとした詩を書いていない。ブコウスキーは泣いた、ジュディ・ガーランドが……レノで男を撃った。

私は腰をおろして、タイプライターに紙を差しこんだ。ビールを開け、煙草に火を点けた。うまく書き出せた、と思ったら電話が鳴った。

「ブク？」

「そうだが？」

「マーティだ」

「やあ、マーティ」

「最近のコラムを二つほど偶然目にしたよ、なかなかいいじゃないか。きみがあんなに文章がうまいとは知らなかった。本にしたいと思ってるよ。『グローブ』とはもう切れてるのかな？」

「ああ」

「欲しいんだ。きみのコラムは詩に劣らず優秀だよ」

「マリブの友人は、おれの詩はきたならしいといってる」

「そんなやつはほっとけ。おれはコラムが欲しい」

「あれは……の手に渡ってるんだ」

「馬鹿な、あいつはポルノ商人だぞ。おれにまかせれば、本は大学や有名書店に並ぶ。そういうところで人目に触れれば、一挙に評判は広がる。読者はみんな、いままでの小難しいばっかりで糞面白くないものに飽き飽きしてるんだよ。おれはきみの昔のものを、今は手に入らない作品もひっくるめて全部出して、一冊一ドルか一ドル半で売ったら、大儲けできると思ってる」

「おれのせいで火傷するかもしれないとは思わないのか？」

「人を傷つけるほど熱くなるのは、まあ酒を飲んでるときぐらいだよ、普段はちがう……ところで、ここんとこどうしてた？」

「シェリーの店で、一人の男の襟をつかんで、少しこづき回したらしいよ。でもな、その程度でよかったよ、もっとひどいことになってたって不思議ないからな」

「というと？」

「そいつは、おれの襟をつかんで、こづき回すことだってできたんだ。プライドの問題だな」

「いいか、一ドル半で本を売り出すまでは死ぬなよ。殺されるのもだめだ」

「そう努めるよ、マーティ」

「ペンギンブックの方はどうなってる?」

「スタンジェスは一月だっていってる。校正刷りをもらったところだよ。前払いの五十ポンドは競馬ですってしまったがね」

「競馬から足を洗っていないのか?」

「しゃらくさいぞ。儲ければ何も文句はいわないくせに」

「その通り。とにかく、コラムのことを教えてくれよな」

「わかった、お休み」

「お休み」

偉大な作家ブコウスキー。クレムリンの自慰するブコウスキーの彫像。ハバナの陽光の中の、鳥の糞でおおわれたカストロとブコウスキーの彫像。レースに出て二人乗り自転車のペダルをこぐブコウスキーとカストロ。ブコウスキーは後ろだ。鳥の、アメリカムクドリモドキの巣の中にくるまってるブコウスキー。虎用の鞭で十九歳の黒人女を鞭打つブコウスキー。九十六センチの黒いバストだ。ランボーを読んでる黒人娘だ。それから世界の壁の中で、誰が運のめぐりを狂わせたのかと考えながらカッコウと鳴くブコウスキー。……ジュディ・ガーランドを、人々が忘れたころになって聞きにいくブコウスキー。

私は用事を思い出して車に戻った。ウィルシャイヤー大通りをちょっと横に入ったところだ。そこの大きな看板に彼の名前が出ている。昔いっしょにくだらない仕事をやった仲だった。ウィルシャイヤー大通りについては、私はくわしくない。おぼえようとしているところだ。なにごとについても、私はあらかじめ略図を描くようなことはしない。彼は白い母親と黒い父親の混血だ

った。くだらない仕事の現場にいっしょにいったのは、共通のなにかがあったということだ。くだらない仕事を一生引き受けようなんて思うやつは、まずはいないが、そういう仕事からは教えられることが多い。あまりに多すぎて参ってしまい、二度と立ち上がれないということにもなりかねない。

バックして止めたとき、車の後部をぶつけてしまった。彼はその夜は遅くなっても待つといっていた。九時半だった。ドアが開いた。

十年。**十年**。十年。十年。**十年**もだ。

「ハンク、きやがったか!」

「ジム、このおめでたい野郎……」

「上がれよ」

彼について中に入った。豪華なものだった。秘書やスタッフが帰ったあとなので助かった。気をつかわなくてすむ。部屋は六つか八つあった。われわれは彼の部屋に入った。私はビールのパックを破いた。六本入りを二箱。

十年だ。

彼は四十三で、私は四十八。私のほうがどう見ても十五は上に見えた。羞恥をおぼえた。たるんだ腹。みじめな風体。それは私が送ってきた日々が楽ではなく、くだらない仕事で糊口をしのいでるあいだに、時が流れてしまったことを語っていた。私は負けたことが恥ずかしかった。彼の金に、という意味ではない。私の挫折だ。立派な革命家は貧しい人間である。というのに私は革命家ではない。疲れているだけである。あるのはバケツ一杯の汚物とくる! 鏡、壁にかかった鏡が私を映していた……。

彼には明るい黄色のセーターがよく似合った。力が抜けていて、私に会えたことを心から喜ん

でいた。

「ふつうじゃないよ」と彼はいった。「ここ何ヵ月も、まともな人間とは口をきいてないんだ」

「おれにその資格があるかわからないぜ」

「あんたは大丈夫だ」

机の幅は六メートルはあった。

「ジム、おれはこういうところを、何度も首になってきたんだ。馬鹿みたいに回転椅子に坐ってな。夢に夢を、その上にまた夢を重ねるようなものだったよ。どれもうまくいかなかった。今こうして坐って、机の向こうの人物とビールを飲んでるけど、これから先どうしたらいいか、今まで以上にわからないんだ」

彼は笑った。「いいかい、おれはこうしたい、あんたに専用のオフィスと椅子とデスクを提供する。いまどれだけもらってるかは知ってるよ、その倍を払いたい」

「おれには受けられないな」

「なんで？」

「自分の価値をどれくらいに思ってるか、おれにいわせたいのか？」

「あんたの頭が必要なんだよ」

私は笑った。

「おれは真面目だよ」

彼は計画を述べた。何が望みなのかをいった。彼はそういうとてつもないことを思いつく頭脳の持ち主だった。愉快なので、私は笑わずにはいられなかった。

「準備に三ヵ月はかかるね」と私はいった。

「契約はそれからしよう」

「おれはそれでいい。でもこういうことは、なかなかうまくいかないもんだよ」

「うまくいくさ」

「八方塞がりになったら、とりあえず用具置場に泊めてくれる友人がいることはいるからな」

「そりゃよかった」

われわれはさらに二、三時間飲んだ。そのあと、彼にはつぎの朝（土曜日）友だちとヨットに乗りにいく約束があって、よく眠っておかなくてはいけないので、私は帰った。あてもなく走りながら高級住宅街を出て、最初に見つけた安っぽいバーに一杯やりに入った。まさかこんなところで、以前に同じ職場でよく顔を合わせたやつと、ばったり会うとは思わなかった。

「ルーク！」と私はいった。「なんだおまえ！」

「ハンクじゃねえか！」

これまた有色人種（黒人）だった（白人の男たちは、夜はいったいなにをしてんだ？）。

彼は金がなさそうに見えたので、私がおごった。

「まだあそこにいるのか？」と彼がきいた。

「ああ」

「やってられねえよな」と彼はいう。

「何がだ？」

「おれには我慢ができなかったな、だからやめたわけだけどさ。つぎの仕事がすぐに見つかってさ。なにかが変わるってんで嬉しかったけど、だめだよ、変わることなんてほとんどない。そういうのって、効くよ、だんだん参っていく」

「わかるよ、ルーク」

「いいか、初日の朝、おれは機械をいじりにいったよ。そこはグラスファイバーを扱ってる工場

だった。おれは半袖の襟の開いたシャツを着てたんだけどさ、みんながじろじろ見るから変だとは思った。だけどまあ、とにかくおれは坐ってレバーを押して作業をはじめた。しばらくのあいだは、どうってことはなかった。そのあとだ。気づいたら痒くて全身を掻いてるんだ。作業長を呼んで『なんなんだ、これは？　えらく痒いぞ！　首も、腕も、カラダじゅうが痒いぞ』っていったら、やつは『どうってことない、すぐに慣れる』っていうんだよな。でも見たら、そいつはボタンを全部はめて、首にスカーフをぐるぐる巻いて、長袖の作業シャツを着てるんだよ。それで次の日はおれもスカーフをぐるぐる巻きにして、オイルも塗って、ボタンも全部はめていった。だけどそれでもだめなんだよ。ガラス繊維ってやつは、あんまり細いから目には見えない。どれもガラスの矢だから、服にもぐりこんで皮膚に刺さるんだな。おれはなんのために眼鏡をかけさせられてたのか、やっとわかったよ。そうやって守ってやらなかったら、三十分で失明だよ。おれはやめるしかなかった。それで次は鋳物工場にいったんだけどさ、**白くて熱いものを鋳型に流しこむ**のが仕事だって知ってたか？　ベーコンの脂や肉汁みたいに流しこむんだよ。信じられないよ！　クソ熱いしな！　そこもおれはやめたよ。それで、あんたはどんな具合なんだ？」

「あそこの女だよ、ルーク、ずっとおれのほうを見て、にやにやしながらスカートを持ち上げてるぞ」

「ほっとけよ、あいつは頭がおかしいんだ」

「だけど、いい脚をしてるぜ」

「ああ、脚はな」

私はもう一杯注いでもらい、それを持って女に近づいていった。

「やあ、やあ」

女はハンドバッグの中に手を入れて、取り出した物のボタンを押した。手には刃渡り十五セン

チのきれいな飛び出しナイフが握られていた。バーテンダーを見ると、彼は無表情を保っている。女はいった。

「あと一歩近づいたら、キンタマがなくなるよ！」

私は女の飲み物を倒した。視線がそれた隙に女の手首をつかみ、ナイフをもぎとって自分のポケットにしまった。バーテンは相変わらず中立を守っているように見えた。私はルークのところに戻って酒を飲み干した。見ると二時十分前だった。バーテンから六本入りを二箱買い、外へ出て私の車へ向かった。ルークは車がなかった。

女が後をついてきた。「乗せてってほしいの」

「どこへ？」

「センチュリーの辺りまで」

「そいつは遠いな」

「だからなんなのよ、あたしのナイフを盗りやがったくせに」

センチュリーまで半分はきたかというころ、後ろの女が脚を上げるのが見えた。下ろしたときは、暗くて長いコーナーをまわっていて、私はルークに煙草を取ってくれるようにいった。私は二流が嫌いである。といっても一流品がないことだってある。自分は立派なアーティストで人生の理解者ということになっているときは、二流が一流のかわりをつとめることになる。よく人がいうように、二流のほうがマシなことだってある。そういうわけだ。私は女を下ろすとき、さっきの飛び出しナイフを十ドル札に包んで渡した。むろんバカげてる。しかし私はバカになるのが好きなのだ。

ルークの家は八番街とアイローラの交差点の近くだった。私の住まいまではそんなに遠くなかった。

いた。夕方から夜、そして朝方と動きまわって、もうたくさんだった。
ドアを開けたら電話が鳴っていた。ビールの栓を抜いて、揺り椅子に坐って電話が鳴る音を聞
ブコウスキーは茶色いbvdを着ている。ブコウスキーは飛行機を怖がっている。ブコウスキ
ーはサンタクロースが大嫌い。ブコウスキーはタイプライターの消しゴムを変形して妙なものを
作る。水道の水がぽたぽたしたたるとブコウスキーは悲鳴をあげる。ブコウスキーが悲鳴をあげ
ると、水道の水がぽたぽたしたたる。おお、噴水のある隠者の巣よ。おお、陰嚢よ。吹き上げる
陰嚢よ。ホヤホヤの犬の糞のようにいたるところにある人間の醜悪さよ。おお強い警察よ。強い
武器よ。強力な独裁者よ。おお刃物を持った気ちがいはどこにでもいる。おお、寂しい寂しい孤
独な蛸よ。おお、安定して、不安定で、気高くて、そして便秘してるわれわれからしみ出てくる、
几帳面な時を刻む音よ。おお、黄金の世界の悲惨な路地で眠る浮浪者たちよ。おお、醜くなって
いく子どもたちよ。さらに醜くなる醜い者たちよ。おお、悲しみと剣と閉じられる門。サンタク
ロースはいない。女はいない。魔法の杖はない。シンデレラはいない。かつてあった偉大な精神
はない。カッコウカッコウ。あるのは糞と、犬と子どもの鞭打ちだけ。糞と、糞をぬぐい取るこ
とだけ。患者のない医者、雨を降らせない雲、日光のない昼間。おお、神よ、全能ゆえに、これ
らのものをわれわれに授けたのです。
私は一度でいい、タイムカード制の天使たちに守られた偉大な**ユダヤ**の神殿に押し入って、あ
なたがこういうのを聞きたい。

慈悲

慈悲

慈悲

あなた自身のために、そしてわれわれと、あなたのためにわれわれがなしうることのために。

私はアイローラからそれてわき道をノルマンディーまで走った。それが私のしたことだった。それから家に入って坐って、電話が鳴る音に耳を傾けたのだった。

女たちの雨

A Rain of Women

きのうの金曜は暗い雨降りだった。しらふでいろよ、乱れるんじゃないぞ、とずっと自分にいっていた。外に出て家主の芝生を踏んだとき、フットボールが飛んできて、すんでのところで身をかわした。投げたのは未来の南カリフォルニア大のクォーターバックだ。未来といっても一九七五年かな。えっ一九七五年？ そこで私は思ったのだ、なんだ一九八四年はもうすぐじゃないか。あの本をはじめて読んだときのことはおぼえている。一九八四年を一千万マイル彼方にある中国のように感じたものだった。それがいまはもうそこまできている。そして私はくたばりかけている。嚙んでたまったものをすべて吐き出して、死んでいく用意はできている。

死体置き場のような暗い雨降り。暗くて臭い死体置き場。カリフォルニア州ロスアンジェルスの金曜日の夕方近く。中国までは八マイルもない。目玉のついたコメ粒、呻きながら吐いてる犬。暗い雨降りだ、ちくしょう！

それから子供のころのことを思いだした。二千年を見るまでは生きていたいと思っていた。見

れたらどんなに素晴らしいだろう。毎日親父になぐられながらも、私は八十歳まで生きて二千年を見ようなんて思ったのだ。いまはもうぼろぼろで、そんな望みは持っていない。

昼間だった。戦争だ。暗い雨降りだった。しらふでいろよ、乱れるんじゃないぞ。私は車に乗った。私と同じで中古だ。北へあがって車の代金、十二回払いのうちの五回目を済ませた。それから下ってハリウッド大通りを西へ走った。そこはあらゆる通りのなかで、一番重苦しい。窓ガラスが割られて、中はまったくの空っぽだ。この通りだけは我慢がならない。腹が立つ。それから、思いだしたが、サンセット通りにいきたくなった。その通りも負けず劣らずひどかった。南に曲がると、どの車もワイパーを右左、右左、右左と休みなく動かしていた。その窓ガラスの後ろの顔といったら！　へっ、だ！　それからサンセット通りを西に向かい一ブロックいったところで、M・C・スラムの店を見つけた。

白っぽいブロンドが乗ってる赤のシボレーの横に車を止めた。白いブロンドと私はつまらなそうに見つめあった、まるで嫌いあってるかのように。回りに人がいない砂漠でこの女とやりたいと私は思った。女は私を見て思った。回りに人がいない死火山の中でこの男とやりたい。私は「くそったれ！」と大声を出し、エンジンをかけてギアーをバックに入れ、そこから出た。暗い雨降りだ。誰もきやしない。車のなかに何時間いても、どうしたのかときいてくる者は一人もいなかったろう。穴の中からひょこひょこ頭を出す、ガムを噛んでる修理工をときどき見かけるだけだ。なんてケッサクなやつだろう。おそらく何を頼んでも、そいつは腹を立てる。では工場長に会おうということになるだろうが、工場長というのはいつもどこかに隠れていて、いない。修理工にかみつかれるのが怖くて仕事をあまり回せないのである。

恐ろしいことだが誰も何もできないというのが全てにたいする答えなんだ。詩人は詩を書くことが、修理工は車を修理することが、歯医者は歯を抜くことができなかった。床屋は髪を切るこ

とが、外科医はメスが扱うことができなかった。洗濯屋はシャツやシーツを引き裂いて靴下をなくした。パンや豆には小さな石粒が入っていて、そいつに歯を砕かれた。フットボール選手は臆病者だった。電話の修理屋は子どもにいたずらした。市長も知事も大統領もクモの巣に引っかかったナメクジほどの分別しか持ってなかった。そういうことだ。いいだしたらきりがない。暗い雨降りだ、しらふでいろよ、乱れるんじゃないぞ。私がビアーズ修理工場の修理場へ入っていくと、葉巻をくわえた黒人の大きいのが走ってきた。

「おい！　おまえ！　そこのおまえ！　駐車しちゃだめだ！」

「止めちゃいけないことぐらいわかってるよ！　工場長に会いたいだけだ。あんたが工場長か？」

「そうじゃない！　おれは工場長じゃない！　ここに駐車しちゃだめだ！」

「だから、工場長はどこにいるんだよ？　便所にこもって、なんかやってんのか？」

「バックしてあっちの駐車場に止めるんだ！」

バックで出ていってそこの駐車場に止めた。車を出て「工場長」と書かれた小さな台のところまで歩いていって脇に立った。すると女がハンドルを握った車が入ってきた。女は少しトロそうで、車は大きな新車で、ドアは半開きになっていた。女は気が立ってるようだ。ガレージに入れて車の外に出ると車がガクンとふるえた。えらく短いスカートに、長いグレーのストッキングだ。下りるときにスカートが尻のあたりまでまくれた。私は脚を見つめた。こんなノータリンな女がなんという脚をしてるんだ。女はトロそうな顔で立っていた。そこに工場長がトイレから出てきた。

「いらっしゃい、奥さん、どこが具合悪いんです？　バッテリー？　バッテリーが上がったの？」

男はジャンパーを取りに走っていって、バッテリーをカートに乗せて戻ってきた。女にボンネットの開け方をきき、私はボンネットの前でごちゃごちゃしてる二人のそばに立って、女の脚と尻を見ていた。トロい女は、どんなふうにでも扱えるから、寝る相手としては最高だ。いい体をしていながらハエほどの脳みそしかないんだ。

やっとボンネットが開いた。男は車のバッテリーと自分が持ってきたバッテリーとをケーブルでつないで、女にエンジンをかけてみるようにいった。三、四回やってエンジンがかかり、車が走りだして、ケーブルを外そうとしていた工場長をあやうく轢いてしまいそうになった。男が機敏でなかったら、ほんとにそうなったろう。

「ブレーキ踏んで！　ニュートラルに入れて！」

抜けてる女だ、と私は思った。いったい男を何人殺してきたんだろう？　でかいイヤリングをつけて、エアメールのスタンプみたいな赤い口をして。こってり毒をたくわえこんで。

「いいだろう。じゃあバックして、あの建物の脇へまわってくれ。そっちで充電する！」

男は車の窓から頭をつっこんで、バックする車といっしょに走って女の脚を見た。

「いいよいいよ、バックだ、バック！」

女は建物の角を曲がり、彼はそこで立ち止まった。工場長のも私のも硬くなっていた。私はもたれかかっていた壁を離れた。

「おーい！」

「なんでえ？」

「頼む！」といって私は近づいていった。男はへんな目で見た。

「何をだ？」

「ローテーションと前輪調整とバランスだ」

「おーい！　ヘリティート！」

背の低い日本人が走ってきた。

「ローテーションと前輪調整とバランスを頼む」と私はヘリティートにいった。

「鍵ください」

私はヘリティートにキーホルダーごと渡した。そうしても困らなかった。いつも二、三組は鍵の束を持ち歩いていた。ノイローゼだったのだ。

「六二年型コメットだ」と彼にいった。

ヘリティートは六二年型コメットのところにいき、工場長はトイレにいった。私は壁のところへ戻って、道をいく車の流れを見つめた。暗く、しとしと霧雨が降るロスアンジェルスの街は、怯え、疲れ、渋滞していた。一九八四年からすでに二十年はたっている。病み腐ったこの社会の馬鹿さかげんは、蟻やゴキブリに誕生日ケーキをあげるのと同じだ。暗く、うんざりする雨。ヘリティートが私の青いコメットを動かした。十二回払いの五回分まで苦労して払い上げたぞ。ペニスのほうは頭を下げてしまった。

彼がタイヤを取り外すのを見て、歩きに出た。そこいらを二周し、二百人とすれちがった。人間には一人も会えなかった。店のウインドーを覗いて見えたものの中に、欲しいものは何もなかった。値段はそれぞれについていた。ギター。ギターを持ってなにをしようというんだ。燃やすことならできるが。レコードプレーヤー。テレビ。ラジオ。なんの役にも立たない、がらくたに過ぎない。ガッツをうばって、生気から潑剌さをうばうだけだ。パンチを、六オンスの赤いグラブでちょうだいしたように。パチン。そういうことだ。

ヘリティートはいいやつだった。三十分もすると、車を持ち上げていたリフトを下ろして、車を庭に出した。

「いい感じだな。金はどこで払えばいいのかな？」

「まだだよ。タイヤバランスとローテーションはすんだけど、前輪調整が残ってる。その前に、あんたのより先に見ないといけない別の車があるんだ」

「そうか」

夜は競馬があった。七時半にはじまる第一レースに間に合いたかった。金が必要だった。そこそこ調子はよかった。勝負するためにはレースがはじまる一時間前にはいって検討に入らないとだめだった。つまり六時半には着いていたかった。雨、暗い雨。うまくない。十三日には家賃、十四日には子どもの養育費、十五日には車の支払いがあるんだ。競馬をやらなければどうしようもない。さもなくば身投げだ。人はみんなどうやってしのいでるんだろう。おれにはわからん。くそったれ。

待つあいだに向かいのストアにいって四枚五ドルのパンツを買った。戻ってきてトランクに放りこみ、閉めたときに気がついた。トランクのキーが一つしかない！　ノイローゼにはよくなかった。

合鍵をつくる出店にいくと、バックで出てきた女にはねられそうになった。私は窓から頭をいれて脚を見つめた。紫のガーターをつけていた。真っ白い肌だ。

「ちゃんと見て運転しろ」と私は女の脚にいった。顔はまったく見なかった。「おれをもうちょっとで殺すとこだったんだぞ！」

頭を引っ込めて合鍵の出店へいった。一つ作らせ、金を払っていると、年寄りの女が走ってきた。

「トラックに道をふさがれたわ！　出られないじゃないの！」

「こっちの知ったことじゃないね」と鍵屋はいった。

女は年をとりすぎていた。かかとのない靴。光のなくなった目。平らに並んだ義歯。足首まであるスカート。愛。愛。愛せよ、汝のばあさんのイボを。

「どうしたらいいんです？」と彼女は私を見た。

「クールエードを試してみたら」

そういって離れた。二十年前だったなら。とにかく、合鍵を手にいれた。雨は降りつづいていた。立ち止まってキーホルダーにその鍵を通そうとしていると、ミニスカートの女が傘をさしてやってきた。ミニスカートといえば、色気のないストッキングとか、ぶ厚いタイツのようなやつとか、ペティコートのパンツ版みたいのがくっついたパンティストッキングの上にはいてると思うだろう。だがこの女は昔のスタイルではいていた。ハイヒールに長いナイロンのストッキング。ミニは尻までずり上がっていた。なんともいえないいい体だ。歩く、自堕落な性の虜といっていい。男たちの視線が集まった。キーホルダーを持つ私の手が震えた。雨の中でじっと見つめた。女は微笑んで、ゆっくりと私がいるほうに向かって歩いてきた。私はキーホルダーを持ったまま駆け出して角を曲がった。通り過ぎていく女の尻を見たかったのだ。

女は角を曲がって私を追い越していった。ゆっくりと、旋回しながら、若さをひけらかして。そこに身なりのいい男が後ろからきて女の名を呼んだ。

「会えてすっごく嬉しいよ！」と男はいった。彼はしゃべりまくり、女は微笑んだ。

「それじゃ、いい夜になるよう楽しんで！」と彼女はいった。

男はこのまま別れちゃうのか？　やつは病んでるんだ。私は鍵をキーホルダーに通すと、食料品店まで彼女についていき、女が店の中をゆらゆら揺れながら歩くのを見つめた。男たちは首をまわして、いった。「へい、あれを見ろよ！」

私は肉のコーナーにいって番号札を取った。肉が欲しかった。待っていると、女が戻ってくる

のが見えた。壁にもたれて女は立ち、五メートルほど離れた私を見て微笑んだ。私は目を伏せて自分の手を見た。番号は九十二番だった。女はそこにいた。私を見ていた。俗物の私を。私の中から何かが出ていった。女のあそこはきっとものすごくデカいぞ、と私は思った。あいかわらず女は私を見つめて微笑んでいた。かわいい顔だ。美人に入る。だけど七時半の第一レースに間に合わないといけなかった。十三日が家賃、十四日が養育費、十五日が車の支払い。四枚五ドルのパンツを買ってしまったし、修理屋にも払わないといけない。第一レースだ、第一レース。九十二番よ。お前は彼女が怖いんだな、なにをどうしていいか、わからないんだろう、俗物は怖じ気づいて、なにもいえないんだ、だけどどうして肉屋にいなくちゃならないんだ？　そうはいっても、いずれトラブルが起きるのは目に見えてるんだ。わかってるだろう、彼女はまともじゃなくなって、引っ越してきたがるだろうし、夜はいびきをかくし、便器に新聞紙を投げこむし、週に八回はやってくれとせがむだろう。ああ、だめだ、だめだ、とてもじゃないが、つきあえない。第一レースに間に合うことだ。

女は見抜いた。私の臆病を見抜いた。突然歩きだして、いってしまった。六十八人の男がじっと見つめて空想を楽しんだ。私は見送った。老人なんだ、私は。オンボロ車なんだ。彼女のほうは私に目をつけていたのに。競馬にいってらっしゃい、おじいちゃん。肉を買ってらっしゃい。九十二番。

「九十二番」と肉屋がいった。牛のもも肉五百グラムと、小さめのTボーンステーキ、それとサイコロステーキを買った。それでペニスをくるんでやりなさい、おじいちゃん。

雨の中に出て、車まで戻ってトランクに肉を放りこんだ。それから壁によりかかった。俗っぽくあたりを眺め、煙草を吸い、車がリフトで上げられるのを待った。第一レースを待った。私は間違いをしでかしたのだ。あんなにやさしかったのに。簡単に手に入る天からの授かり物を、み

すみす取り逃がしてしまったのだ。ロスアンジェルスの、夜を迎えようとしている金曜日。車のワイパーが右左、右左、右左と動いている。ガラスの向こうに顔はない。そしておれ、ボガート、生きてる当の人物は壁に体をくっつけて縮こまっていた。肩をまるめた、くずのようなやつ。ベネディクト派の僧がワインを飲んでけたたましく笑い、サルはぼりぼり尻をかきまくり、ユダヤの僧はピクルスとウィンナーソーセージに祝福を与え、そして行動する男ボガートは、ビアーズ修理工場の壁にもたれかかっていた。精気も覇気もない。雨が降っていた。雨が、雨が、雨が降っていた。第一レースでランバー・キングで儲けて、それを全部ウィーハーブにぶちこもう。そこで修理工がやってきて車に乗り、リフトの上まで運んでいった。時計を見たら五時半だ。もう時間があんまりない。競馬にいくならそろそろだが、どういうわけか、もうどうでもよくなってしまった。私は足もとに捨てた煙草を見つめた。赤い光が見つめ返した。雨がその火を消した。私はバーを探しに歩きだした。

パーティーのあと

Night Streets of Madness

酔っぱらいパーティーを開いて最後まで残っていたのは、結局は若者と私だった。われわれは部屋で坐っていた。すると外で車のクラクションが鳴りだした。ブー、ブー、ブーとえらく大きな音だった。高らかに歌えばいいさ。とは思うが次第に脳のひだに切り込んでくる。もうくたくたである。私はただそこに坐って酒を飲み、葉巻をくゆらせ、なにも考えずにいた。……詩人どもは帰っていった。女を従えた詩人どもは帰っていった。これはとても喜ばしい。あえて比べるならクラクションが鳴っていたって、みんなが帰ったあとの今のほうが喜ばしかった。詩人どもは、いろんな不実や、へたくそな作品や、衰退について、互いに非難しあった。その一方で、自分たちはもっと評価されてしかるべきであるとか、誰かさんや誰かさんよりもずっといいものを書いてると、文句をいった。私は彼ら全員に、炭鉱や製鉄所にいって二年間働いてきたほうがいいといった。だが彼らは、ほとんどが箸にも棒にもかからない詩しか書いてないくせに、不機嫌を顔に出して、気取って、粗野に、おしゃべりをつづけた。そういう連中がいなくなったのだ。

初の詩集だったかな。まあ、どちらでもいい。

葉巻がうまかった。若者は坐っていた。私は彼の第二詩集の序文を書いたところだった。いや最初の詩集だったかな。まあ、どちらでもいい。

「ねえ」と若者はいった。「外へ出てって、どなりつけてきましょうよ。クラクションをケツの穴にいれやがれ、とかいってさ」

若者は無能な書き手ではなかった。彼は自分を笑いとばすことができた。それは大事なことで、ときには偉大さの証になる。少なくとも、文学のゴロツキにはならずにすむということだ。世間には有名作家に会ったときのことを話す文学ゴロがごまんといる。スポレトでパウンドに。ボストンでエドマンド・ウィルソンに。下着姿のダリに。ローウェルには彼の家の庭で……と。ちっちゃなバスローブを着て坐っていたとか、もてなしてくれたとか……。要するに、彼らと話したということだ。

「……わたしがバロウズに最後に会ったのは……」「ジミー・ボールドウィンたら、酔っぱらっちゃってね、だからわたしたちがステージに担ぎ上げて、マイクの前に坐らせたのよ……」まったく、疲れるよな。

「出ていって、静かにしねえとクラクションをぶっこわしてやるとか、なんかいってきましょうよ」と若者はいった。

彼はブコウスキーの神話や（私は本当は臆病者なのに）ヘミングウェイの作品や、映画の中のハンフリー・ボガートや、パンティを丸めて持っていたエリオットの話なんかに影響されているのである。私は葉巻をふかした。クラクションは鳴りやまない。**デカい音でやれよ。**

「クラクションはいいよ、ほっとけ。五、六時間も、十時間も飲んだあとで外に出るのはよしたほうがいい。檻にほうりこまれる。おれたちみたいのがやってくるのを待ち構えてんだ。おれはやつらの檻に入るのは二度とごめんだ。自分用のは、もう作ってちゃんと持ってるからな」

「止めるようにいってきますよ」と若者はいった。

若者はスーパーマンの影響を受けていた。人とスーパーマンの。彼は、デカくて、背丈が二メートルで体重が百五十キロというタイプの、タフで凶暴な、しかも不滅の詩を書いてる男が好きだった。やっかいなのは、大男というのはだいたいが低能だということ。それからタフな大男の詩を書いてるのは、指の爪を磨いているような華奢な同性愛者たちだということだ。その意味でビッグ・ジョン・トマスは若者の英雄像にぴったりはまった。若者はユダヤ人だった。そしてビッグ・ジョン・トマスはいつも、若者の存在が目に入らないかのようにふるまった。ビッグ・ジョン・トマスはヒットラーにつながる男だった。私は二人とも好きだった。めったに人を好きにならないのだが。

「ねえ」と若者はいった。「止めるようにいってきますよ」

まだ、いっている……。若者は豊かなものを持っているのだが、世渡りに関しては貧しかった。そこそこ食えてはいるのだが、中身はおおらかで、優しくて、気が小さくて、こわがりで、ちょっとばかりズレていた。われわれと同じように。そうじゃないやつなんて、いやしない。

「いいか、クラクションなんか気にするな」と私はいった。「あれは男が鳴らしてる音じゃない。女だよ、鳴らしてるのは。男が鳴らすのは、止まるか発進するかというときでな。音楽的に脅すわけだよ。だけど女は、ただ鳴らすだけだ。さっきから聞いてると、これはどうしようもない女のヒステリーだな」

「糞ったれが！」と若者はいって外へ飛びだしていった。

だからどうなんだ、と私は自問した。なにがあったというんだ？　人というのは、どうでもいいような行動をさまざまにとる。だが行動するときは、その裏には周到な準備がいる。そうやってヘミングウェイは闘牛から学んだことを作品に活かした。そうやって私は競馬から学んだこと

を人生に活かした。老ヘミングウェイとブク、というわけだ。

「もしもし、ヘミングウェイ？　おれ、ブク」

「やあブクか、嬉しいねえ、電話なんかかけてきてくれて」

「ちょっと寄って一杯やろうかと思ったんですがね」

「そいつはいい。大歓迎といきたいよ。だけどおれはこれから、いってみれば、いますぐ町から出ていかなきゃならん、という具合なんだ」

「どうしてそういうことになったの、アーニー？」

「本を読んで知ってるよな。おれは気ちがいなんだそうだ。あれこれ想像しすぎるし、精神病院を出たり入ったりしているっていうのが理由らしいが、おれは電話が盗聴されてて、CIAにおどかされてて、いっつも尾行されてるって、思いこんでるんだそうだよ。知ってるだろうが、おれは政治なんかにはぜんぜん関心ないが、左翼とはつきあってたからな。スペイン市民戦争、あれはくだらなかった」

「そう、文学にたずさわってる人のほとんどは左に傾いてる。ロマンティックに見えるけど、そういうのって長くはもたないんだよね」

「わかってるよ。ああいうのに参加すると、副作用があるんだな、やっぱり。かなり参ったよ。気がついたら、力がだいぶ落ちてた。『老人と海』がバカ受けしたときは、この世の終わりを感じたもんだ」

「そうね、あなたは初期のスタイルに戻った。でも本物ではなかった」

「そういうこったな、あれは本物じゃなかった。なのに賞をもらった。人には追いかけられる。歳はどんどんとっていくしで、老いぼれのろくでなしも同然だ。日がな坐って酒かっくらって、聞いてくれる人を見つけちゃ、気がぬけた話をしてたもんだ。これでは頭をブチ抜くしかないだ

ろう」

「オーケー、それじゃあアーニー、また」

「わかった、また頼むよ、ブク」

ヘミングウェイは電話を切った。

私は若者の様子を見に出ていった。

鳴らしてたのは六九年型の新車に乗った老婦人だった。クラクションにもたれかかっていたのだった。足も、胸も、脳もない女だった。あるのは憤り。新車と、憤りの大きな塊だった。彼女の家の前がよその車でふさがれていたのである。私有道路をふさいでいたのだ。

彼女には自分の家があった。私はデロングプレ通りのボロ家に住んでいた。いずれ家主はものすごい高額で売り払って、私は出ていかないといけない羽目になるだろう。冴えない話だ。夜が白むまでつづくパーティーを開いて、昼夜タイプライターを叩いてるこの私。その隣の屋敷には気のふれた女が住んでいたとは。

ひどいもんだった。そこから北に一ブロック、西に十ブロックいくとスターの足跡がついた舗道があった。その名前になにほどの意味があるのか、私にはわからない。映画は見にいかないしテレビも持っていない。ラジオは、こわれたので窓から放り投げた。酔っぱらってたんだ。ラジオがじゃない、この私が。だから窓には大きな穴があいている。……いや、日除けがあったのを忘れていた。私は日除けを上げてから、ラジオを放り出したのだった。酔っぱらって裸足で歩きまわってたあいだに、左足でガラスの破片を踏んだ。

「あなたは、自分がなにしてるかわからないで、歩きまわったりするんですか」と医者は、麻酔もせずに足を切り開いて、糞いまいましいガラスの破片を探しながら、きいてきた。

「おまえが思ってる通りだよ」

すると医者は思い切りメスを入れた。そんな必要はなかったが。

「その通りです先生」と私はテーブルのへりをつかんでいいなおした。

それから彼は親切になった。なんで医者が私よりも優れていなければいけないのか、私にはわからない。老いぼれまじない師の手品にすぎないのに。

さて。アーネスト・ヘミングウェイの友人チャールズ・ブコウスキーは通りに出ていた。私は「午後の死」は読んだことがなかった。どこへいけば手に入るのかな？

若者は車の中の、ただひたすら私有権を楯にがんばってる気のふれた女にいった。

「ぼくたちで車を動かしますよ。車を押して道を空けてあげますから」

若者がそういったのは、私のためでもあった。なにしろ彼に序文を書いてやったところだった。借りがあったのである。

「おい、車を押すって、どこに押していくんだ。そんな場所はないぞ。おれは構わねえぞ。家に戻って飲むよ」

ちょうど雨が降りだした。私の肌は繊細だ。まるでワニのように。それに調和の心を持っている。くだらない争いごとはもう十分だった。私はその場から離れた。

歩きだしてボロ家の入口にきたときである。悲鳴を聞いて振り返った。

白いTシャツを着た細身の、まともには見えない若者が、私が序文を書いてやった太ったユダヤ人の詩人に向かって叫んでいた。白いTシャツはなにを思ったのか、できそこないの不滅詩人を突きとばした。気がふれた老婦人はあいかわらずクラクションにもたれかかったままだ。

ブコウスキー、おまえの左フックを試してみたらいいんじゃないか？　古くなった納屋の戸みたいに振り回すばっかりで、十回やって一回勝てるかどうかなんだぞ。最後に勝ったのはいつだったかな。ブコウスキーよ、おまえさんには女物のパンティがお似合いだよ。

戦績なんて屁でもない。また負けたからって恥じることはない。

私がユダヤ人の詩人を助けにいこうとすると、彼は白いTシャツを押し戻した。そこに、私のボロ家の隣の二千万ドルはする高層の建物から、若い女が走り出てきた。ハリウッドが照らす月の光のもとで、彼女の尻がプルンプルン揺れるのを、私は見つめた。

女よ、いいものを見せてやるぞ、一度見たら忘れられなくなるものを。びっくんびっくん脈打つ高性能の八センチ砲だ。……女はだがそのチャンスをくれなかった。尻を震わせる走り方でフィアリアとかいう名の彼女の車のところにいき、中に入ってしまった。我が詩人の魂のために悶絶するはずのオマンコちゃんが。女は車を動かし、止めてあった私道から出ていった。もう少しで私を轢くところだった。我輩、ブコウスキーをである。**ブコウスキーをだ**。そして二千万ドルの高層建物の地下駐車場へ入っていった。どうして初めからそこへ駐車しなかったんだろうかね。

白いTシャツの男は、まだおかしな様子でふらふらしていた。わがユダヤ人の詩人はこちらのほうに歩いてきた。みんなの上に降り注ぐのは、汚れた皿を洗ったあとの臭い水のようなハリウッドの月明かりである。自殺はそんなにたやすくできるもんじゃない。もしかしたらツキが変わるかもしれない。ほら**ペンギン**がやってくる。ノースにブコウスキーにラマンチャに……いったい何をいってるんだ？

さてさて。婦人は道が空いたのに、中に入れないでいる。車の向きを変えることもできない。バックをしては正面にあった白い小型トラックにぶつける、その繰り返しをするだけだった。最初の衝突でテールランプが割れた。バックする。アクセルを踏む。後ろのドアが半分やられた。バック。アクセル。今度はフェンダーと左半分だ。右側はなくなっている。もう、落ちるものはない。車道は空いている。

ブコウスキーにノースにラマンチャ。ペンギンブック。私がそこにいるのは、ほかの二人の男

にとってはものすごく得になることなのだ。

また鉄と鉄がぶつかりあう耳ざわりな音がする。そのあいだも老婦人はクラクションに体をあずけている。白いTシャツは月明かりの中ふらふらして、わめいている。

「どうなってるんだ？」と私は若者にきいた。

「わかんない」と彼は認めた。

「おまえはいつか優秀なラビになるんだろうが、こういうこともわかってないとな」

若者はラビになる勉強をしていた。

「そうは思わないけど」と彼はいった。

「飲みもんがほしいな」と私はいった。「ジョン・トマスがここにいたら、皆殺しにしてただろうな。だけどおれはジョン・トマスじゃない」

私はそこから去ろうとした。婦人は白い小型トラックにぶつけつづけ、もう滅茶苦茶に壊していた。私はそこから去ろうとしていたのだ。そこに茶色のオーバーコートをぱたつかせて、眼鏡をかけた老人が、私より年上の、これぞ老人といえる本物の老人がやってきて、白いTシャツの男に敵対したのである。敵対？　言葉使いはこれでまちがってないと思う。

とにかく、眼鏡をかけて茶色のオーバーコートをぱたつかせた老人が、緑色のペンキが入った大きな缶を提げて走ってきた。少なく見ても五リットル、いや二十リットルはあったにちがいない。それがどういうことなのか、私にはわかってない。プロットというか意図というか、そういうものがどっかにいってしまった。はじめからなかったのかもしれないが。そしてハリウッドの月光のもとを、デロングプレ通りを走り回って、白いTシャツを着た半気ちがいの若者にペンキを浴びせかける。だが彼にかかったのはわずかで、心臓がある位置に緑の色が飛び散った。あっという間のできごとだった。物事というのはあっという間に起こるようになっている。このよう

に。瞬きの速さだ。それほどの速さだからこそ、いろんな行動や、暴動や、拳闘や、闘争なんかについて、矛盾しあったさまざまな説明が成り立つのである。とてもではないが目や心は、欲求不満を起こしている動物の行動についていけるものではない。

私はだが老人が倒れるところを見た。最初は押されたようだった。二度目はちがう。車の婦人は、白いトラックにぶつけるのも、クラクションを鳴らすのも止めて、ただ坐って叫んでいた。ずーっと同じ調子の叫びだから、クラクションに体をあずけているのと変わりがなかった。婦人は六九年型の車の中で死んで、永久にそこにいた。彼女に推し量ることのできない出来事だった。彼女はそこで神経をすり減らし、ずたずたになり、つかいものにならなくなったのである。彼女の内側にほんのわずか残っていた心の力は、そのことを知っていた。心の力をまるっきり無くしてしまう人間なんていない。百分の九十九を無駄にしてるだけなのだ。

白いTシャツは老人に二発目を見舞った。眼鏡が割れた。着古した茶色のオーバーコートを着たまま老人はのたうった。そして起き上がると、若者はパンチをまたくりだして殴り倒した。腰を半分上げるとまた殴った。白いTシャツの若者は殴るのを楽しんでいた。

若い詩人は私にいった。

「ひどいぜ！　年寄りになんてことをするんだ！」

「うーん、面白いじゃないか」と私はいった、せめて酒か煙草があったらと思いながら。

家に向かって歩きだすと、パトカーがきたので足を早めた。若者は私についてきた。

「どうしてあそこに戻って、警官たちに何があったか話してやらないんですか？」

「何も起きちゃいないからだよ。生きてることで頭がイカれる以外はな。いいか、この世では大事なことは二つしかない。金がないときは捕まらないこと。もうひとつは、どんな高い所にいてもうぬぼれてはならない、ということだ」

「でもあいつは年寄りにあんなことをしてはいけない」

「年寄りのほうがいけないんだ」

「それじゃ、正義はどうなるの？」

「あれが正義だよ。若者が年寄りを鞭打ち、生きているものが死んだものを鞭打つ。そう思わんか？」

「そういうあなただって、若くはないんですよ」

「わかってるさ。中へ入ろう」

ビールを何本か持ってきて坐った。壁越しにパトカーの無線が聞こえてきた。拳銃と警棒を携えた二十二歳の警官二人。彼らが、アホ臭くて同性愛的で、むごたらしいキリスト教が誕生して二千年の時に、即席の意思決定者になろうとしていた。

彼らがシワ一つない黒い制服を気持ちよく着こなしているのは、不思議でもなんでもない。警官のほとんどは、フライパンの中のステーキと、尻と足の肉が半分垂れ下がった女房と、クソの国にこぢんまりと建つ静かな家を与えられた連中の召使なのだから。中産階級でも下のほうの連中の。彼らはロスアンジェルスが正しいことを証明するためなら人だって殺す。あなたを連行します、すいませんね、だけどそうしなければならないんです……。

キリスト教二千年もいいが、結局はどういうことになるんだ？　パトカーの無線はくだらないことをいいあっている。他に何かないのかね？　おびただしい数の戦争、小規模の空襲、路上の強盗、刺殺……。たくさんありすぎていやになる。放っておこう。警官の制服を着た彼らに、あるいは私服になった彼らに街を走ってもらっていればいい。

そういうわけでわれわれは家の中にいた。若者はしゃべり続けた。

「ねえ、外へ出ていって、警察に何があったか話しましょうよ」

「やめてくれよ、頼むよ。酔っぱらってるってことは悪いことなんだよ、どんな場面でも」

「でも警察が今そこにきてるんですよ。話にいきましょうよ」

「いうことなんか、何もない」

若者は、どうにもならない臆病者を見る目で私を見つめた。私はじっさい臆病だった。なにせ彼は留置場に、一番長くて七時間しかいたことがなかった。LA大学にいたときの学生闘争かなにかだったそうだ。

「さあ、もう終わった、寝るぞ」

私はソファで眠る彼に毛布を投げた。彼は眠った。私はビールを二本出してきて両方とも開けた。それを貸しベッドの枕元におき、一口大きく飲んで、また元へ戻した。そして死がやってくるのを待った。カミングスがそうしなければならなかったように。ジェファーズや、ゴミ収集人や、新聞売りや、競馬の予想屋がそうしなければならなかったように……。

私はビールを全部飲んだ。

若者は朝、九時半に起きた。私には早起きする人種が理解できない。ミシェリーヌも早起きだった。呼び鈴を鳴らしながら走り回って、みんなを起こしていた。みんなイライラして聞こえないふりをした。私は昼前に起きるやつは、どれも救いがたい馬鹿だと思っていた。ノースはいいことを思いついた。シルクのパジャマとガウンを着て、何もせずにただ坐って、世の中が流れるにまかせた。

私は若者を玄関まで見送り、社会の中へ放してやった。路上の緑色のペンキは乾いていた。メーテルリンクの青い鳥は死んだ。ハーシュマンは右の鼻の穴を血だらけにしたまま暗い部屋の中に坐っていた。

そして私は他の誰かの次の詩集のために、序文を書いたのだった。まだあるのか？

「おい、ブコウスキー、この詩集だけどな、読んで、何かいってくれないかな」

「何かをいうって？　おれは詩は好きじゃないんだよ」

「それはそれでいいから、何かいってくれよ」

若者はいなくなった。脱糞をしにいくと、便器が詰まっていた。家主は三日間留守にしていた。私は糞を茶色の紙袋の中に入れて外へいった。弁当を持って仕事場へいくみたいに紙袋を持って歩き、空っぽのゴミ入れを見つけて捨てた。三つの序文。糞の入った三つの袋。ブコウスキーがどんなに悩んだかなんて、誰にもわかりはしないだろう。

仰向けになった女たちや、不朽の名声を夢見ながら、家に引き返した。選べるなら名声よりも女のほうがいい。茶色の袋は切らしていた。つまり紙袋のことだ。午前十時である。郵便配達がいた。ギリシャのベイルズから手紙が届いていた。あちらでも雨が降っているそうだ。

結構なことだ。家の中で、私はまた一人になった。夜の狂気は昼間の狂気でもある。ベッドに仰向けになって上を見つめたまま、いやったらしい雨音に耳を傾けた。

アイリスのような

Purple as an Iris

A−1、A−2、A−3というふうに記された病棟には男たちが、そして反対側のB−1、B−2、B−3のほうには女たちが収容されていた。あるとき病院側は、たまには男女をいっしょにしたほうが治療に役立つのではないかと判断した。たしかに治療法として素晴らしかった。われわれは物置の中、庭、納屋の裏と、いたる所で性交した。女たちの多くは、男と寝て稼いでくるように亭主に強要されるのがいやで、気ちがいを装ってそこに入っていた。完全な詐欺である。病院側の同情を誘って、収容してくれるように頼み込み、退院するとまた同じことをする。そして戻ってきては、出ていき、また戻ってくるというくりかえしをしていた。病院に入ってるあいだ、女たちは男をほしがった。そこでわれわれは助けるために最善を尽くした。もちろん職員たちは……医者は看護婦と、そして雑役夫は仲間とやりまくるのに忙しくて、われわれのしてることには気がつかなかった。それでよいのだった。

私は外にいたときのほうが、より多くの気ちがいを見ていた。ディスカウント・ストアに、工

場に、郵便局に、ペットショップに、野球場に、警察署にと、どこにだっていた。ときどき、病院に入ってる男たちが、なんのためにここにいるのか不思議に思うことがあった。ある男などはきちんとした分別があって、気楽に話ができた。名前はボビーといい、いたって正常だった。じっさい、われわれを診ていた医者の中の数人よりも、はるかにまともに見えた。精神科医と話してると、ほんのわずかなあいだでも、自分の頭がおかしくなっていくような感じがするものだ。精神科医が精神科医になった理由というのがそもそも、自分の精神を気に病んだからなのである。そして狂ったやつにとって、自分の心を点検することほど悪いことはない。すべてのセオリーがまっさかさまになってるのだから。

患者のあいだでは、しばしばこの手のやりとりが交わされる。

「おい、ドクター・マロフはどこだ。今日は彼の姿を見てないぞ。休暇をとってるのかい？　それとも転勤になったのかな？」

「彼は休暇だよ」と別の患者が答える。「よそに転勤になった」

「どういうことかわかんないな」

「肉切り包丁で手首と喉だ。遺書は残さなかった」

「いいやつだったのに」

「そうなんだよな」

私にはどうしても理解できないことのひとつだった。こういう施設での噂のことである。噂は悪くない。工場とか、こういう大きな施設では、誰々がどうしたこうしたといった類の噂が、ぽたぽた垂れ落ちてくるものだ。そしてひどいことに、幾日か、幾週間がたってから、それが現実となったことを耳にするのである。二十年も勤めてきたオールド・ジョーがクビにされそうだとか、われわれみんなのクビがとびそうだとか、そういうことの全部が本当になってしまうのだっ

た。

話を戻そう。精神科医についてもう一言いわせてもらうと、薬を手にしたとたん、どうして連中の態度があもデカくなるのか、私には理解できなかった。頭数はいっぱいいるけど、脳が詰まってるやつは一人もいなかった。

まあ、話を戻そう。状態がよくなっている患者（回復しつつあるように見える、という意味）は月曜と木曜の午後に外出してよかった。五時半までには帰ってこなければならず、さもないと権利を失った。われわれが社会にゆっくりと適応していけるようにという理屈だった。精神病院からいきなり街中へ飛び出すかわり、ということだ。一度見まわしておけば、帰っていきやすいだろう。外にいる気ちがいたちの顔を見ておけば。

私も月曜と木曜の外出を許された。そのあいだに私がちょっとした弱みを握ってる医者のところにいって、ただでデキストロアンフェタミンやアンフェタミンやメタンフェタミン、ツイナールといった薬を仕入れ、患者たちに売った。ボビーはそれらをキャンディのように食べた。金はたくさん持っていた。じっさい、ほとんどの患者がそうだった。

先にいったように、私はボビーがどうして入院しているのか、しばしば不思議に思った。どのような意味あいにおいてもボビーのふるまいは正常だった。ただ一つだけちょっとした癖があった。立ち上がると両手をポケットに入れて、ズボンの裾を上の方まで上げて十歩ほど歩くのである。その間かすかに聞こえる口笛のような音を出していた。何かの曲が彼の頭の中にあったのだ。音楽になってるとはいえないが、たしかに曲に聞こえていた。いつも同じやつで、二、三秒で終わった。彼のおかしなところはそこだけだったが、ひんぱんにやった。一日に二、三十回はやっていただろう。初めの二、三回は、こいつはふざけてるんだろうと思った。なんてひょうきんな、いいやつだろうと思った。そのあとで、彼はそうしなければならない、ということがわかった。

いいだろう。なにを話そうとしていたんだっけ？

そうか、そうだった。じつは女たちも午後二時になると外へ出されたのだった。われわれにとっては楽しいときを過ごすよい機会だった。狭い物置のようなところでヤルのはすごく興奮する。だけど見回りがちょくちょく通るので、急いですまさなければならなかった。病院のスケジュールを知ってる男たちが、車できて、かよわくて無防備な女たちをわれわれのもとから連れていってしまう、ということもあった。

薬で儲ける前の私は、金をそんなに持っていなかったから、困ることがよくあった。トップランクの一人、メアリーと組んだときには駅の女子トイレに連れこまなければならなかった。どういう体位でやるかでかなり悩んだ。トイレの床の上に寝たいやつなんていない。それに立ってするというのも自信がなかった。そうしているうちに、前にこういう場合でのやりかたを習ったことを思いだした。ユタ行きの列車のトイレでのことだった。相手はワインで酔った若くてきれいなインド人の女だった。それで、私はメアリーに片足を上げて洗面台にかけるようにいった。私も片足を洗面台にかけて突き入れた。うまくいった。覚えておくといい。いつか役立つ時があるかもしれない。睾丸に熱いお湯をかけて、さらに興奮するという手だってつかえる。

とにかく事はすんで、メアリーが先にトイレから出て、私があとにつづいた。すると駅の案内係に見つかった。

「ちょっとあんた、女子用の洗面所で何をしていたんだ？」

「おや、まいりましたね！」と私はお上品に手首をくにゃくにゃっとしてみせ「あなたのおならの臭いこと」と手で扇いだ。

男は私を問い詰める気はなさそうだった。そのことで二週間、私は悩んだが、あとで忘れてしまった。

忘れたと思う。とにかく、薬はうまい具合にさばけた。ボビーは何でも飲み込んだ。彼には避妊薬まで売ったが、彼はそれも飲み込んだ。

「なかなかいいぜ、もう少しくんねえかな」

では誰がいちばんおかしなやつだったかといえば、プーロンだ。窓ぎわの椅子にただ坐ってるだけで、彼は決して動かなかった。食堂にもいかなかった。彼が食べているところを見たやつは一人もいなかった。何週間かがその調子で過ぎ、彼はただ椅子に坐っていた。しかし彼は、一風変わった連中たちとはうまくやっていた。誰とも、たとえ相手が医者でも口をきかないというようなやつらとは。彼らは窓ぎわにいってプーロンに話しかけた。うなずいたり、笑ったり、煙草を吹かしたり。そうやってあれこれ話をしていた。そういう変わった連中とは、プーロンを除いたら私がいちばんかかわりあえた。医者にきかれたものだ。

「どうやって打ち解けるんだ？」

われわれは見つめ返すだけで、答えなかった。

だがプーロンは、この二十年間しゃべったことがないというやつには話しかけることができた。連中を質問に答えさせせろ。この男にいろいろと話すんだ。プーロンは変わったやつだった。死については一言ももらさずに黙って死んでいける、輝かしい人間たちの一人だった。だからこそ彼の態度はあんなふうだったのだろう。トロいやつだけが、ためになる言葉とか、いろんな問いにたいする気のきいた解答集なんかをいっぱい詰めたカバンを持ってるものだ。

「おい、プーロン」と私はいった。「おまえはメシを食わない。食ってるところを、おれは見たことが一度もない。どうやって生きてんだよ」

「ヒッヒッヒッヒッヒッ……。ヒッヒッヒッヒ……」

私は病棟の外に出たいがため、建物の回りを歩きたいがために、特別な仕事に志願した。私はボビーに似ていた。といっても、ズボンをたくし上げて調子っぱずれの口笛でビゼーのカルメンを吹いたりはしなかった。私には自殺コンプレックスと、ひどいウツ状態に陥る発作があった。それに群衆の中にいることができなかった。とくに、長蛇の列を作って何かを待つということができなかった。ところが社会全体が、長蛇の列を作って、何かを待ってというふうになってきていた。私は一度ガス自殺をはかったがうまくいかなかった。それから私にはもう一つ悩みがあった。それはベッドから出ることだった。私はベッドから出るのが嫌いだった。ずっとだ。人にはよくこういっていた。

「人類は二つの偉大なものを発明した。ベッドと原爆だ。ベッドは群衆から離れたままにしてくれる。原爆は群衆から離してくれる」

私は狂ってると思われた。人々がやってることとは、みんな子どもたちの遊びである。そう、子どもたちの遊び。人生の怖さを垣間見ることもなく、女の穴から墓場へと歩んでいく。

ほんとに、私は朝ベッドから出るのが嫌いだった。それはまた生活が始まるということだったし、一晩中ベッドにいてつくりあげた、なんというかプライバシーのようなものを放棄するのが、とても辛かった。私はいつも孤独だった。頭がズレてると思って許してほしいのだが、大慌てですます性交のときを除いたら、世の中の人が全員死んだって私には構わないのである。いい態度でないことはわかっている。だけど私はカタツムリと同じくらい満足している。結局のところ、世の人々にもたらされたのだ、私の不幸は。

その日もいつもの朝と変わりなかった。

「ブコウスキー、起きろ！」

「なんだあ?」

「『ブコウスキー、起きろ』といったんだ」

「それで?」

「『それで』じゃない。起きろ! 朝だ、明るいんだ、この気ちがいが!」

「……ああ……うるせいな、あっちいけよ……」

「ドクター・ブレイジンガムを連れてくるぞ」

「ほっとけよ、あんなやつ」

そこにブレイジンガムがせわしなくやってきた。こいつもイカれていた。結婚してフランスのリビなんとかいうところでの休暇を夢見ていた看護学生の一人を、自分のオフィスに連れこんで、指でいたずらした。硬くならないペニスをぶらさげた精神薄弱の老人だ。ドクター・ブレイジンガム。郡の財源を吸う吸血鬼。ペテン師のクソ野郎だった。どうして彼が合衆国の大統領に選ばれなかったのか、私にはわからなかった。もしかしたら彼の姿を見たことのある人がいないのかもしれない。看護婦のパンティの中に指を入れたり、べたべた舐めまくるのに忙しかったから……。

「ようし、ブコウスキー、起きるんだ!」

「何もすることがないよ。起きたって、ほんとに何もすることがないじゃないか。ちがうの?」

「起きろ。さもないと権利を全部失うことになるぞ」

「糞面白くねえな。それって、ヤル相手がいないのにコンドームを取り上げるぞって、いってるようなもんじゃないの」

「いいだろう、この馬鹿。それでは私が、このドクター・ブレイジンガムが数えるからな。いいな。いくぞ。『いち……に……』」

私は飛び起きた。

「人は、彼の心を理解しようとしない環境の犠牲者である」

「おまえは幼稚園で魂をなくしたんだよ、ブコウスキー。さあ顔を洗って朝食の準備をしろ」

……。


牛の乳しぼりの仕事にまわされてしまった。朝は誰よりも早く起きなければならなくなったが、牛の乳首を揉む仕事はけっこう楽しかった。その朝はメアリーと納屋で落ち合うことになっていた。藁だらけの所で。すばらしいではないか。

メアリーは、牛のそばを通ってあらわれた。私は乳をしぼってる最中だった。

「やりましょう、ピソン」

彼女は私のことを「ピソン」と呼んだ。理由はわからない。もしかしたら私をプーロンと思ってるのかもしれない。そう考えることにしていた。しかし「考える」ことで、いったい人はどんな得をするというんだろう？　面倒なことが起きるだけじゃないのか。

われわれは干し草を蓄えてる二階に上がって、服を脱いだ。二人とも毛を刈り取られた羊みたいに裸になって、ぶるぶる震えていると、まだ新しくてかたい藁が、アイスピックのように刺さってきた。まるで古くさい小説に出てくる光景そのものじゃないか。だけど、ほんとにそうだった！

われわれははじめた。なんともいい感じで、どんどん熱くなっていった。そこにやってきたのだ。まるでイタリアの軍隊が納屋へなだれこんできたみたいだった。

「おい！　やめろ！　やめるんだ！　その女から手を放せ！」

「すぐに女から下りろ！」

「ペニスを引き抜くんだ！」

男の雑役係の一団だった。みんないいやつだが、ほとんどがホモだった。連中の反感を買うようなことをした覚えはなかった。というのに連中は梯子を登ってきた。

「ここまでだ、動かすんじゃない、この犬畜生が！」

「出しやがったら、きんたまを切り落とすからな！」

私は腰の動きを速めたが、その甲斐はなかった。連中の中の四人に引き離されて、仰向けにひっくり返った。

「おい、すげえな、これを見てみろ！」

「まるでアイリスみたいな紫色だな。腕の半分ぐらいあるぞ。ピックンピックンしてらあ。でっけえなあ。気味が悪いぜ！」

「やるか？」

「仕事をなくすことになるかもよ」

「そのくらい、しようがないんじゃないか」

そこにドクター・ブレイジンガムがあらわれ、事態は解決した。

「そこで何をやっているんだ？」と彼が下からきいた。

「この男を取り押さえたところです、ドクター」

「女はどうした？」

「女？」

「そうだ、女だ」

「ああ……女は暴れて手がつけられません」

「いいだろう。そしたら服を着せてから二人を私のオフィスへ連れてこい。一人ずつだ。女が先

だ！」

私はブレイジンガム私用の通称「神さま病棟」の外で待たされた。硬いベンチで二人の雑役夫にはさまれて『アトランティック・マンスリー』と『リーダーズ・ダイジェスト』を、とっかえひっかえ、あちこち読んでいた。それは拷問だった。砂漠で喉が乾いて死にそうなときに、乾いたスポンジを吸うのと、喉に砂粒を幾つか詰め込まれるのとで、どっちがいいかときかれるようなものだ。

メアリーはきついお叱りを受けてるんだろうな、あのお医者さんに……。

メアリーは出てきたというよりも、運びだされたというほうが当たっている。つづいて私だ。中へ押しやられた。ブレイジンガムは全てが面白くないという雰囲気だった。彼はこの数日間、双眼鏡をつかって私を監視していたといった。私は疑いをかけられていたということだ。相手の男が誰だかわからない妊娠事件が二例起きたためだ。私は医者に、性交の機会を奪うことは心の治療にとってベストではないといった。対して彼は、性的エネルギーは脊柱を通すことで、もっといいことに使えるようになると主張した。私は、自分からそうしようとするのなら、ありうると思うが、外からの強制では無理だといった。性的エネルギーをほかのことに向けるためだなんて、そんなことには脊柱は断じて妥協しない。

そういうわけでこの件は、二週間の外出禁止で落ち着いた。だが藁にまみれた性交を、くたばる前にいつかしてみたいものだ。あんなふうに邪魔してくれたんだから、私には貸しがある。少なくとも一回分は。

空のような目

Eyes Like the Sky

　しばらく前にドロシー・ヒーリーが会いにきたことを私はずっと忘れていた。そのことをずっと忘れていたのだが、先日静かにビールを飲んでいたら、彼女の名前をふと思いだした。彼女がきたとき私は二日酔いで五日間ひげを剃っていなかった。

　それから私は向かいに住んでいる青年に、彼女が立ち寄ったことを話した。

「どうして彼女があなたに会いにくるんですか？」と彼はきいた。

「知らんね」

「彼女はなにをいいました？」

「何をいったか覚えていないんだ。覚えているのは、彼女がきれいな青い服を着ていたことと、青い目が鮮やかで美しかったことだけなんだ」

「彼女が何をいったか思いだせないの？」

「ひとつも」

「彼女とやったんですか？」

「まさか。ドロシーはそう簡単には寝ないだろうよ。ＦＢＩ捜査官とか、靴のチェーン店のオーナーと、好きでもないのに寝たりして、あとで酷い噂がたったらどうするんだ」

「ジャッキー・ケネディの男たちも、厳しい審査を受けてるってわけですね」

「そういうことだ。イメージがあるからな。彼女がポール・クラスナーと寝ることは、まずは絶対にないだろうな」

「彼女が寝るなら、そばにいたいですよ」

「タオルを持ってか？」

「触りながらですよ」と彼はいった。

とにかくドロシー・ヒーリーの青い目は鮮やかで美しかった……。

漫画欄はしばらく前から中身が真面目になってきている。前にも増して下らなくなってきているというわけで、ある意味で漫画欄は、昔のラジオのメロドラマの代わりをつとめている。この二つは社会の現実に向かう態度が同じで、生真面目にとらえて描くことで滑稽感を出そうという具合だ。なにせその現実とは、安物ばかり扱う雑貨屋の品物みたいなものだから、胃の調子がものすごく悪いとかいうのでなかったら、どうしたって少しは笑ってしまう。

最新の『ロスアンジェルス・タイムズ』のメアリー・ウォースの漫画欄は（書かれてある通り）ヒッピー・ビートニクの世界の終わりを描いていた。タートルネックにあごひげというキャンパスの反逆児が、金髪のロングヘアで、抜群のスタイルをしたキャンパスの女王と駆け落ちしようとしている（彼女を見て、私は思わず勃起しそうになった）。キャンパスの反逆児が何のために戦っていたのかは、それについての会話がほんの二、三しかなく、それも中身のないものだ

から、さっぱりわからない。だがそんなことはいい、私はこまかいことを取りあげて諸君を退屈させたくない。漫画はこのようにして終わる。高価なスーツにネクタイの、禿頭で鷲のような顔つきをした、図体がでかくて品のない親父が、そのあごひげ青年にたいして金言を披露して、自分のセクシーな娘を彼がちゃんと養っていけるようにと、仕事の世話をする。ヒッピー・ビートニクはその申し出を断ってページから姿を消す。そして戻ってくると、親父と娘は旅支度をしている。青年を彼自身の理想主義的ヘドロに残したまま、どこかへいってしまうというわけだ。

「ジョー！……何してたの？」とセクシーな娘がきく。

笑いながらあらわれたジョーにはひげがない。「夫が本当はどんな顔をしているのか、知ってた方が君にとっていいんじゃないかと思ってさ。手遅れになる前にね！」それから親父にこういう。「それに、ひげは役立つどころか、ハンディキャップになることがわかったんです、スティーブンスさん……**不動産業をするにはね！**」

「君はついに**正気**になったということか？」と親父がきく。

「あなたが御自分の娘につけた値段を、ぼくは払いたいということです！」（ああセックス、ラブ、**ファック！**）。「だけど」とわれらが元ヒッピー君はつづけるのである。「ぼくはどこへいこうが**不正**とは戦っていくつもりです！」

結構ではないか。われらが元ヒッピーは、不動産業界にはびこる不正と戦うというのだ。そこでパートナーとして親父が一言いう。

「しかしだね、君には**びっくり**だよ、ジョー……君はそのことに気づいたようだが、われわれのような時代遅れの人間だって、世の中にはもっとよくなってもらいたいと思ってるんだよ！　シロアリを駆除したかったら家を焼き払えばいい、というのは信じないな！」

では時代遅れのおまえたちは、なにをしてるというんだ？　そう思わずにはいられなくなるが、

それはともかく次のページにいくと「アパートメント3－G」だ。

大学の教授が、金持ちで美人の女と話しあっている。話題は彼女の、夢想癖のある貧しい青年医師への愛についてだ。この医師はとても手に負えない激しい気性の持ち主で、テーブルクロスを引き裂いたり、皿をテーブルから落としたり、卵サンドを宙に放り投げたりする。彼女のボーイフレンドを二、三人殴りつけてもいる。彼は美人で金持ちの女に貢いでもらってる自分に怒ってるのだが、一方では高価な車や、山の手のごたごた装飾されたオフィスは受け取っている。もしもこの男が、街角の新聞売りとか郵便配達人とかだったら、こうした物には一切めぐり合わない。私は是非見たいと思う。この男がどこかのナイトクラブに入っていって、食事やワインやコーヒーカップやスプーンなんかを床に叩きつけ、それから椅子に坐って、たった一言の弁明もしないというところを。私はこんな医師に、持病である痔の手術をされるのはお断りである。

そういうわけで漫画を読んだら、笑おう、ただ笑おう。そしてこれが自分たちの世界の一部なんだと知ってほしい。


昨日、ある地方の大学の教授が会いにきた。彼はドロシー・ヒーリーには似てないが、彼の妻のペルー人はとても似ていた。彼がいいたいのは、似たり寄ったりのセンスのない、いわゆる新しい詩にはうんざりしているということだった。詩の分野では、小さなグループが権力争いにあけくれ、依然としてつまらない旗振り合戦がくりひろげられている。私が思うところでは、いままでの中で一番大きな俗物グループは以前のブラック・マウンテンだろう。クリーリーは今も大学の内と外で恐れられている。他のどんな詩人よりも恐れられ、尊敬されている。学者たちもそうだ、クリーリーが好きで、彼についてては慎重な書き方をする。

本質では、詩として今日幅広く受け入れられているものは、表がつるつるすべすべしたガラス

のようなものだ。差しこむ光で内側をのぞくと、そこにあるのは、金属質で人間味のまるでない足し算のような、あるいは秘密めかした、言葉と言葉の連なりである。百万長者や、遊んで暮らしてる裕福なデブのための詩といっていい。そういう連中に支持されていれば生き残れる。支持する連中は本気で支持してるし、そうじゃない者にとっては屑同然で、相手になれるしろものではまるでないのだから。とにかく退屈、ものすごく退屈なのだ。退屈すぎて、退屈さが秘められた意味にとって代わっている。意味が隠れたということなのだが、そこまで上手に隠れられてしまうと、意味はもとからなかったように思えてくる。だが、もし諸君が意味がわからなかったら、それは諸君には魂がないとか、感受性が貧しいとか、そういうことになる。だから**わかった方がいい。じゃなかったら、そこには属していない**。そしてわからなかったら**黙っていることだ**。

一方、学会の中には二、三年ごとに、大学組織に身を置いておきたいがために、ガラス質の空虚な詩集を、中身は同じで、表向き「**新現代詩**」とか「**新・新現代詩**」と変えて出版するのがいる（もし諸君がヴェトナムを地獄とみなしているのなら、こっちからも目を離さないほうがいい。いわゆる秀才といわれてる連中の、自分らの小さな個室で繰り広げられている権謀術数が、この先どうなるか）。

ところで、この教授は明らかにギャンブラーだった。彼はもうゲームにうんざりだから、新しい力、創造的な新しい力が育つようにしたいといった。自分なりの考えを持ちながら私に**じっさいに新しい詩を書いているのは誰なのか**、そしてどんな作品なのかと尋ねてきた。私は本当のことを答えてあげることができなかった。はじめに何人かの名前をあげた。スティーブ・リッチモンド、ダグ・ブレイゼク、アル・パーディ、ブラウン・ミラー、ハロルド・ノースなどを。だが、私は気がついた。彼らのほとんどを私は個人的に知っている。でなかったら手紙のやりとりをしている。糞詰まりになったときみたいな気分だった。こんなふうに選びだしていたら**ブラック・**

マウンテンの二の舞ではないか。またひとつ「仲間うち」だけのものをつくるだけではないか。こうやって堕落がはじまるのである。いわば名誉ある個人の死が。そういうことはよくない。

そこで、投げ捨ててしまえ、ということになる。ガラス質のこうした古臭い詩を捨て去ったあとにはなにが残るかといえば、エネルギーに満ちた作品だ。書きだしてまだ間がない元気な若者の、いきいきとした作品が残る。そういうのを載せているのは、これまた元気のいい若者たちによって出されたばかりの小雑誌だ。彼らにとってセックスは新しく、人生も不思議な新しさに満ち、戦争もしかり。そこがいい。新鮮である。彼らはまだなにかに「なって」いない。では、それではいつになったら完成の域に達するのか？　彼らが十五篇書けば、一篇は素晴らしいが十四篇はお粗末だ。ときには不評を買って、もっと仲間としのぎを削りあうようにしたらいいのにとか、クリーリーみたいに糞詰ったらどうかと言われたりする。若者たちは、三十以上の人間は相手にするなと、よくそういうが、パーセントでいえば妥当なところだ。ほとんどの男は、そのころにはもう干からびて底が見えてるからである。それでは三十以下の男をどう信頼すればいいのかということになる。三十以下の男だって、底は見えている。人目につかないところで鼻をほじっているメアリー・ウォースだって同じことだ。

時代の問題といってもいい。詩についていえばいまのところ（チャールズ・ブコウスキーを含めて）規律も重んじる厳格きわまりないやつとか、恐ろしく革新的なやつとか、男たちとか、神々とか、ベッドからたたき出して、地獄のような暗い工場や町へわれわれを向かわせる腕っぷしの強いやつらとか、そういうのがいないのである。T・S・エリオットはもうだめだ。オーデンは機能していない。パウンドは死を待つのみ。ジェファーズはグランド・キャニオン級のラブ・インをもってしても埋めることのできない穴を残した。老フロストには確かな精神の気高さがあった。カミングスは眠りから引き離してくれた。スペンダーは「この男の人生もまた終わろ

ケツを死につつかれている。

白髪頭で、ぼろいギターを抱えてアメリカの教室へ入っていってるが、そのサンドバーグでさえ

リカの女に殺された。サンドバーグだって、才能はとっくに枯渇して、濁った目に伸ばし放しの

うとしていて」断筆中である。D・トマスはアメリカ産のウィスキーと、アメリカ的賞賛とアメ

　巨人たちが去って、彼らに代わる者たちがあらわれてきていないということは認める。そうい

う時代なのだ。このヴェトナムの時代、アフリカの時代、アラビアの時代だからだといっていい。

人々は詩人が語っていること以上のものを求めているのかもしれない。人々のほうが詩人を追い

越して、自分たちが詩人になってしまうのかもしれない。うまくいけばだが。私は詩人が好きで

はない。連中と同じ部屋にはいっしょにいたくない。とはいっても人が何を好きかなんて、知る

ことは難しい。街の人々は欠乏してるように見える。街角のガソリンスタンドでガソリンを満タ

ンにしている男は極悪非道の獣に見える。大統領の写真を見たり、しゃべっているのを聞いてい

ると、彼がデブの道化役者か、頭のにぶいパテかなんかのような生き物に見える。そんなやつに、

私や、あらゆる人びとの人生や幸運の機会の決定権が与えられているのである。私は納得できな

い。大統領はそれだけでなく、われわれの詩を圧迫してもいる。だが、そんな大統領をつくりだ

したのは、われわれの側の情熱の欠如にあるといっていい。それゆえわれわれには、そんな大統

領がお似合いだともいえる。ジョンソンは暗殺者の銃弾を恐れることはない。防衛対策が強化さ

れているからではない。死んだような男を殺したって、なんら喜びを感じないからなのである。

　話を教授に戻そう。彼の質問に。本当の意味の新しい詩の本、そこにのせられる詩人は誰なの

か？　私には誰の名も挙げられない。本のことは忘れよう。見込みはほとんどないに等しい。も

し真面目で力があって、人間くさい、ごまかしのない作品を読みたいというなら、カナダ人のア

ル・パーディを挙げよう。だけど、カナダ人って何のことだと思う？　何とかという樹木の枝に

かろうじて坐って、叫ぶようにして美しい情熱の詩を、自家製のワインの中に歌いこめている、風変わりな人間のことである。時だ、もしわれわれにあるならば、時がやがてカナダ人について、そして彼について語ってくれるだろう。

そんなわけで教授、あなたの役に立てなくて申し訳ない。私の襟元を、なんとかいうバラ（地球バラ？）で飾ることができたかもしれないのだが。われわれは失っている。クリーリーもあなたも私もだ。ジョンソンもドロシー・ヒーリーもC・クレイもパウエルもだ。ヘミングウェイの最後の散弾銃も、こっちへ向かって廊下を駆けてくる私の小さな娘の大きな悲しみもだ。情熱と方針の喪失。神だって気絶するようなこのことを、人びとは感じている。前にもまして強く感じていながら、一方でわれわれは磔刑前夜のキリストみたいなものを、せっせと作っている。ガンジーも、初期のカストロも足を前に出そうとはしない。空のような目をしたドロシー・ヒーリーだけである。そして彼女は卑劣な共産主義者である。

そこで板ばさみになるわけだ。ローウェルはジョンソンから招待された園遊会だか、なんだかを断った。よいことである。これがはじまりだった。だが不幸なことにロバート・ローウェルは器用な詩人だ。うますぎる。ガラス質の詩と現実を踏まえた逞しい詩との間で板ばさみになって、どうしていいかわからないでいる。だから二兎を追うことになって、失敗してるのである。詩にたいする考えを一本にしぼらないかぎりは、本人がいくら望んでも人間にはなりきれない。一方ではそのギャップに気づいたギンズバーグが、解決しようとして、われわれが見ている向こうで、ウケを狙う大きな動作でトンボ返りをしてみせている。彼はどこがいけないのかわかっている。それを正す芸術の才覚にめぐまれてないだけである。

そういうことで教授、訪問してくれてありがとう。いろんな人がきてくれる。会ったことのない人たちが、たくさん。

われわれはどんなふうになるべきなのか、私にはわからない。運がつくことが大切だ。私はこのところ見放されている。それに太陽がだいぶ近づいてきている。人生は、見かけ通り醜いが、あと三、四日生きるには値する。なんとかやれそうだと思わないか？

ウォルター・ローウェンフェルズに

One for Walter Lowenfels

　彼は二日酔いの頭を振ってベッドから出ていった。女と子どもがきていた。彼がドアを開けると子どもが駆けこんできて女がそのあとにつづいた。ニューメキシコ州からはるばるやってきたのだ。途中でレズビアンのビッグ・ビリーのところに寄ってきてはいたが。

　女の子は長椅子に体を投げだした。それから互いにわざとらしい再会の挨拶をかわした。子どもに会えるのはいいことだった。よすぎるくらいだった。

「ティナの爪先にバイ菌が入っちゃったのよ。心配だわ。あたし二日ばかり調子をおかしくしててね、直ったらティナがこんなふうになってたの」

「家の外では靴をはかせるべきだよ」

「そんなことはどうでもいいの！　こんな世界に家の外も内もないわよ！」

　彼女はめったに髪に櫛をいれず、反戦の意思表示に黒服を着込んで、葡萄ストライキを決行中とかで葡萄を口にしない女だった。そしてコミュニストだった。詩を書き、ラブ・インに参加し、

粘土で灰皿を作り、煙草を吸い、ひっきりなしにコーヒーを飲み、母親や別れた男から小切手をもらって、何人もの男たちと暮らした、トーストにいちごジャムを塗って食べるのが好きな女だった。子どもは彼女の武器だった。身を守るために、次から次に子どもを生んだ。どういうわけで男が彼女と寝るようになるのかは男の理解を越えていた。しかしそういう彼もまたベッドをともにした一人だった。酔っぱらっていたなんていうのは、馬鹿げてて言い訳にもならない。彼はしかし二度とあのようには酔うことはない。

彼女は狂信が過ぎて内と外がひっくりかえってしまった宗教家を思い起こさせた。彼女は戦争反対とか愛とかカール・マルクスとかいったくだらない思想でがんじがらめになってるために、まちがったことができなかった。それに労働を信じていなかった。まあそれは彼女にかぎらずだが。彼女が最後に働いたのは、第二次大戦中のことだった。陸軍婦人部隊に入隊して、生きた人間をかまどに入れたあの獣ヒットラーから世界を救おうとしたのだった。世界の知という見地から見たら、あれはあれでいい戦争だった。そしていま彼女は、彼をかまどに入れようとしていた。

「医者に電話をしなさいよ」

彼女は番号と医者を知っていた。一つは役にたったということだ。電話が終わると、彼女はコーヒーを飲み、煙草を吸い、コミュニティでの生活計画について話した。

「あんたの詩『男便所』を家の外に貼ってる人がいるのよ。それから酔っぱらいのエリっていう爺さんがいてね。六十だって。朝から晩まで酔っぱらってて。山羊の乳をしぼってるのよ」

彼女はコミュニティが人間味あふれるところであるかのように話した。彼が一人になれないように、それに競馬にいったり、静かにビールを飲みにいくことができなくなるように、ハエ取り器で捕まえるように罠にはめようとした。彼はただ坐って、脳がいかれるとこうなるのかという目で彼女を見ているしかなかった。彼には嫉妬はなかっただろう。あったのは単なるしまりのな

い嫌悪感。それと生きようとしてあがき、機械的な行動をとる機械的な人間の沈滞感だった。

「いやなこった」と彼はいった。「そんなとこにいって、ほこりっぽい丘やにわとりの糞を見たら、狂って叫びだすよ、おれは。じゃなかったら自殺するだろうな」

「エリのことが好きになるわよ。彼も年がら年中酔っぱらってるの」

彼は紙袋の中に空になったビール缶を放りこんだ。

「六十歳の飲んだくれなんて、どこにだっているよ。もし見つけられないなら、十二年後におれがなってるよ。それまで生きていられればだがな」

彼女はそういわれて、どうしていいかわからなくなった。そこで隠れてコーヒーを飲み、煙草を吸った。と同時に、そうやって怒りを静めた。もし彼女にはそんな怒りはないと思うなら、きみはその手の女を知らないということになる。愛の信奉者にして反戦論者、そして詩人で、友人たちと敷物の上に輪になって坐ってくだらないことを話しあう婦人を。

その日は水曜日だった。彼は夜勤に出かけ、そのあいだ彼女は子どもを連れて、朗読会をやってる地元の本屋へいった。ロスアンジェルスはそんな場所がやたらとある。犬猫のションベンにも劣る、おそまつきわまりない詩を互いに朗読して、いい作品だと褒めあうのである。そんなのは、やるべきことがなにもなくなったときにする精神的自慰のようなものだ。集まった十人で歯が浮くようなことをいって慰めあってるが、十一人目を見つけるとなると大変である。むろん『プレイボーイ』や『ニューヨーカー』や『アトランティック』や『エバーグリーン』に送るような無駄なことはしない。送ったって向こうは作品の善し悪しがわからないから、いい作品に出会っても見逃しちゃうのよ、という。そうだろう？　「あたしたちの集まりで読む詩は、どんな雑誌に発表されてるものよりもいいわよ」

同じことをどこかのゴミが十年前にいっていたっけ。塩のかわりに汗でも舐めあってりゃいい

さ。

その晩彼は午前三時十五分に帰ってきた。彼女は部屋中の明かりを全部点けて、窓のブラインドを上げたまま、ソファで裸で眠っていた。彼は中に入っていって明かりを一つずつ消してブラインドを下ろした。それから子どもを見にいった。少女は宝石のようにきらめいていた。あの女と四年もいっしょにいながら、光は損なわれていなかった。彼は子どもの寝顔を見た。ティナ、ひどい環境のなかで過ごしてきた彼女は奇跡だった。彼にとってもひどい時期だった。理由は単純で、女とやっていけないがためだった。どんな女ともやっていけないというのではない。悪い面が彼にはたくさんあるのは当然だが、中には折り合いがつく女もいて、彼のセックスのはけ口になった。とても素晴らしく。問題は子どもである。すったもんだあった女との間にかぎって子どもができるのは、なんでなんだ？　身長六十センチ、無職、パスポートは持たない、運はまだついていない。われわれは女の股のあいだから出てきたときから、子どもたちを苦しめてきた。自分たちの都合で、好きなようにふりまわしてきた。彼は身をかがめて眠っている少女にキスをした。恥の感覚にとらわれながら。

部屋を出ると、彼女が目をさまして煙草を吸っていた。そばではコーヒーの湯が音をたてている。彼はビールを開けた。一体なにがあったんだ、どう見たってまともじゃないぞ。

「あたしの詩、すごくよかったのよ」と彼女はいった。「朗読したら、みんな気にいってくれて。そこにあるから読んでみて」

「仕事でへとへとになって帰ってきたとこなんだぞ。頭はからっぽだ。とてもじゃないがまともには読めない。明日でいいな？」

「嬉しくてしょうがないの。そんなに浮かれちゃいけないのはわかってるけど、抑えられないの。あたしたちの朗読会で発表した詩をまとめた雑誌のこと、知ってたかしら」

「それが?」

「ウォルター・ローウェンフェルズがそれを読んでたのよ。それだけじゃなくて、手紙をよこしてくれて、その中であたしのことをきいてるのよ、誰なんだって」

「そりゃあよかったな、ほんとによかった」

彼は彼女のために喜んだ。彼女を上機嫌にしてくれるもの、いまいるどうにもならない穴ぼこから引き上げてくれるものなら、なんでも嬉しいのだった。

「ローウェンフェルズはいいセンスをしてるよ。ちょい左がかってるけど、まあな、そういうことをいったらおれもそうかもしれない。とにかくきみは迫力のある代物を書いてるよ、それはよくわかってる」と彼はいった。

彼女はますます機嫌をよくした。彼女のために彼は喜んだ。彼女には成功してもらいたかった。世間の人たちと同様に、彼女もまた成功したがっていたのだから。

「でもどこが悪いかはわかってるよな」

彼女は見あげた。「なんだって?」

「いつも同じ詩だ。しかも十篇足らずで」

彼女は新しい詩人のグループを見つけるたびに、その八篇か九篇の詩を持って参加していた。そして一方で新しい男、新しい子どもを探していた。砦を。

彼女はそれには答えなかった。「あの大きな段ボールに入ってるのはなんなの?」

「おれの次の詩集だよ。あとはタイトルとタイプを打ってくれる人がいればいいんだ。金はもう前渡しで貰っちゃってるからな。全部タイプすればいいだけのことなんだけど、おれは自分の詩をタイプするのが、えらく苦手なんだ。時間がもったいない。だって同じ道を引きかえすようなもんだろう。やってられないよ。あの段ボールはもう六ヵ月もあそこにあるんだ」

「それ、いくらぐらい払えるの？　あたし、お金がいるの」

「二、三十ドルというとこだな。しかし骨の折れる仕事だよ、退屈だし」

「あたしがやるわ」

「オーケー」と彼はいった。彼女がやりっこないことはわかっていた。最後までやったものなど、なにもないのである。十篇足らずの詩だけ。世間では、もし一生のうちに一篇でも二篇でも素晴らしい詩を書いたら、その人はそれに属するという。

何に属するって？

梅毒スピロヘータの巣に、と彼は思った……。

その日は子どもの誕生日だった。二、三週と一日か二日遅れてはいたが。彼はティナを連れて車に乗った。まず医者にいってティナの爪をはがしてもらい、四時間おきに飲む小さな瓶に入った薬を渡された。ふだんなら酔って歌ってさえいればいいのに、消耗する使い走りをしなければならないとは。彼はしらふを保って用事を四つ五つ済ませ、そのあとでケーキ屋にいってバースデー・ケーキを受け取った。きれいにできていた。ティナと彼は、ピンクの箱に入ったそのケーキをさげてマーケットへいった。トイレットペーパーと肉とパンとトマト。あと何だっけ。そうそうアイスクリーム。ティナはどんなアイスクリームが好きなのかな？　マークがなんだかニクソン大統領のニタリ顔みたいに見えるけど、ティナ、好きなのをいってごらん。

二人が戻ると、女ウォルター・ローウェンフェルズは腹を立てていた。鼻を鳴らし、悪態をついて……。

詩集をタイプすると決めたのに、どうしたんだ？　タイプライターのリボンだって新しいのを渡している。

「あのオンボロタイプライター、リボンがちゃんと動かないじゃないのよ！」

反戦の黒服を着た彼女はえらく怒っていた。えらく醜かった。いつにも増して醜かった。

「ちょっと待てよ、ケーキやなんか、みんな買ってきたんだ」

彼はいって台所へいき、ティナがついていった。

かわいい娘がいることを彼は感謝した。あの女から生まれてきたのである。考えようだ、あの女を殺していたら、この娘は生まれないのだ。彼は運に感謝した。リチャード・ニクソンはじめ、なにもかにも、ありがとういいたかった。決して笑うことのない、青っちょろい機械じかけの人間たちにも。

彼とティナはタイプライターのある部屋へ戻っていった。彼はタイプライターのふたを開けた。そんなふうにリボンをセットする人は見たことがなかった。とても言葉ではいいあらわせない。いったい彼女になにが起きたのか。朗読して褒められたという日の翌日である、その晩も別の朗読会に出かけていった。そこでなにか面白くないことがあったのだ。なんだったのかは、推測するしかなかった。彼女が寝たいと思った相手が寝てくれなかったのか、それとも寝たくない相手にやられてしまったのか。彼女の詩について誰かがひどいことをいったのかもしれない。詩と彼女が話すのを聞いたあとで誰かが「神経症」といったのかもしれない。なんであれ、どうやってもインチキな愛にみちているか、または憎しみにとらわれて伸びたり縮んだりしているか、そのどちらかを生きるしかないという連中たちといっしょにいて、おかしなことになったのだ。

彼女は切れていた。彼にできることはほとんどなく、坐ってタイプライターのリボンをセットしなおした。

「Sのキーが硬すぎるじゃないのよ！」と彼女は叫んだ。

その晩の詩の朗読会でなにがあったのか、彼はきかなかった。ウォルター・ローウェンフェルズからのメッセージはなかったということはわかってるが。

彼とティナは台所の隅っこにいって「ハッピーバースデー、ティナ」と書かれたケーキを箱から出した。ロウソク立てが四つあったので、そこにちっぽけなロウソクを立ててケーキに刺した。そのとき水の流れる音が聞こえてきた……。

シャワーを浴びてるんだな。

「よお、ティナがロウソク吹き消すところ、見たくないのか？　ニューメキシコからはるばるやってきたんだろうが。見たくないんなら、そういってくれ、先にやってるから」

「わかったわ、いま出る……」

「それがいい……」

彼女がきた。彼はちっちゃなロウソクに火を点けた。ケーキの上に火が灯った。

「ハッピーバースデー・トゥ・ユー
ハッピーバースデー・トゥ・ユー
ハッピーバースデー・ディア・ティナ……」

そんな具合に陳腐な光景はつづいた。だがティナの顔は別だ。映画のしあわせなシーンを一万本ぐらい見ているみたいだった。彼が見るのははじめてだった。泣くのをこらえるために、鉄の棒で体を刺激する場面を想像しなければならなかった。

「オーケー、それじゃあロウソクを全部吹き消しな。できるね？」

ティナは前にかがんで三本を吹き消した。グリーンのロウソクが残って、彼は笑った。彼にはとにかくおかしかったのだった。

「グリーンを消しそこなったね！　どうしてグリーンだけが残ったのかな？」

子どもはもう一回吹いた。そして吹き消した。二人とも笑った。彼はケーキを切ってアイスクリームをそえた。陳腐な光景だった。彼はしかし娘がしあわせなのが嬉しかった。やがてママが立ちあがった。

「お風呂に入らなきゃ」

「オーケー」……

彼女は出ていった。

「トイレが詰まってる」

彼は中に入った。彼女がくるまではトイレが詰まることはなかった。彼女が白髪のかたまりやら、生理用品やら、トイレットペーパーやらをやたらと流したにちがいない。彼は自分の思い過ごしかもしれないと思うようにつとめたが、どう考えてもトイレが詰まったのは彼女がきてからだった。それだけではない、いらいらや陰気な考えや不吉な空気みたいなものが、みんな彼女といっしょにやってきたのだった。彼女自身は、戦争や憎しみを憎む、愛のために生きてる善良な人物だというのに。

彼は手をつっこんで生理用品やら何やらを取り出したかったが、彼女はこういうのである。

「ソースパンをもってきて！」

するとティナが「ソースパンって？」

彼は答えた。「なにをいったらいいかわからなくなったときにつかう言葉なんだよ。そのようなものはないし、いままであったこともないんだ」

「そしたらどうするの？」とティナはきいた。

「鍋を渡すよ」

二人は鍋を持っていった。彼女はそれで便器の中をかきまわした。捨てたもので詰まった状態

はしかし、ただゴボゴボ音を立てて悪臭を放つばかりで、ちっともよくならなかった。

「家主を呼ぶよ」と彼はいった。

「あたしはお風呂に入りたいのよ」と彼女は声を張りあげた。

「わかった」と彼はいった。「風呂に入れよ。便器には待たせておく」

彼女は中に入ってシャワーを出した。二時間はシャワーの下に立っていたはずだ。音を立てて頭上にふりかかるお湯が、彼女の気分を楽にさせた。彼は一度、ティナにおしっこさせるために中に入らざるをえなくなった。彼女は二人が目の前にいるのに気づきもしなかった。顔も心も天に向けられていた。反戦、詩、母親、苦労。葡萄を食べない人。消毒した糞よりも純粋な人。その彼女の力ある魂のおかげで彼の水道代と電気代がどんどん上がっていった。しかしこんなことはみんな、もしかしたら共産党が仕組んだことかもしれなかった。人々の気を狂わせるために？

彼は最後には彼女をからかって、そこから出た。そして家主を呼びにいった。彼女の詩人魂が萎えるのはよいことだった。ウォルター・ローウェンフェルズに花を持たせることもできたが、彼の便意を解決しなければならなかった。

家主が赤い吸引ゴムのついた掃除棒で、二、三回ギュッギュッとするだけでよかった。なにもかもが海のようにさっぱりした。家主は帰っていった。彼は早速そこに坐って出るべきものを出した。そして終えて部屋にいってみると、彼女はしょんぼりしていた。そこで彼は提案した。自分はティナと遊んでいるから残りの一日を近くの本屋でも、売春宿でも、どこでもいいから好きなところへいって過ごしてくるのはどうだろうか。

「それはいいわね。明日の昼頃に母親といっしょに戻ってくるわ」

彼とティナは彼女を車に乗せて本屋まで連れていった。車から出たとたん、彼女の顔にそれまであった憎しみの影が消えた。憎悪がなくなった。本屋の入口に向かって歩いていくのは、ふた

たび平和や愛や詩といった良きもののためにある彼女だった。

彼はティナに助手席にくるようにいった。彼女に片手をつかまれたので、もう片方の手でハンドルをまわした。

「あたしママに『さよなら』っていったの。あたしママのこと好き」

「そりゃあそうだよ。ママもきみのことが好きなんだよ」

そうやって彼は車を走らせた。彼女と彼。二人ともとても真剣だった。彼女、四歳。彼、ちょっと年上。隣同士に坐って信号待ちだ。それだけのことだった。

それで十分だった。

自殺体質

Notes of a Potential Suicide

　ゴミ収集のトラックがきたとき、私は窓辺に坐っていた。ゴミ入れがつぎつぎに空になっていく。私は耳をすまして自分のを聞いた。カサッ、カチン、ガチャン、バサッ、バシャン！　彼らは顔を見合わせた。

「おい、すげえ酒飲みがいるぜ！」

　私は瓶を持ちあげて、宇宙飛行のさらなる発展を待つ。

＊＊＊

　誰かがノーマン・メイラーの本をおいていった。『クリスチャンと人食い人』というタイトルだ。よくもまあ彼は次から次へと書くものだ。読んでいても迫ってくるものがない。ユーモアもない。なんでこんなものを書くのだろう。ただ言葉を書き連ねているだけだ。これが有名人の末路というものか？　だとしたら、われわれはなんと幸運だろう！

＊＊＊

二人がきた。ユダヤ人とドイツ人である。

「どこへいくんだ？」と私はきく。

二人は答えない。運転するのはドイツ人だ。彼は交通法規を完全に無視している。アクセルを目一杯に踏んで丘を走り、車輪が路肩ぎりぎりのところを通っていく。落ちたら下まで二千フィートはある。

私は思う。自分の死を人の手にゆだねるのは感心しないな。

展望台に上がってみる。退屈である。二人は嬉しそうだ。ユダヤ人は動物園にいきたいのだが、夜なので閉まっている。どこかへいかないと気がすまない人間というのがいるものだ。

「映画にいこう！」

「ボートに乗りにいこう！」

「寝にいこう！」

「勝手にしろよ」と私はいうことにしている。「おれはここにいる」だからもうなにもいってこない。私を車に残していく。そして私はあまりの退屈さにどぎもをぬかれる。

ドイツ人が建物に走り寄った。建物の正面を形作ってるブロックとブロックの間に段差がある。ドイツ人はその段差を上りはじめた。そして建物の半分ぐらいまでいって出入口の上におおいかぶさる。この退屈なこと。私は彼が落ちてくるのを、または降りてくるのを待つ。

教師が一人、高校の生徒たちを引率してやってきた。みんなきちんと整列して入口に向かっていく。と、教師が上を見てドイツ人に気づいた。

誰もがその揺れるボールを見つめる。

前と変わっていない。一角にワイヤーで吊るされた大きなボールがあって、ゆらゆら揺れている。

「いや、うちのほうのだ」と私はいう。

「うちの生徒？」と彼がたずねる。

彼らは進んでいき、ドイツ人は降りてくる。われわれは建物の中に入っていく。内部は三十年

この退屈さには参ったな、と私は思う。

そしてドイツ人とユダヤ人のあとについていく。彼らは歩きまわっていろいろな装置のボタンを押す。すると物が軽く揺れたり、少し動いたりする。火花が散る物もある。装置の半分は壊れていて、ボタンを押しても反応はない。ドイツ人がはぐれて、私はユダヤ人といっしょに歩きまわった。彼が振動記録装置を見つけた。

「おい、ハンク！」と彼は大声で私を呼ぶ。

「なんだ」

「きてみろよ！　いいか、おれが三数えるから、そしたらいっしょになってジャンプするんだ」

「わかったよ」

「いち、にの、さん！」

彼は九十キロ、私は百キロある。

私たちは跳びあがり、着地する。装置はふるえて線を何本か記した。

「いち、にの、さん！」

跳びあがる。

「もう一回やろうぜ！　いち、にの……」

「ばかくせえ」と私。「飲みものを手にいれにいこうや」

私は離れる。

ドイツ人が寄ってきて「ここから出ようよ」という。

「そうだな」

「あばずれ女に断られたぜ」とドイツ人がいった。「むかつくよ」

「気にすんな。パンツに糞かなんかくっついてて具合が悪かったんだよ」

「そういうのが、おれは好きなんだがね」

「臭いをかぎたいっての？」

「もちろんだよ」

「それじゃ惜しかったな、今夜はついてないんだよ」

ユダヤ人が駆け寄ってきて「シュワブのドラッグストアへいこう！」とどなる。

「いいかげんにしてくれよ、おい」と私はいう。

われわれは車に戻った。死の門前をぎりぎりで走る腕前を、ドイツ人が再び披露して車は丘をくだった。

ロスアンジェルスの人はみんな同じことをする。そこにはないものを追いかけて狂ったように走るのである。自分と向き合うのは怖いものだ。一人きりになるのは怖いものだ。私は群衆が怖い。狂ったように走る群衆が怖い。ノーマン・メイラーを読む人たちや、野球を見にいく人たち、芝の手入れをする人たち、庭づくりに精を出す人たちが怖い。

ドイツ人はシュワブの店に向かって車を走らせる。彼は臭いをかぎたいのだ。

＊＊＊

ロス東部の向こうのほうに交響楽団がある。「初心者のメロディ」といっていい、クラシック

の曲の一部を演奏することで成功している。クラシックを聴きはじめたばかりの人なら、だいたいはこういうもので満足する。けれどもちょっとでも聴く耳があったら、四、五回が限度である。それ以上聴いたら体の調子を崩しかねない。だというのにこの楽団は毎週のようにやっている。聴いてるのは中年の人たちだ。どこからきた人たちで、どうしてこんなに遅れているのか私には見当がつかない。この初歩的で単調な、どこか甘ったるい音楽を聴いたあとの彼らは、新しくて奥が深い、素晴らしい曲を聴いたと信じて疑わないのだ。席から跳びあがって「ブラボー、ブラボー！」と叫ぶ。まるで全曲が演奏されたみたいである。舞台に出てきた指揮者はおじぎを繰返して楽団員に起立をうながす。私は思わずにはいられない。この指揮者は聴衆をだましていることをわきまえているのだろうか？　それとも彼も遅れてるやつだということなのか？

音楽学校の初等科の授業に取り入れたらよさそうな曲を少し挙げてみよう。それはこの指揮者が好んで演奏する作品でもある。オッフェンバックの『パリの生活』、ラヴェルの『ボレロ』、ロッシーニの序曲『泥棒かささぎ』、チャイコフスキーの『くるみ割り人形』(やめてほしいよな！)。ビゼーの『カルメン』あるいはその一部分。コプランドの『エル・サロン・メヒコ』、デ・ファリャの『三角帽子』、エルガーの『威風堂々』、ガーシュインの『ラプソディ・イン・ブルー』(なんとかしてくれよ、ほんとに！)。ほかにもまだまだたくさんある、いまは思いだせないが……。

こういう甘ったるさに出会うと、聴衆はコロリといってしまうのである。

車で家に帰る途中、こんなやりとりがかわされる。五十二歳ぐらいの中年男である。家具店を三つ持っていて、自分をインテリとみなしている。

「……はたいしたもんだよ、演奏してる音楽をじつによく理解している、聴いててそれがよくわかるもんな！」

たいして妻。

「もう、あたしなんか、ずっと舞い上がってたわ！　ところで食事、家か外か早く決めてよ！」

＊＊＊

むろん人の好みについてはとやかくいえるものではない。ある男は女陰といい、ある男は手淫という。私には理解できない、フォークナーや野球の試合やボブ・ホープ、ヘンリー・ミラーやシェイクスピアやイプセン、それにチェーホフの芝居の人気なんかが。バーナード・ショウはあくびが出てくるだけだ。トルストイもそうだ。『戦争と平和』は私にとってはゴーゴリーの『外套』以来の最大の愚作である。メイラーはすでにいった通り。ドノバンが自分のスタイルを持っているのにたいして、ボブ・ディランは演技が過剰だ。私にはわからない。ボクシング、プロフットボール、バスケットボールは力の関係に見える。初期のヘミングウェイはよかった。ドス・パソスは荒っぽいガキだった。シャーウッド・アンダスンは生涯ずっとがさつなやつだった。初期のサローヤン。テニスとオペラ、そんなものはどうでもいいか。新車も。パンストも……うえーっ。指輪、腕時計……うえーっッ。初期のゴーリキーはよかった。D・H・ロレンスも。セリーヌは問題なくいい。スクランブルエッグは、だめ。熱くなったときのアルトーもいい。ギンズバーグはときどきだ。レスリング……何だって？？？　いろいろ挙げたが、正しいのは誰か？　私である。当然のことだ。そりゃあ、そうだよな。

＊＊＊

子どもの頃に航空ショーなるものを見にいった。曲芸飛行や飛行競争やパラシュート降下を見せてくれた。曲芸飛行のなかに、一人とても達者なのがいたのをおぼえている。鉤につけて地面

近くまで垂らしたハンカチを、ドイツ製の古い軍用機で低空飛行して、片方の翼で取って飛び去っていくのだった。それからほとんど地面に激突しそうな状態で回転飛行をした。彼は飛行機の操縦が抜群にうまかった。飛行競争は子どもたちにとっては最高だった。大人たちにとってもだったろう。なにしろ事故が多かった。飛行機はどれも一つ一つが違った形をしていた。色が鮮やかで、見かけが奇妙だった。それが事故を起こすのである。墜落につぐ墜落。ものすごく興奮した。私の友だちの名前はフランクといった。彼はいま上級裁判所の判事をしている。

「おい、ハンク!」

「どうしたフランク?」

「ついてこいよ」

わたしたちは観覧席の下にいった。

「ここからだと女のスカートが見えるんだ」と彼はいった。

「ほんとか?」

「ほんとだよ、見てみろよ!」

「げげげ!」

観覧席は板を張りあわせてできていた。見あげると板の隙間を通して見ることができた。

「おい、こっちのを見ろよ!」

「すげえな!」

フランクは歩きまわった。

「こいよ!　こっちだ!」

私はそっちへいった。

「どうしたんだ」

「見ろって！　おまんこだよ！」

「どこどこ？」

「おれが見てる先を見ろよ」

われわれはそこに立って見つめた。アレを長いこと見つめていた。

それから離れてショーの残りを見にいった。

パラシュート降下がはじまっていた。地面に円を描いた着地点に、できるだけ近づこうとしていた。たいして近づいてるようではなかった。やがて一人の男が飛行機から飛び出した。その男のパラシュートは一部しか開かなかった。そこが風を受けたから、パラシュートをつけていない人のような速さでは落ちなかった。おかげでじっくりと見ることができた。空を蹴ったり、両手、両腕を使って紐を操作して、なんとかパラシュートのほつれを解こうとしているように見えた。だがどうにもならなかった。

「誰も彼を助けないのか？」と私はきいた。

フランクは答えなかった。彼はカメラを持っていて写真を撮っていた。多くの人がその場面を写真に撮ろうとしていた。中には映画カメラを持っている人もいた。

男は地上すぐ近くまできても、まだ紐をなんとかしようとしていた。そして地面に激突した。落ちて地面から跳ねあがるのが見えた。パラシュートが彼の体をおおった。残りのパラシュート降下は取りやめになった。航空ショーは終わりかけていた。

意味あるできごとではあった。墜落事故、パラシュート・ジャンパー、そしておまんこ。

われわれは自転車に乗って家へ帰りながら、ずっとそのことを話した。

なんだかものすごいことがはじまりそうな気がしたものだ。

ペストについて

Notes on the Pest

ペスト：名詞。破壊（PERDITION）の意のperdoと同語根。
1　猛烈な伝染病。悪疫。疫病。2　非常に有害なもの。人に害を及ぼすもの。破壊的なもの。
3　迷惑な人。有害な人。

ペストはわれわれを……だいたいは風呂に入ってるか、性のいとなみに励んでるか、眠ってるかだ……見つけ出すのがうまい。その意味ではなかなか優秀である。また便器に坐って腸が押し出してる最中をつかまえるのも得意だ。もし彼が玄関にきたら諸君は「なんなんだよ、ちっきしょう、ちょっと待てよ！」と声を張りあげる。ところが諸君のその苦しそうな声はペストを元気づけるだけなのである。ドアを叩く音、ベルの音が一層激しくなる。ペストというやつはいつもドアを叩いてベルを鳴らす。だから中に入れてやらざるをえない。そしてやっと出ていってくれ

たと思ったら、こっちは一週間ぐらい病気で寝こんでしまう。ペストは人の心にションベンをひっかけるだけではない、たくみに便器のカバーに黄色い水を残していく。ほとんど目につかないから、坐るまで気がつかず、気がついたときはもう遅いとくる。

諸君と違ってペストには頭をつかう時間がたっぷりとある。考えることといえば、すべて諸君とは正反対なのだが、ペストはそのことがわかっていない。のべつ幕なしにしゃべってるからで、かりにチャンスを見つけて意見の違いをいおうとしても、やつには聞く耳がなく、人の声はまったく届かない。通路が絶たれたあいまいな領域なのである。だからやつは一方的にしゃべりつづける。そのあいだ、諸君は思案する。なんだってこいつは、おれのなかにその汚ない鼻を突っこんできたんだろう。やつはそれから、諸君が寝てる時間帯をちゃんと知っていて、そこをねらって何度も何度も電話をかけてくる。そして決まって「起こしちゃったかな？」ときくんだ。あるいは直接訪ねてもくる。ブラインドが全部下りてるにもかかわらず、ドアを叩きベルを鳴らす。興奮しきってるみたいに、めちゃくちゃ荒っぽく。応じないでいれば、こう叫ぶ。

「いるのはわかってるんだよ！　車があるのを見てるんだからね！」

この始末に負えない連中は、こちらが考えてることには無知なのだが、自分たちが嫌われていることはわかっている。それをテコにしてまた張り切るわけだ。人の見極め方もわかっていて、他人を傷つけるか自分が傷つくかのどちらかというときに、自分が傷つくほうを選ぶタイプを狙う。うまい肉のありかを知っているというわけで、人間的なるものの中でも、もっともよい部分を栄養源としているのである。

ペストがいうこととときたら、いつも月並みでくだらない。だというのにそれを叡知かのように思いこんでいる。お気に入りのセリフとはこんなもんだ。

「丸ごと全部悪い、なんていうことはありえない。たとえば警官は全員ダメだとよくいうけど、

そんなことはないよ。いい人にもだいぶ会った。善良な警官というのだっているんだ」

制服を着ることで金をもらって、現状を守る番人をしてるだけだ。そう説明してやりたいがチャンスは永久にこない。警官はなにも変わったことがないかを見てまわるためにいる。もし諸君がいまある状態が好きだとしたら、警官はみんないい警官ということになる。もし好きではなかったら、警官はみんな駄目ということになる。全部駄目ということはあるものだ。ペストはしかし、どうしようもなく安っぽい哲学に漬かりきって、そこから新しい空気を吸いに頭を出すことができない。自分で考える力がないから、人間たちにくっつくのみである。やっと見つけたとばかりに。いやったらしく。永久に。

「この先どうなるか知らされてないんだ、なにが答えなのかわからないからリーダーを信頼してついていくしかないんだ」

この愚かさたるやひどいもんで、コメントする気にもなれない。じっさい、よく考えてみたが、ペストのセリフを紹介するのはもう止めにする。当の私がなんだか病気になってしまいそうだから。

それでだ。本当のところペストは、人の名前とか住まいとかを知ってる必要はない。どこででも、そしてどんなときでも、毒と悪臭を見舞うことができる。私は新車でデルマー競馬場へいった日のことを思いだす。その日はツイていた。競馬のあとはいつも新しいモーテルを選んで泊まることにしていて、シャワーを浴び服を着替えてから、食事するのによさそうなところを探して海沿いの道を走るんだ。私がいう食事するのによさそうなところとは、混み合ってなくて、うまい料理を出してくれるレストランのことである。料理がうまければ人というのは集まってくる。矛盾してるように聞こえるかもしれないが、多くのうわべだけの真実と同じように、これもいつもそうだとは限らない。人というのは、どう見たって残飯としか思えないようなものを出す店に

たむろしたりする。だから競馬にいった日の夜の、おいしいものを出してくれて、なおかつ騒々しくない店を探すドライブは、私の巡礼の旅といってよかった。すぐに見つかることなんて、まずない。

その晩は一時間半もかかってやっと見つけ、車を停めて中に入った。ヒレ肉の最上のステーキ……ニューヨークカットと、フレンチフライなんかを注文して、できるまでコーヒーを飲んで待った。客は私だけで、最高の夜だった。ドアを開けて入ってきたのである。ところがニューヨークカットが運ばれてきたちょうどそのときに、ドアを開けて入ってきたのである。ペストがである、もちろん。そこには二十二席もあるのに、やつは私の隣りの椅子に坐らずにはいられなかった。そして注文したドーナッツのことでウェイトレスとやりあった。まったくゲスっぽい野郎だった。いうことのいちいちが私の内臓につきささった。やつが発する不吉でどうにもならない悪臭が、そこらに漂って私の食事を邪魔してくれた。ペストは食べている人を不快にするのがうまいんだ。私はニューヨークカットを途中で終えて外へ出た。

ペストは職場にもくる。どこで雇われていようがやってくる。私はペストの好物なのだ。前に一度、十五年間誰とも口をきいたことがないという男がいる職場で働いたことがある。働きだして二日目、その男は私と三十五分間話した。彼はいかれていた。いうことに脈絡がなく、口を開くたびに話題がよそにとんでいくありさまだった。でもそこまでならまだ許せる。死臭がするようで、ユーモアがまったくなく、聞いてるのもつらい内容なのだった。男はしかし働き者だったから、会社はずっと雇っていた。「たっぷり働いて、たっぷり一日分の給料を」というやつだ。どんな職場にも一人はおかしなやつ、ペストがいる。そしてかならず私に目をつける。「あんたは頭のおかしなやつに好かれるんだ」と、いく先々の職場で聞かされた。げっそりするよ。

ところで、気がつかなかっただけで、もしかしたらわれわれはみんな一度は誰かにたいしてペ

ストを演じたかもしれない、と考えるのはどうだろう。いまいましい思いつきだが、事実はそんなもんだろう。それにそう思うことでペストに耐えられる、ということもあるだろう。まるで問題がない人間なんていはしない。いろんな種類の狂気や醜悪さを合わせもって、ふりまわされてるのを、自分では気づかないでいる、しかしまわりの人間にはよくわかるということなのだ。……どうやっておれたちをファームに落としておくつもりなんだ？

そういっても、ペストに対抗する者には感心する。ペストはひるんで行動が起こせなくなり、とりつく相手をよそに探す。私が知ってる、知的な詩人タイプというか、充実した人生を送ってるある男は、玄関のドアに大きく書いたものを貼っていた。詳しくはおぼえてないが、こんなふうだった（それもきれいな字で）。

ご用の方へ：あらかじめ電話でアポイントメントをとることをお願いします。約束のないノックには応じられません。私には仕事をする時間が必要です。仕事を台無しにされたくありません。気持ちよく仕事をしていくことが私を向上させるということを、どうか理解していただきたい。ゆっくりとくつろいだ状況でお会いしましょう。

これには感服した。キザだとか自信過剰だとかは思わなかった。彼は言葉の正しい意味で良識ある人間であり、当然の権利を述べるだけのユーモアと勇気を持っているということだ。私はたまたまそれを目にしたのだった。そして細かく見つめ、中から彼の声が聞こえてきたときに車に乗ってそこから走り去った。理解の始まりは全ての始まりである。始めるべき時はきている。たとえば私は、参加を強制されないのならば、ラブ・インに対して何ら反対しない。もちろん愛というものにたいしてだって反対しない。……いや待て、ペストについて話していたんだった、そ

うだろう？

　私だって、ペストにとって最高の好物であるこの私だって、ペストにさからったことはある。当時は夜間十二時間も働いていた。思えば頭がさがる。誰がなんといったってすごいことである。だというのに、この最もペストっぽいペスト野郎は毎朝九時頃に電話をかけてきた。私は七時半頃帰ってきてビールを二、三本飲んで眠るようにしていた。やつはそれを読んでいた。しゃべることは、いつもしまりのないバカ話と決まっていた。咳こんだり、猫なで声を出したり、ぶつくさいったり、クチャクチャ音を立てたりしながらだ。私を起こしてしまったことや、私の声がいらだっているのがわかっていながらである。

「おい」と私はついにいった。「なにを企んで九時になるとおれを起こすんだ？　一晩中夜勤に出てるのを知ってるだろう。十二時間も働いてんだぞ！　なんの魂胆があって九時になるとおれを起こすんだ？」

「だってさ」とやつはいった。「競馬にいくかもしれないだろう。競馬にいっちゃう前に話したかったんだよ」

「いいか」と私はいった。「競馬のプログラムは午後にならないと手に入らない。最初の配達は一時四十五分なんだ。そんなことより、なんだってまたおまえは、夜間十二時間も働いたあとでおれが競馬にいけるなんて思うんだ？　寝なくちゃならないだろうが。糞もタレなきゃならん。風呂入って、メシ食って、女とやって、靴の紐を買ってと、そういういろんなことをしなきゃならんだろうが。おまえには現実ってものがわかってないんだろう。仕事のあとというのは、脱け殻も同然なんだ。競馬場にいく余裕なんてあるわけがない。くたびれきって、痒くてもケツまで手が伸びないくらいだ。なにを考えて毎朝九時に電話なんかかけてくるんだ？」

　やつの声はハスキーでくすぐったい。「競馬にいく前に話したかったんだよ」

なにをいっても無駄だった。私は電話を切った。それから大きな段ボールを持ってきて、電話を底へおしこんでボロ布でしっかりとふさいだ。毎朝帰宅したらそうすることにして、起きると取り出した。これでペストはおしゃかになった。

ある日彼が訪ねてきた。「どうして電話に出なくなったの?」

「家に帰ったら電話をボロ入れの中につっこむようにしてるからな」

「すると電話をボロ入れの中につっこむということは、ぼくのことをボロ入れの中につっこんでるということになるんだけど、わかってる?」

私は彼を見てゆっくりと、静かにいった。「その通りだ」

われわれの仲が元に戻ることはなかった。そのうち友人の一人から電話がきた。年上で元気がよく、(ありがたいことに) 芸術家ではなかった。彼はいった。「マックリントックが日に三回も電話をかけてくるんだよ。あんたのところにもまだかけてきてるかい?」

「いや、もうかかってこない」

マックリントックたちは町の笑いものだが、マックリントックたちは自分たちがマックリントックだということがわかっていない。マックリントックは一目でそれとわかる。どのマックリントックも電話番号でいっぱいの小さな黒い本を持って歩いているからだ。電話を持っている人は、だから気をつけた方がいい。ペストはまずその人から受話器を奪う、そして市内にかけるといって(じつはそうではないのだが) 彼は (あるいは彼女は) うんざりして聞く相手の耳に、むさくるしい口上をそそぎこむ。この手のマックリントック型ペストは何時間でも話していられる。聞こうとしなくてもそれは聞こえてきて、やがて電話の向こうの見えない相手にたいしてある種ユーモラスな同情をおぼえる。

いつの日かきっと世界は築かれる。再構築される。ペストはゆとりある優雅な、そして堂々と

した有り様を経ることで、もはやペストではなくなるだろう。ペストはそこにあるべきではないものによって作られるという説がある。不正な政府、汚染された空気、ゆがみきった性、無能な母親、生理ナプキンでおむつをする父親などなど。ユートピア社会が実現するかどうかは、誰にもわからない。いまはとにかく、われわれ自身の中のぐちゃぐちゃな領域とつきあっていかなければならない。大量の餓死者、黒人白人そして赤色人、眠る爆弾、ラブ・イン、ヒッピー、ヒッピーでない者たち、ジョンソン大統領、アルバカーキのゴキブリ、まずいビール、性病、くだらない社説、あれやこれや、そしてペスト。ペストはいぜんとしてまだいる。私は今日は生きているが明日はわからない。私にとってのユートピアとは、この今ペストを少なくすることである。諸君の話をぜひとも聞かせてもらいたいものだ。それぞれみんな、一人か二人マックリントックをかかえて耐えているにちがいない。マックリントックについて話してくれたら、きっと私は笑ってしまう。ああ、いま思いだした!!!! 私はマックリントックの笑い声を一度も聞いたことがない!!!

考えてみてほしい。

知りあったペストを思いだして、彼らが笑ったことがあったかを自問してみよう。笑ったのを見たことがあるか?

思えば、私自身あまり笑わないほうだ。笑うのは一人でいるときである。自分のことを書いてるからそうなるのだろうか? ペストどもに悩まされたペスト。考えてみよう。ペストのコロニー全体がねじくれて毒牙は丸くなり、おたがいに相手の尻をなめあってる図だ。おたがいに相手の尻を?

チェスターフィールドを喫って、なにもかも忘れてしまおう。それでは、明日の朝。ボロ入れの中で毒蛇とたわむれてるよ。

やあ、起こしちゃったんじゃないよね？
うーん、ちがうみたいだな。

バッドトリップ

A Bad Trip

ＬＳＤとカラーテレビが同じ頃に広がったということにお気づきだろうか。いままでになかった新しい色彩が登場したのだ。どうしたらいい？　一方を葬り去り、他方をぶっこわす。カラーテレビはむろん、持っていたって役立たずで、そのことについては議論を交わすほどのことではない。そういえば私は読んだ。最近のことだが、警察の手入れがあったとき、幻覚剤製造の嫌疑をかけられた男が放り投げたＬＳＤの容器が、捜査官の顔を直撃したんだそうである。これもまた一種の浪費だ。

ＬＳＤ、ＤＭＴ、ＳＴＰを禁止するのには、それなりの根拠がある。たとえば、服用した人物を永久に狂わせてしまいかねないとか。だが大根を掘り起こしたり、ＧＭ社のためにボルトを回したり、皿洗いをしたり、どこか地方の大学で英語Ｉを教えたりすることができないわけではない。もし人を狂わせるものを全て葬り去ったら、この社会の構造そのものが崩壊してしまう。結婚、戦争、バスの運行、屠場、養蜂、手術、とにかくなにもかもが機能を停止する。

社会が狂った支柱の上につくられているのだから、なんだって人を狂わすことができる。その土台を破壊して新しい社会をつくるまでは、精神病院は大目に見てもらえるだろう。州知事さんが精神病院の予算を削ったのは、私には、この社会によって狂わされた人間は、社会からの支援や治療を受ける資格がない、インフレで税金が異常に高い時代にはとくにである、とほのめかしているようにとれる。そのような金は道路をつくるか、あるいは黒人たちがわれわれの街を焼き払ったりしないように、ほんの気持ち程度ばらまくためにある。私はいますごいことを思いついた。気ちがいどもを殺してしまえばいいではないか。そうすればどれだけの金が残るか考えてもみよ。狂人というのはよく食うし、寝るところだっている。それにやつらは胸くそが悪い。とんでもない叫び方をするし、糞は壁に投げつけるしで、やることなすことが頭にくる。いま必要なのは、ものごとを決定できる小さな医療委員会と、精神科医の課外の性的活動を満足させる顔のいい看護婦（十）が二、三名である。

話をもう少しＬＳＤの方に戻そう。服む量が少なければ少ないほど幸運に恵まれるというのは、大根を掘り起こしたりすることについてならば正しい。一方、服む量が多ければ多いほど幸運に恵まれるというのも正しい。絵を描く、詩を書く、銀行強盗をする、独裁者になるといった、創造的で複雑なことはなんでも、その人を危険と奇跡がシャム双生児のようにくっつきあったところへと導いていくものだ。いきっぱなしということは滅多にあるもんではないが、いってるあいだは生きてることがじつに楽しい。よその女房と寝るのは愉快なもんだ。いつかつかまってパンツをずりおろされる日がくることは承知の上で、その覚悟が行為をさらに楽しくする。われわれの罪は天国でつくられている。自分たちの地獄を創造するために。われわれがそれを必要としているのは明らかだ。なんでも上等なものを手に入れることだ、そして自分自身の敵をつくりだすことだ。チャンピオンは嘲笑される。群衆はできたら糞つぼに突き落としてやりたいと思ってい

るから、チャンピオンがやられるのを見たくてたまらないのだ。大馬鹿者はそんなに殺されない。勝利者は（お話にありがちなように）通信販売で手に入れたライフルで殺られる、またはケッチャムのような小さな町だと自分のショットガンで殺られる。あるいはまた、歴史の最後の頁でベルリンが二つに裂けたときのヒットラーと彼の愛人のように殺られる。

とはいってもＬＳＤは、荷物の発送係を忠実につとめているようなやつのための闘技場ではない。体をだめにもする。ＬＳＤは、悪質な売春婦にも似た粗悪なＬＳＤにやられてしまうのだ。密造ジンや密造ウィスキーにもそういう日々があった。法律というのは、弊害が多く、闇取引を生んで自家中毒を起こす。だが、だいたいにおいてバッドトリップは社会に締めつけられて、心が歪んでしまった人々が見ることになっている。家賃や車の支払いやタイムレコーダー、子どもの大学教育や、彼女のための十二ドルのディナーや、隣人たちが考えてることや、愛国心や、ブレンダ・スターになにが起きるだろうか、なんていうことを気にやんでいたら、ＬＳＤはほとんど間違いなくその人を発狂させる。いってみればその人はすでに狂っている。棒やハンマーの威力で自分が何を考え、何を感じてるかがわからなくなって、世の流れに乗ってるだけなのである。いいトリップは、まだ籠に入れられてない、まだこの社会を動かしている大きな恐怖にうちのめされてない人がふさわしいということだ。

悲しいことに多くの人が自分たちのことを過大に評価して、基本的に自由な個人であるとみなしている。それから三十を過ぎたやつは誰も信用できないというのはヒッピー世代の過ちである。三十がだめだなんてとんでもない話だ。人は七、八歳のときからがんじがらめになって、仕込まれてきている。自由そうに見える若者がたくさんいるが、それは肉体や活力といった化学的現象であって、精神の働きとは関係ない。私は自由な男たちに、場違いなところで会ってきている。あらゆる世代の人たちだった。掃除夫とか、車泥棒とか、洗車係とかだ。私は自由な女たちにも

会っている。たいていは看護婦とかウェイトレスとかで、やはりいろんな世代の人たちだった。自由な魂はありふれているわけではないが、会えばわかるものだ。いっしょにいたり、そばにいたりすれば、腹の底から楽しくなって、愉快に過ごせるからである。

ＬＳＤトリップは、規則で覆いかくせないものを見せてくれる。教科書には載っていないもの、市議会議員に抗議できない類のことを見せてくれる。マリファナがいまある社会をもうちょっとよくするだけであるのにたいして、ＬＳＤはそこにあるもう一つの世界を見せてくれる。社会的志向の強い人はきっとＬＳＤを「幻覚剤」と定義するだろう。肝心なことは見ないで、あっさり処理するイージーなやりかたである。

幻覚の定義は、その人がなにを軸にして活動しているかによって変わる。そのとき自分の身に起きてることがなんであろうと、起きてることが現実だ。映画、夢、性交、人殺し、殺されること、アイスクリームを食べること……。嘘だけが後でつけ加えられるのであり、起きてることは、それが起きてるのである。幻覚というのは辞書に載ってる言葉。社会を支える橋桁の一部にすぎない。死につつある者にとって死はまぎれもない現実だが、そうではない者にとっては、運の悪い出来事とか、後始末しなければならないこと、そんな程度なのである。

彼の見てるものがなんであれ、それが現実なのだ。外側からの力でそこにもたらされたのではなく、彼が生まれる前からそこにあったのだ。責めないでくれ、彼はいま現にそれを見ているのだから。気が狂ってるといって責めないでくれ。教育的にも精神的にも、探究には果てがなく、われわれはみなａｂｃの秩序に閉じこめられたクズにすぎないということを教えてくれるだけの賢さが、世の中になかったのである。バッドトリップはＬＳＤによってもたらされるのではない。母親や大統領や、隣りに住む少女や、汚い手をしたアイスクリーム売りや、代数の講義や字幕のスペイン語などによって。一九二六年の便所の悪臭や、長すぎる鼻は醜いという風潮のもとで長

すぎる鼻をしていた人間によって。下剤や、エイブラハム・リンカーン・ブリゲイドや、女の名簿やあだ名や、フランクリン・デラノ・ルーズベルトの顔や、レモンドロップや、十年間働いてきたのに五分遅刻した理由でクビにされる工場の仕事のことや、六年生のクラスでアメリカの歴史を教えてくれた婆さん教師や、誰も知らないところで車に轢かれたペットの犬や、長さが三十頁で高さが三マイルある目録によってなのである。

バッドトリップ？　この国全体が、この世界全体がバッドトリップの中にある。だというのに、錠剤を飲めば逮捕されてしまう。

私はビールをまだ飲んでいる。四十七になる私の前にいろいろな鉤をたらしてくるからだ。私は網の目をすべてかいくぐってきたと信じてる、どうしようもないバカなのである。罠に気をつけることだ。たっぷり仕掛けられている。神でさえ、かつて地上を歩いたときに罠にかかったといわれている。いまではそれが神だったかどうかはっきりしなくなってきたが、どう呼ぶにせよ彼は巧みな策略を持っていた。だが彼はしゃべり過ぎてしまったようだ。人はどうもしゃべり過ぎる。私にしても。

寒い土曜日だ。太陽は沈みつつある。夜はどうしている？　私がライザなら髪をとかすところだが私はライザではない。この古い『ナショナル・ジオグラフィック』誌。どの頁も本当にそれが起きてるかのように輝いている。もちろん起きてはいない。この建物にいるのはみんな酔っぱらいだ。酔っぱらいの蜂の巣が丸ごと終末に向かっている。窓の外を女が通り過ぎていく。私は「クソッ」に似た優しい音をかぼそく吐く。そしてタイプライターからこの紙を抜いて差しだす。あげるよ。

ポピュラー・マン

A Popular Man

ここのところずっとである。風邪がなおったと思ったらインフルエンザにかかって、それがなおったと思ったらまた風邪だ。玄関のほうもたえまなくやかましい。いつも誰かがきてドアを叩いている。みんなそれぞれ自分だけは私に特別な用事があると思いこんで、私の声を聞くまでめちゃくちゃに叩く。私がいうことはいつも同じだ。

「**ちょっと待ってくれ！　ちょっと待ってくれ！**」

私はそこいらにあるズボンのどれかに足を通して、彼らを中にいれる。私は不眠になやまされてるうえに便秘が重なって疲れはてている。頭がおかしくなりそうである。だが、訪ねてくる人たちは元気いっぱいで、心やさしい。私は孤独癖がつよい。それじたいはどうということはないのだが、私は「いつもなにか」なのである。母がドイツ語でいっていた古いことわざを思いだす。エメール　エトヴァスとかなんとかいって、いつもなにか、ということだ。それがどういうことを意味してるかは、ある程度まで歳がいかないとわからない。しかし誤解はしないでほしい、歳

とだ。同じ映画を朝から晩まで上映してる映画館みたいに。

ところで、道からちょっと外れたところに、きたないズボンをはいた、タフな感じの男がいる。いいものを書く作家だが、うぬぼれが並はずれて強い。人々に丁重にもてなされて当たり前と思ってるふしがある。その点がいけすかないが、彼はなかなか愉快な男である。役者である。そうならざるをえない。彼が生きてきた人生は、十人の人生を束ねたものよりも濃い。そのエネルギーは、ある意味では美しいのだが、私にむけられれば話はかわる。詩人たちがどうしたこうしたなんて、私にはまったくどうでもいい。ノーマン・メイラーに電話したとか、ボールドウィンを知ってるとか、誰と交遊があるとか、どこの馬の骨と知り合いだとか、そんなことは聞きたくもない。私にとっては、彼はなにほどのものでもないということが、彼にはわかってないのである。……まあ、いい。なんだかんだいっても彼のことが好きなのだ。千回のうち九百九十九回は彼が勝つが、千回目は譲らない。私のなかのゲルマン魂が黙ってないだろう。こうして穏やかに耳をすます一方で、狂気がぶくぶく沸騰してきているのがわかる。丁重にあつかってやらないとあぶないことになる。いずれは手なずけて私のものにしきるだろうが。ヴァーモント通りからちょっとわきに入ったところにある、週八ドルの部屋でだ。そうだ、そこでだ。

というわけで彼はしゃべる。なかなかいい。私は笑う。

「一万五千だ。手に入ったのだ、一万五千ドルが。叔父が死ぬんだ。そしたら女が結婚したいっていう。おれは豚よりも太ってる。女がよく食わせてくれるから。女は弁護士事務所で働いてて、週に三百ドルも稼いでる。だというのに、仕事をやめて、おれと結婚したがってる。おれたちはスペインへいく。おおいに結構、おれはいま芝居に取りかかっている、芝居むきのすばらしいアイデアが頭に浮かんでるんだ。おおいに結構。おれは酒を飲み、娼婦を抱く。するとロンドンに

いる男が、おれの芝居を見たいという、ロンドンで上演したいという。いいだろう。それでロンドンにいって帰ってきたら、なんということだ、女房がここの市長と、それからおれのいちばんの親友とやりまくってるではないか。おれは女房にむかっていう。『この色きちがい、おれの親友とやりやがって。市長とやりやがって。殺してやる。ブチこまれたってたかが五年さ。なにしろ裏切ったのはおまえだからな！』」

彼は部屋のなかをいったりきたりした。

「それでどうしたんだ？」と私はきいた。

「女はいった。『やりなさいよ、刺しなさいよ、このげす野郎！』」

「威勢がいいな」と私はいった。

「そうなんだ」と彼はいった。「おれは握った包丁を床に放りだした。女は身分がよすぎた。高すぎた。中のなかの上のほうだったからな」

おおいに結構。人はみな神の子……彼は去った。

私はベッドにもどった。私はただ死んでいくだけだった。誰も気にとめはしない。私でさえ気にとめていなかった。悪寒がふたたび襲ってきた。掛けるものが足りなかった。寒気がした。心のほうもだ。……人が心のなかでする冒険なんて、どれもいかさまやホラのようなものだ。いってみれば私は生まれたときに、いかさま師の一団のなかにほうりこまれたのである。もし、いかさまがどういうものかわからないとか、人をペテンにかけたことがないというやつがいたら、そいつは死んでいる。この世にはいないということだ。ひとつのいかさまと、もうひとつのいかさまは、ぴったり縫い合わさっている。縫い目を引きさくことなんて、できはしない。彼は破こうとは思わなかった。彼は闘いたくなかった。シェイクスピアの文章はなってないことを知っていた。ほかの作家についてもほんとうのことを知っていたが、そういうことはどうでもよかった。

彼の望みは、小さな部屋で一人になることだった。

「おれは孤独だったことは一度もない」と彼はあるとき、友だちのひとりにいった。少しはわかりあえる仲だと、一度は思ったことのある相手である。

その男の返事はこうだった。「おまえはとんでもねえウソつきだな」

そう、彼はベッドにもどった。あいかわらず具合が悪い。一時間もすると、ドアベルがまた鳴りだした。ほっておくことにしたが、リンリン、ドンドン音は高まるばかりだ。そうまでするところをみると、もしかしたら大事な用件なのかもしれない。

ユダヤ人の若者だった。なかなか才能のある詩人である。だからどうした？

「ハンク？」

「ああ？」

彼はドアを押して入ってきた。若くはつらつとして、詩のにおいがする悪ふざけを信じこんでいた。馬鹿話のたぐいを。たとえば、才能があって心やさしい詩人ならば、この世界でいつかは認めてもらえる、といったことを。わかってないのだ。グッゲンハイム助成金なるものは、ごまをすったり、ぺこぺこ歩きまわったり、ぼけた大学で英語ⅠやⅡを教えて、すでに快適な生活をして肥え太った連中のためにある。なにごとも不首尾に終わるように、あらかじめ設定されてるのである。魂はいかさまには決して勝てない。いかさま師から抜け出た魂を、死んで百年もたたないうちに、またあたらしくいかさま師をペテンにかけようとするいかさま師のためにつかおうというのである。なにをやってもだめだ。

彼が入ってきた。ラビになる勉強をしてる若者だ。

「ちくしょう、まいったよ」と彼はいった。

「どうした？」と私はきいた。

「空港にいく途中だよ」

「それが？」

「ギンズバーグが衝突事故で肋骨を折ったんだ。いっしょにいたなかで、いちばん図体のデカイ阿呆のファーリンゲッティは無事だった。やつは一晩で五ドルだか七ドルかがもらえる詩の朗読会に出るために、ヨーロッパへいくとこだったんだけど、かすり傷ひとつおわなかった。おれはファーリンゲッティと一晩ステージに立ったことがある。やつは、悪ふざけをしかけて、ある男をコケにしようとするんだ。その男はかわいそうだったよ。見ていた人たちがついにやじりだして、最後にはとっつかまえた。ハーシュマンもそういう馬鹿なことをいっぱいやってるんだ」

「ハーシュマンがアルトーに夢中なのを忘れるなよ。クレージーなことをしないと天才じゃないと思ってるようなやつなんだ。まともになるには、しばらく時間がかかるだろうな」

「しかしまいったよ。あんたが、こんど出す詩集のタイプ代にっていって、おれに払った金、三十五ドルは多すぎるぜ」と若者はいい、そこで**イエス・キリスト**の名を叫んで、どんなに頭にきてるかを強調した。「こんなに**多いとは思わなかったんだ！**」

「しばらくおれは詩を書くのをあきらめていたからな」

ところでユダヤ人は、ほんとうに困った状態でなければ、イエス・キリストの名なんか口に出さないものである。だから私は、三ドル返してくれた彼に十ドルあげた。そうやってわれわれはいい気分になった。彼は私のフランスパンを半分と立派なピクルスを食べて帰っていった。

私はまた寝床にもどって死ぬ態勢に入った。善人悪人を問わず、おつむの優劣を問わず、誰も彼もがおそまつな詩の筋肉をうごかして、ロンドを書いている。なんとうっとうしいことだろう。成功を夢みてるやつらがじつにたくさんいて、いがみあってるやつらがじつにたくさんいる。そしててっぺんには、そこに値するやつは数人しかいなくて当然なのに、じつにたくさんのやつら

がそこにいる。かくして全体が裂けて破れて崩れてくる。上から下へ、下から上へと。さて、たわごとは飲みこんでしまおう。彼はベッドに戻って、蜘蛛どもが壁をはうのを見つめた。ここが彼の場所だった。彼は群衆というやつが耐えられなかった。詩人も詩人じゃないやつも、英雄も英雄じゃないやつも、みんなひっくるめて耐えられなかった。彼らの誰ともかかわりを持てなかった。そういう運命なのだった。課題といえば、その運命をできるだけ気持ちよく引きうけることだった。彼は……私は……。

「あるパーティーでボールドウィンに会いましたんですよ……」

彼は悪寒にふるえながらベッドにもどった。魚が、さらさら音を立てて流れる白い水のなかで横たわる、そのような死。誰だって死ぬということに、いま一度想いをはせよう。いいだろう、私は例外だ。そしてもう一人。この二人をのぞけば完璧な答えだ。紋切り型な口上はいろいろとある。それから哲学者もだ、いろんなのがいる。私は疲れた。

おおいに結構。風邪をひいた、流感にかかった。欲求不満と不注意がもとの無骨者らしい死に方だ。いよいよである。ついにベッドでのびて、汗をかき、十字架を見つめ、私なりに狂っていく。そう、私に合った狂い方で狂っていく。以前は私を邪魔するものはいなかった。いまは誰かしらが玄関にいる。年間に五百ドルも稼いでない作家だというのに、ドアをノックし続けている。私を見たいのである。

彼……私はふたたび眠る。病んで、発汗して、死にそうである。ほんとうに死んでしまいそうだ。どうか連中に私のことはほっとくようにいってくれ。私は自分に才能があろうがなかろうが、そんなことはどうでもいいんだ。私は眠りたい。あと一日自分の好きなようにしていたい。八時間でいい。あとは諸君のものにする。……そこにまたベルが鳴った。

エズラ・パウンドと彼のペニスをしゃぶろうとしてるギンズバーグがきたのかもしれない。

いだ。

外は明かりが点いてこうこうとしていた。ネオンのようだ。あるいは、娼婦がふざけてるみた

「ちょっと待ってくれ。いまズボンをはく」

彼はいった。

そいつはどこかからやってきた英語の教師だった。

「ブコウスキー？」

「ああ、おれは病人だ。流感だ。伝染病だぞ」

「今年中に樹木を買う予定、あります？」

「知らんよ。おれは死にそうなんだ。街のかわいいコならな。でもいまは調子が悪すぎる。伝染病なんだ」

彼は後ずさりして、ビールの六本入りを手渡す。それから彼の最新の詩集を開いてサインして帰っていく。私にはわかっている。どうにもならないやつには詩は書けない、書きたいとも思わない。だが彼は、私がどこかで、彼は詩を書こうとは思わないだろう、と書いた数行にひっかかっている。

いや、競争とはちがう。芸術は決して競争などではない。政治であるかもしれない。または子どもたち、または絵描きたち、または人間の屑たち。または、とにかくなんでもいい。

私はその男とビールが六本入ったケースにグッドバイをいい、それから彼の本を開いた。

「……一九六六年から一九六七年度にかけて、グッゲンハイム助成金で研究と調査をして……」

彼はどうにもならない本だと知って、部屋の隅へ放りなげた。賞という賞はすべて、時間と金があって、糞いまいましいグッゲンハイム助成金の申込み用紙を手に入れたかったらどこにいけばいいかを知ってる連中のところへいってしまった。彼はその手の人間に会ったことは一度もな

かった。タクシーの運転手や、ニューメキシコ州でホテルボーイをやってたりしたら、会うことなんてないのである。

彼はまた眠ろうとした。

電話が鳴った。

あいかわらずドアを叩くものがいる。

もう気にすることはない。彼はどんな音も、光景も意に介さなかった。彼は三日三晩寝ていなかった。いま、ようやく静かになる。死のぎりぎりまで頭がぼけずにいること。これからぐる死の門を見ていられること。これほどすばらしいことはない。やがてドアの外は静かになった。

やがて借りてる部屋の天井にひびがはいって、崩れおちた。微笑んだ彼の口に、二百年を生きていた漆喰が落ち、彼はそれを吸って窒息した。

酔どれギャンブラー
Flower Horse

顎ひげのジョンといっしょに夜を明かした。クリーリーについて話し合った。彼が肩を持ち、私が批判した。私はビール持参で到着し、そのときすでに酔っていた。彼のこと、私のこと、あれやこれや世間のいろんなことについて話し、そうやって夜は更けていった。車に乗ったのは朝の六時ごろだ、丘を落ちるように下りてきてサンセット通りに出た。そして家に辿りつき、ビールがまだあったので飲んで、なんとか服を脱いでベッドにもぐりこんだ。起きたのは昼で、気分が悪かった。飛び起きて、服を着て、歯をみがいて、髪を梳かした。鏡の中の顔は青白くて、ぐたっとしていた。向きをかえたとたん壁がぐるぐる回りだした。そのまま家を出て車に乗りこみ、ハリウッドパークめざして南に走った。繋駕レースだ。

二・八倍の人気になってる馬に十ドル賭けて、レースを見にいった。黒っぽいスーツを着た背の高いガキが、馬券売り場が閉まる寸前にすべりこもうとして突進してきた。二メートル以上あったはずだ。横にかわそうとしたのだが、そいつの肩が私の顔にまともに入った。もう少しで倒

されるところだった。私は振りかえって「なにしやんでえ、この化けもんが、気をつけろ！」と大声でののしった。馬券を買うことしか頭にないらしく、やつには聞こえなかった。私はクラブハウスの上のほうから私が買った馬が勝つのを見た。それからクラブハウスを出て観客席にいって、ホットコーヒーを買った。クリームはいれない。馬場全体が幻のように揺れて見えた。

第一レースは十八ドルの儲けだった。馬場にはいたくなかった。どこにいるのもいやだった。ときに生きるためにハードな闘いを強いられるために、生きることが楽しめないことがある。私はクラブハウスに戻り、コーヒーを捨てて、腰をおろした。これで、めまいのほうは大丈夫だが、むかむかして気持ちが悪い。

またすぐに馬券を買う列に割りこんだ。小男の日本人がこっちを向いて、顔を近づけてきた。「どれがよさそう？」というその男は出走表も持っていなかった。私の出走表をのぞきこもうとした。こういう手合いは一つのレースに十ドル二十ドルと賭けるのに、四十セントの出走表は安すぎて買えないのである。いままでの成績が載っているというのにである。「よさそうなのなんて、いやしないよ」と私は荒っぽくいった。男はわかったのだろう。向きをかえ、前にいた男の出走表を見ようとして脇にまわりこみ、肩ごしにのぞきこんだ。

馬券を買ってレースを見にいった。ジェリー・パーキンスはまるで十四歳の去勢馬みたいな走り方だった。チャーリー・ショートは自転車に乗って眠ってるみたいに見えた。もしかしたら、あいつも一晩中起きてたのかもしれない。レースは十倍のナイトフライトが勝ち、私は馬券を破り捨てた。前の日は八・五倍の馬が勝ったり三十一倍の馬が勝ったりした。ドヤ街に私を送りこみたいらしい。着てる服も靴も、バタ屋のサムみたいだった。ギャンブラーはなんにでも金をばらまくが、服だけは例外だ。酒はもちろんのこと、食い物、女。だが服はどうでもいい。裸でないかぎり、葉っぱ一枚でもつけてれば賭けることはできる。

男たちの視線がえらく短いスカートの女に集まっていた。それはめちゃくちゃ短かった！ 若い静かな女だった。値踏した感じでは高すぎた。一晩寝て百ドルはしそうだ。彼女は酒場の女給だといった。ボロをまとった私はその場をはなれた。彼女はバーにいって自分の飲物を買った。

もう一杯コーヒーを買った。前の晩、私は顎ひげのジョンに、男というのは女に、その女の値打ちの百倍の金をいろんな手口でつかわされるようになってるんだ、といった。私はしない。ほかの男たちはする。ミニスカートの女の値打ちは八ドルそこそこだ。ということは約十三倍しか請求してないということになる。いい女だ。

次のレースのために列に並んだ。締切りまでの時間はゼロを示していた。すぐにもスタートしそうだ。前にいるデブは眠ってるみたいだ。馬券なんか買いたくなさそうだった。「買って、どくんだ」と私はいった。男は窓口で動けなくなったようで、ゆっくりと振り向いた。私は腕をうまくつかい、脇腹にひじをあてて窓口の前から押しやった。もしなにかいってきたら、一発見舞ってやるつもりだった。二日酔いでいらいらしていたのだ。

スコティッシュ・ドリームの単勝に二十ドル賭けた。いい馬なのだが、クレーンがうまく操ってくれるかどうか不安だった。彼がいいところを見せてくれたことは、まだ一度もなかった。そして、今度こそ大丈夫だ……そのように見えたが、直線で十倍の馬にかわされた。二着は守った。クレーン・ハンセンのやつはまだ馬を扱えるということだ。

ドヤ街が近くなってきた。私は人々を見た。いったいここで何をやってんだろう。どうして働かないんだろう。働かないでどうやって暮らしてんだろう。金のある連中が少しばかりバーにいた。彼らには心配ごとがなく、生きるためにあくせくしないでよかった。だが、あくせくするかわりのものを持たないために、金持ち特有の精気の失せた顔をしていた。何にも関心がなく、ただ金だけを持っている。あわれな動物ではないか。ハ、ハ、ハ、ハ。

私は水をつづけて飲んだ。喉が乾いてしかたがなかった。気持ちは悪いし、喉はカラカラ。ぼけっとして、水を飲みにいって、また隅っこに戻って……。くたびれるスポーツだ。

身なりのいい、殺人や近親相姦の臭いがするスペイン系の男が近づいてきた。男は詰まった下水パイプのような臭いがした。

「一ドルくれ」と男はいった。

私はおだやかにいった。「消えろよ」

男は次の相手に近づいた。「一ドルくれ」といった。返事があった。相手はニューヨークのオランダ人だった。「十ドルおれに払えよ、この馬鹿」とオランダ人はいった。

人々は夢にだまされて歩き回っていた。財布がカラになって、腹を立てて、くよくよ悩んで。打ちのめされ、手足をもがれて、ハメられて、奪われて、ペテンにひっかけられて、ぼろぼろになっていた。彼らは金が工面できしだい、もっとやられにまた戻ってくる。私か？　スリをやるか、ポン引きでもするかだ。

次のレースもよくなかった。また二着だった。ジーン・デイリーは私が賭けたペッパー・トーンを大きく引き離してゴールした。夜も研究にいそしんできた、私の競馬についての数年にわたる経験が、すべて幻想だったような気がしてきた。ちくしょう、こいつらはただの動物ではないか、それを甘やかしたから妙なことになったんだ。これなら家にいて、英語版カルメンみたいなヘンテコなものを聞いて、家主に追い出されるのを待ってる方がいい。

第五レースも、私が買ったボビージャックは二着だった。ストーミー・スコットNにやられた。ストーミーは朝の予想では二・二五倍を下回って二倍をつけていた。ファーリントンが乗ってるせいだった。彼は目下リーディングをいっていて、前回のレースでは十一馬身の差を直線で追い上げている。

第六レースも二着だ。ショットガンに賭けた。オッズ五倍は悪くなかった。よく走ったがペッパー・ストリークがよすぎた。外れた十ドル馬券を破り捨てた。

第七レースは三着だった。これで五十ドルの損だ。

第八レースは、クリーディ・キャッシュでいくかレッド・ウェイブでいくかで迷った。ぎりぎりでレッド・ウェイブに決めたが、オブライエンが一・八倍のクリーディ・キャッシュを勝利に導いた。別に驚くにはあたらない。クリーディはこの年すでに十九戦して十勝していた。

レッド・ウェイブに勝負をかけたために、これで九十ドルの損になった。

トイレにいくと、男どもが、いまにも人を殺して財布をひったくらんといった感じでうろうろしていた。白髪頭の消耗しきった顔つきの連中である。じきに全員出ていき、どうということなくすんだ。家庭は崩壊、仕事はなく、事業には失敗。なんという人生だろう。狂っている。それでもなお素敵なカリフォルニア州に税金を払っている。一ドル当たり七、八パーセントは取られている。その金で道路がつくられた。脅しのためのパトロール警官を雇った。精神病院を建てた。

もう一勝負。十一歳の去勢馬フィットメントでいくことにした。この馬は前のレースでは六千五百ドルの売却馬に十三馬身差をつけられていた。今度は一万二千五百ドルと八千ドルの売却馬がいっしょに走る。私はどうかしていたに違いない。だからそんな四・五倍の馬に賭けてしまったのだ。念のために六倍をつけてるウラルに十ドルいって、フィットメントには四十ドルいった。これで百四十ドルつかった。四十七歳にして、いまだ夢の世界をさまよっていた。何にも知らない田舎者のように。

レースを見に出た。フィットメントは第一コーナーで二番手グループにいた。走りは悪くなかった。その調子でいけよ、いい子だからな、その調子でいくんだぞ。おれにもツキをくれ。ほんの少しでいい。いっつも同じやつが損をするなんてのは、よくない。神よ、順繰りにツキがまわ

るようにしていただきたい。忍耐に報いてやっていただきたい。

次第に暗くなってきた。馬たちはスモッグの中を走っていた。フィットメントはトップでバックストレッチに入った。脚の運びにはゆとりがあった。だが一・八倍人気のミドウハッチが回りこんで、フィットメントの前に出た。二頭はそのまま最終カーブを回って最後の直線にはいった。フィットメントがスパートした。ミドウハッチをとらえ、抜き去った。一・八倍の馬をぶっちぎったのだ。敵は残りの六頭である。ちくしょう、おれは勝てないかもしれないと私は思った。なにか一頭、目をさました馬がとんできそうだった。おれには勝ち運がないのかもしれない。部屋に戻って、明かりをつけず、暗がりのなかに横たわって壁を見つめ、起きたことについて考えることにしよう。

フィットメントは二馬身差をつけて直線コースを走っていた。私は待った。なんとながい直線コースだろう。じつに長々としていた。

きっと差されるだろう。耐えられない時間だった。ほら、こんなに暗くなってきた。

百四十ドルの損だ。気分が悪い。年寄りの愚か者。運もない。魂はイボだらけだ。

娘たちがいっしょに寝るのは、知的な頭脳とたくましい肉体の持ち主だ。娘たちは道を歩く私を見て笑う。

フィットメント。フィットメント。

二馬身差を保っていた。快調な走りだ。差が二馬身半に開いた。追い込んでくる馬はいない。すばらしい。シンフォニーだ。スモッグまで微笑んでいた。私はゴールを見届けてから水を飲みにいった。戻ってきたら払戻金が掲示されていた。二ドル馬券にたいして十一ドル八十セントの払戻しだ。私は四十ドルをひくと九十六ドル買っている。ペンをとって計算した。二百三十六ドルから、つかった百四十ドルをひくと九十六ドルの儲けだった。

フィットメント。大好きだよ。かわいいやつだ。大好きだ。勝利の花輪が似合うぞ。十ドル馬券の払戻し窓口は長蛇の列だった。私はトイレにいった。足取りは軽やかさを取り戻した。顔を洗って出てきて、馬券を取りだした。

フィットメントの馬券が三枚しかなかった！　一枚をどこかになくしてしまった！　アマちゃん！　アホ！　とんま！　私は気分が悪くなった。十ドル馬券一枚で五十九ドルである。自分の足取りを辿ってみた。あちこちで馬券を拾ってみたが四番の馬券は落ちていない。誰かが私の馬券を拾ったわけだ。

財布の中を見ながら列に並んだ。このアホんだらが！　すると、なくしたと思っていた馬券が出てきた。財布の破れ目に入って見えなくなっていたのだった。そんなことはこれまでになかった。なんという財布だ！

二百三十六ドルを手にした。ミニスカートがこっちを見ていた。だめだ、だめ、だめ、だめ！　私はあわててエスカレーターに乗って下にいき、新聞を買い、駐車場にいるドライバーたちの間をすりぬけて自分の車に辿り着いた。

葉巻に火をつけた。さよう、と私は思った、天才は抑制しきれない。そのことを否定するのはよそう。その思いを胸に、私は五七年型プリマスを動かした。細やかに気をくばってマナーよく。そしてチャイコフスキーのヴァイオリンとオーケストラのための協奏曲ニ長調をハミングし、主旋律に合わせて歌詞をつけた。

「もう一度、自由になろう。もう一度、自由になろう。もう一度、なろう、なろう……」

負けて憤慨している諸君の間をぬって車を出した。高額保険に入ってる未払いの車以外には、彼らは何も持たなかった。わざと傷つけあおうというのか。大きな音を立てて走ってまわったり、突進したりして、一インチだって道を譲ろうとはしなかった。出口に辿りつくのに一世紀かかっ

た感じがする。私の車はそのあと分かれ道のところでエンストを起こして、つづく四十五台の道をふさいでしまった。アクセル板を急いで踏みこみ、交通巡査にウィンクしてからウィンカーを出した。エンジンがかかったので車を動かし、スモッグの中を走った。ロスアンジェルスはいいところだ。腕のいいギャンブラーならいつだって成功する。

マリファナパーティーにて

The Big Pot Game

ある晩、私はある集まりに顔を出していた。私にとってそういうところは、あんまり楽しくない。孤独癖が強くて一人で飲むのが好きな、年とった飲んだくれなのである。楽しみはラジオでマーラーかストラヴィンスキーを聴くことといったぐあいだ。にもかかわらず私はそのとき、気がふれた集団の中にいた。理由はいわないでおく。それは別の話だ。もっと長い、もっとこみいった話になってしまうかもしれない。私は立って一人でワインを飲み、話し声と混ざりあったドアーズやビートルズやエアプレインを聴いていた。そうしてるうちに煙草が吸いたくなった。私のは切れていた。いつもそうなのである。私は近くにいた二人の若者を見た。腕をぶらぶら振って、身体にしまりがなく、どこか抜けてるみたいで、頭をうなだれ、両手の指は開いている……。まるでゴム、人の形に切りとられたゴムが、伸びたり縮んだり、ちぎれたりしてるみたいだった。

私はそばまでいった。「なあ、どっちか煙草を持ってるかい？」

これがゴムを飛び上がらせた。頭に血がのぼって、おかしくなるのを私は眺めた。

「煙草なんて吸うかよ！　いいか、おれたちは煙草なんて吸わねえーんだよ」

「ありゃあしないよ、煙草なんてものは、吸わないんだよ」

ゴム男たちは、ばたばたわめいた。

「マリブにいくんだよ、おれたちゃ！　な、いくんだよマリブウウウに！　マリブだぜ、おい、マリブウウウ！」

「いいだろ！」

「そういうこった！」

「イエーイ！」

ピーチクパーチクけたたましい。

彼らは煙草を持ってないと答えるだけでは気がすまなかった。信条や信仰をいわずにはいられなかった。煙草はくそまじめな堅物のためのものであると。彼らはマリブにいこうとしていた。そこにある掘っ立て小屋にいってマリファナを吸うというのである。彼らで思い出すのは、街角に立って『ウォッチタワー』を売ってる老婦人たちだ。ＬＳＤ、ＳＴＰ、マリファナ、ヘロイン、ハシシ、咳止め薬、こういうものの常習者はみな『ウォッチタワー』性の痒みに悩んでいる。あんたはおれたちといっしょにいることになってんだよ、外れたらもう終わりだぞ。この調子が際限なくつづき、こうした常習者は絶対にそうしなければいけないというのである。彼らがよく捕まるのは当然だ。ひっそりと静かにブツを楽しむということが、彼らにはできない。自分たちは仲間であるということを知ってもらわなければならないからである。さらに彼らは薬を芸術やセックスや逃避の世界と結び付けようとする。ＬＳＤの神様ティモシー・リアリーはいう。「ドロップアウトしておれについてこい」そしてこの町にホールを借りて、一人五ドルで演説を聞かせた。そこにギンズバーグがきてリアリーの肩を持ち、さらにまたギンズバーグはボブ・ディラン

である。

だがこれもまた別の話だ、やめにしよう。私が話すと、話の中身がじっさいにそうなのだが、枝葉ばかり繁って実りが少ない。マリファナにイカれた「流行り」の少年たちに戻ろう。彼らが話してる言語。グルービー・マン。ライク・イッツ・イズ。ザ・シーン。クール。イン。アウト。スクエアー。スウィンギング。メイキング・イッツ。ベイビー。ダディー。などなど、たくさんある。私はこれと同じフレーズを、いやフレーズとはいわないかもしれないが、一九三二年、私が十二のときに聞いている。二十五年もたってまた耳にしたからといって、若者に親しみを抱くというものではない。そういった言葉づかいをヒップだと思っているんだったら、なおのこと。世代語の多くは、注射器やスプーンをつかうような、もっともっと強いやつを常習してる連中、またはジャズバンドを組む黒人の若者たちのあいだから生まれてきている。流行りの最先端をいく者たちのあいだでの言葉の使い方は変わってきてる。そうあるべきものだが、私が煙草を持っているかときいた、いわゆるヒップな連中はいまだに一九三二年なのである。

そしてマリファナがアートを生みだすという。とてもじゃないが信じられない。どうやって生みだすというのだ。ド・クウィンシーはいいものを書いた。『アヘン常用者』はかなり退屈なところもあるがよく書けている。アーティストというのは何でもやってみたがる。それが大部分の芸術家の本質だ。冒険的で、自暴自棄で、自殺的なのである。マリファナはあとからついてくるものだ。すでにアートはそこにある。アーティストはそこにいる。マリファナがアートを生むなんてことはない。だが世間に認められたアーティストたちのための遊び場になるということはよくある。こうしたマリファナパーティーがそうだ、一種の人生のお祝いみたいなことをするわけだ。それから精神的なズボンを脱いでしまったアーティストにとっては、またとない刺激物にな

る。まだ脱いでないというなら、それはたぶん慎みがないからだろう。

一八三〇年代のゴーティエのマリファナと乱交のパーティーは、パリ中の話題になった。ゴーティエが内職で詩を書いていたことも知られていた。いま彼のパーティーがよりよく思い起こされる。

このことについて別の枝に飛び移ろう。私はマリファナを吸ったとか持ってるとかで捕まるのはまっぴらだ。そんなのはどこかの物干しのパンティのにおいを嗅いだために強姦の罪をきせられるようなもんだ。マリファナはそんなにいいもんではない。効き目があるのは、これをやればハイになるという強い思いこみのせいである。マリファナがなかったら、同じ香りのするものを人工的につくれば代用できる。効き目は本物と変わらないだろう。「ヘイ、ベイビー、こいつは上等だ！　よく効くぜ！」

私はといえばロング缶のビールを二、三本飲めばいい気分になれる。麻薬は退屈で、効き目が薄いからであって、法律のせいではない。しかしアルコールとマリファナの効き方には差があることは認める。マリファナでもハイになることはある、だがそうなると感覚が麻痺してしまう。ウィスキーだったら、自分がどこにいるかぐらい十分わかっていられる。私は昔風の男だから、自分がいるところぐらいは知っていたい。だが人がマリファナやLSDやヘロインをやることにたいして反対はしない。好きにすればいいのだ。その人にとって一番いいことが一番いい。それだけのことである。

低レベルの脳をしてるくせに、社会についてわかったようなことをいう手合いがごろごろいる。いまさら私がハイレベルな小言を付け足すことはない。老婦人たちがこういってるのは誰もが聞いている。「まあ、この若者たちはなんて酷いことを自分の身体にしてるんでしょう、麻薬をやるなんて。おそろしいことです！」そういう婆さんを見てみるがいい。目はない、歯はない、脳

はない、魂も尻も口もない、色もない、下痢もない、ユーモアもない、何もない。ただの棒切れだ。彼女の紅茶やクッキーや町の教会や家が彼女のために何をしてくれたんだろうかと不思議に思ってしまう。それに爺さんたちもたまに、若者たちのしていることに嚙みつくことがある。「若僧、わしの生涯は働きずくめだったんだぞ！」（これを徳とみなしているのである。ただの馬鹿者だというにすぎないのに）「ちかごろの若いもんときたらなにもしないでなんでも欲しがる！　ぐうたらぐうたら、薬で身体をだめにして、ぜいたくに暮らしたがる！」

そういう彼を見ろ。

アーメン。

彼は嫉妬してるのだ。彼はだまされてきた。若い日々を台無しにしてきた。彼だって大いに楽しみたい。できるならば。しかし彼にはできない。そこで若者たちにも自分と同じ苦労をなめさせたいのである。

だいたいがそんなところだ。マリファナをやる連中はマリファナのことで頭がいっぱい。世間の連中は、彼らがマリファナをやってることを過剰にいいたてる。警察は忙しい。マリファナ常用者は捕まえて十字架にかけると叫ぶ。酒はどんなに飲んだって、道端でつかまって刑務所に入れられるまでは合法である。すべてを人類に与えよ。そうすれば人間たちがひっかきまわして、そこいらじゅうにぶちまけるだろう。マリファナを合法化すればアメリカは多少は居心地がよくなるだろう。だがそれだけのことだ。裁判所と牢獄と法律家と法律がこの世にあるかぎり、マリファナはつかわれる。

合法化してほしいと頼むことは、手錠をかけられる前にバターを塗ってほしいと頼むのに似ている。われわれは何か別のものによって傷めつけられている。だからマリファナやウィスキーや、鞭やゴムのスーツがいる。叫びまくる音楽を馬鹿デカくして、なんにも考えられないようにする

洗ってやる愛情なんかが必要になるのである。

根本的な答えと、厄介な問題とがある。われわれがいまだに厄介な問題とたわむれているのは、自分たちが何を必要としているかをきちんといえるほど、充分に育っていない、まだ本物の人間になっていない、ということなのである。何世紀ものあいだ、キリスト教の信仰がそれかもしれないと思われてきた。キリスト教徒をライオンの前に放り投げたはいいが、そのあとわれわれは犬の前に放り投げられた。平均的人間の胃袋には共産主義がよさそうに見えた、しかし魂の役には立たなかった。いまは麻薬をもてあそぶ、これで扉が開かれると思いながら。東海岸にはえらく効く薬が出まわっている。死が早まることになっても悩みがなくなるほうがいい、というわけだ。

「おれたちゃマ・リ・ブゥウウにいくんだぜえ！　いいだろうマリィイイイブゥウウウだぜ！」

煙草を巻くんでちょっと失礼。

一服したいか？

毛布

The Blanket

近頃よく眠れない。そのことじたいはたいしたことではない。あれは私が眠っているらしいときに起きる。「眠っているらしい」というのは、文字通りの意味である。最近の私はますます眠っているらしい。眠ってるのを感ずる一方で、自分の部屋で夢をみている夢をみる。眠っていて、全てがベッドに入ったときと同じ状態にある、という夢をみる。床の新聞、鏡台のビールの空き瓶、金魚鉢の底のほうでゆったりと円を描いてる金魚が。髪の毛と同じように私の一部だった親しい物たちが。そして眠ってないときはしばしば、ベッドのなかで壁を見つめたり、うとうとしたり、眠りがくるのを待ちながら思案する。私はまだ起きているのか、それともすでに眠って、自分の部屋にいる夢をみてるんだろうか？

このところ下降気味だ。人が何人か死んだ。買った馬が走らない。歯が痛い。血が出る。その他にも口にできないようなことが数々ある。もうこれ以上悪くなりようがないという感慨をよく持つ。そしてそのあとで思うのである。まだ住む部屋があるではないか。路上にほっぽりだされ

てるわけではないぞ。路上生活を気にしない時期もあった。いまはもうだめだ。とてもじゃないが耐えられない。針で刺されたり槍で突かれたりした、爆弾だって落とされた。そんなことばっかりだ。もういやだ。耐える力はもう私にはない。

さて本題に入ろう。眠って部屋にいる夢をみているのか、それとも目がさめていてその通りのことが実際に起きてるのか、よくわからない。とにかくそういうときにかぎって起きるのである。私はクロゼットがほんのちょっと開いているのに気づく。少し前までは間違いなく閉まっていた。それからクロゼットのすき間と扇風機（暑かったので、床に出しておいた）を結ぶ線をそのまままっすぐ引っぱってくると私の頭につながることがわかる。突然扇風機が回りだし、私は枕から頭をあげて罵る。そう「罵る」のである。私を追い払おうとする「者たち」や「物」にたいして、ふだんからありったけの汚い言葉を浴びせている。「あの野郎は狂ってる」という声が聞こえる。もちろんそうであってもかまわないが、どうしてだか私にはそうは思えない。欠点ではあるけど私の特徴で、これをとったらなにもなくなってしまう。私は人の中にいると落ち着かない性分である。人はよく話すし、私にはない熱心さがある。私が自分を一番力強く感じるのは、こういう連中といるときなのだ。こいつらがこんなにハンパで生きていけるなら、私だって生きていけると思える。しかし奇妙なことが起こるのは、私がたった一人でいて、壁についても、呼吸や歴史や私の末路についても、話す相手が私自身しかいないときなのである。私が弱い人間であることははっきりしている。聖書に、哲学者に、詩人に頼ろうとするが、私にはどういうわけでかどれもこれも、ひとつ間が抜けている。核心から外れたところで語っている。だから読書はだいぶ前にやめてしまい、酒にギャンブルにセックスにささやかな慰みを見出した。そんなふうにして私はそこいらにいる男たちとかわらない、共同社会の、町の、国の一員になった。違うところといえば、私には「成功する」ことへの関心がなく、家族や家や、りっぱな職業とかを欲しがらない

ある。インテリでも芸術家でもない。救いになるようなルーツも持たない。何とも分類できない宙ぶらりんの状態にいる。そういうことだ、ここに狂気のはじまりがあるような気がする。

おまけに、なんて下品なんだろう私は！　肛門に手をやって掻いている。痔が悪いんだ。血が出ている。性交するよりも気持ちがいい。血が出て、痛みががまんできなくなるまで掻く。猿どもも同じことをする。血を出して真っ赤な尻をした猿を動物園で見たことはないか？

先へいこう。風変わりなことに興味があるというのなら人殺しについて話そう。私が部屋の夢と呼んでるそれは、数年ぐらい前からはじまった。最初はフィラデルフィアにいたときだった。ほとんど仕事をしていなかったから、ひょっとしたら家賃を心配していたんだろう。ワインとビールをほんの少ししか飲んでいなかった。セックスやギャンブルはまだ私にのしかかってきていなかった。当時は娼婦と暮らしていた。変なのは彼女が昼夜何人かの客をとったあとでも私とやりたがったことだ。それを彼女は「愛」と呼んだ。私はなんにおいても路上の騎士と同じくらいたくさんのことを経験してきている。そこでいうのだが、いつも**あれをした**あとには突き刺したという実感が持てたのに、それが逆になってひどい思いをした。「かわいこちゃん」というのが彼女の口癖だった。「あたいが**愛してるの**わかんなきゃだめよ。ほかの男とではなんにも感じないの。あんたは女を知らないのよ。女が入れてあげてるの。あんたは入れてるつもりでしょうけど、まだ入っちゃいないのよ。さあ、入れてあげる」おしゃべりは役に立たなかった。ただ壁が狭くなっただけだった。そしてある晩、夢をみていたのかもしれないし、そうじゃなかったかもしれない、とにかく私は起きていて彼女といっしょにベッドの中にいた（または起きてる夢をみていた）。そしてあたりを見ると三十人か四十人の小人の男たちが、ベッドに横になったわれわれ二人を針金で縛っていた。ベッドの上にあがり、下にもぐり、銀色の針金をぐるぐる巻いてい

た。彼女は私がいらいらしてるのを感じたはずである。彼女は目を明けていた。そして私を見た。

「静かにしろ！」と私はいった。「動くな！　連中はおれたちを感電死させようとしてるんだ！」

「誰があたしたちを感電死させようとしてるって？」

「うるせえな、**静かにしろ**っていっただろ！　今はじっとしてろ！」

私は眠ったふりをして、けっこう長いあいだ連中にされるがままにしておいた。それからありったけの力を振りしぼって起き上がろうともがいたところ針金が切れ、連中を驚かした。一人に殴りかかったもののパンチが外れた。どこに消えたのかは知らないが、追っ払えてよかった。

「おれたちの命を救ったんだぞ」と私は女にいった。

「キスして、おとうちゃん」と女はいった。

話を現在に戻そう。朝起きると、身体に打たれたような跡がある。青あざだ。私は一枚の毛布に目をつけている。就眠中にこの毛布が私になにかしでかしてるような感じなのである。息苦しくて目が覚めると、喉のあたりが締めつけられてるということがある。いつも同じ毛布だ。だが私は気にしないできた。ビールを開けて、競馬新聞を親指でめくって窓の外の雨を眺め、すべてを忘れようとする。もめごともなく、快適に暮らしたいだけなのである。私は疲れた。あれこれ想像したり、ものを作ったりしたくない。

毛布は、にもかかわらず私を悩ます。まるで蛇のように動く。形をいろいろと変える。ベッドに平べったく広がってるということがない。つぎの夜。毛布を床に、ソファのそばに蹴落としてやる。それから動くのを見る。私が目をそらす隙をねらって、たいへんなすばしっこさで動くのである。私は起きて明かりを全部つけて、新聞を読む。株式市場、最新のファッション、ひなバトの料理法、雑草の除草法、投書欄、政治欄、求人広告に死亡記事などなど、すみからすみまで読む。その間、毛布は動かない。私はビールを三本か四本、ときにはもう少し飲む。するとその

ころには日が昇って、楽に寝つくことができる。

こんな夜もあった。午後にはもうはじまっていた。眠れないでいたので午後の四時ころにベッドにいった。そして目がさめると、あるいは部屋の夢のなかで、あたりは暗くなっていて、毛布が喉にからみついていた。今こそチャンスと決めていたのだ。本番だ！　私を狙っていた。強い力だ。というよりむしろ、私の方が夢の中にいるかのようで力が入らない感じだった。息ができなくなったら終わりだから、こっちも必死だが、つきまとってやまず、私が油断するスキをつこうとしている。額から汗が流れ落ちるのがわかった。こういうこと、誰が信じてくれるだろう？毛布が動きだして人を殺そうとしてるなんて、こんなばかげた話を、誰が一体信じるだろうか？

じっさいに起きるまでは信じられないものだ。ヒロシマの原子爆弾とか、宇宙にいったロシア人とか、地上に降りてきた神が自分がつくった十字架にはりつけにされるとか。みな同じである。これから起ころうとしていることが誰に信じられるというのか？　燃え尽きる最後のにおいがするって？　八人から十人の男女を乗せた宇宙船ニュー・アーク号が別の惑星にいって人間の種をまいてくるって？　そしてこの毛布が私を絞め殺そうとしていると、信じる男あるいは女がどこにいるだろう？　いるわけがない。見たことがないんだから！　そしてそんなことをいってたら、事態はもっとひどくなった。私は大衆が私のことをどう思おうとほとんど気にかけないのだが、なぜかこの毛布のことはわかってほしかった。おかしいか？　どうしてだ？　そう、たしかにおかしい。私は自殺についてよく考えたものだ。いま毛布が手助けしようとしているのに、私はそれと戦った。

最後にはその毛布をはがして床に放り投げ、電気をつけた。これでおしまいになるだろう！明かりだ、明かりだ、明かりだ！

だめだった。明かりのもとで、ぴくっとしたり、四、五センチ動くのを見てしまった。坐って

じっくり観察した。また動いた。今度はだいぶ動いた。私は服を着ようとして、立って毛布のまわりを歩いて靴や靴下をさがした。そして服を着たものの、何をしたらいいのかわからなかった。ひょっとして散歩でもして夜の空気にあたったらいいのかもしれない。その通りだ。角にいる新聞売りの少年と話でもしてみよう。気がすすむというわけではないのだが。このあたりの新聞売りの少年はどいつもこいつもよく勉強しているんだ。バーナード・ショウやシュペングラーやヘーゲルを読んでいる。彼らは新聞売りの少年なんかではなく、六十歳か八十歳か百歳の年寄りだ。しょうがない。私はドアを音をたてて閉めて部屋を出た。

　階段の下り口まできたとき、何かを見たような気がして振りかえって廊下に目を落とした。やはりだ。毛布があとを追ってきていた。動きは蛇のようで、しわや影が頭や口や目に見える。気味の悪いものは気味が悪いと信じたとたん、気味の悪さは薄まるものだ。私はそこでちょっとの間、毛布のことを、ひとりで留守してるのがいやで、あとをついてくる老犬なんだと思ってみた。だけどやっぱりこの犬は、この毛布は、殺しに出てきたとしか思えず、急いで階段を下りた。

　きた、きた、毛布は後をついてきた。思いのままの速さで階段を下りてくる。音は立てない。確信にみちている。

　私は三階に住んでいた。毛布は私について下りてきた。二階へ。一階へ。はじめは外に飛び出そうと思った。外は真っ暗で、大通りからかなり奥まったこのあたりはしんと静まり返って人気がまったくないので、やめにした。つぎに頭に浮かんだのは、いま置かれてる状況が本当かどうか確かめるには、誰か人に会ってみればいいということだった。現実を現実のものとするには少なくとも二票いる。時代に先駆けて仕事をした芸術家たちはそのことを見抜いていた。痴呆や、幻視者といわれる人たちもやはり見抜いていた。幻覚をみてるのが自分一人だったら、聖人か狂人と呼ばれることになる。

私はアパートの一〇二号室をノックした。ミックの奥さんが出てきた。

「あら、ハンク」と彼女はいった。「さあ入って」

ミックはベッドの中にいた。水がたまって全身がむくみ、足首は二倍に腫れて、腹は妊婦のよりも大きかった。大酒飲みで、肝臓がやられていた。退役軍人病院のベッドが空くのを待っていた。

「よう、ハンク」と彼はいった。「ビールを持ってきたか？」

「ミックったら」と老夫人がいった。「お医者さまがいってたでしょ。もう飲めないのよ、ビールも」

「なんだ、その毛布は？」と彼がきいた。

私は下を見た。毛布は人目につかずに中に入ろうとして、私の腕にからんできていた。

「そうなんだ。たくさんあって余ってるから、使ってもらえるだろうと思ってさ」といって私は毛布をソファに放り投げた。

「ビールを持ってこなかったのか？」

「持ってこなかったよ、ミック」

「ビールならば、すぐにいただくんだがな」

「ミック」と老夫人がいった。

「長年飲んできたからな、すぱっとやめるのは難しいんだよ」

「じゃあ一本ならいいことにしましょう」と老夫人。「買ってくるわね」

「いかなくて大丈夫」と私はいった。「うちの冷蔵庫から持ってこよう」

立って毛布を見ながらドアまで歩いた。やつは動かなかった。ソファに坐ったままで、こっちを見ていた。

「すぐ戻ってくる」といってドアを閉めた。

おれは思いこみが強い、と私は思った。毛布が当然私を追ってくるものと想像した。私の世界は狭すぎる。もっと人と交わってくるべきだった。

部屋に上がってビールを三本か四本紙袋に入れて、また下りていった。二階あたりにきたときだ、大声でののしる声が聞こえた。それから銃声がした。残りの階段を駆けおりて一〇二号室にいくと、全身むくんだ体のミックが三十二口径のマグナムを持って立っていた。銃口からはうすく煙が出ている。毛布は私が置いたソファの上にあった。

「ミック、あんたいかれてるわ！」と老夫人がいっていた。

「そのとおり」と彼はいった。「おまえが台所へいったらすぐに、その毛布が、信じられんだろうがな、その毛布がドアめがけて飛びはねたんだ。ノブを回して外へ出ていこうとしたんだ。だけどノブがつかめなかった。そしておれがショックから立ち直って、ドアの方へ近づいたら、やつはノブから飛びはなれて、おれの喉元めがけて飛んできて、おれを絞め殺そうとしたんだ！」

「ミックは病気なの」と老夫人はいった。「治療してもらってたの。幻覚を起こすの。酔うといつも幻覚を起こすのよ。病院に入れてもらえばよくなるわ」

「なにいってんだ！」と全身むくみきった体にパジャマを着たミックが叫んだ。「そいつはな、おれを殺そうとしたっていっただろ。このマグナムに弾が入っててよかったよ。クロゼットに走ってって取って、こいつがおれに向かってくるところを撃ったのさ。そいつは引き下がった。這うようにソファに戻ってって、いまそのままだ。おれがぶち抜いた穴が見えるよ。作り話なんかじゃないんだ！」

ドアをノックする音がした。管理人だった。

「うるさいじゃないですか」といった。「テレビ、ラジオ、大声出すの、午後十時を過ぎたらい

点だろう。そうして今日に至る。インテリでも芸術家でもない。救いになるようなルーツも持たない。何とも分類できない宙ぶらりんの状態にいる。そういうことだ、ここに狂気のはじまりがあるような気がする。

おまけに、なんて下品なんだろう私は！　肛門に手をやって掻いている。痔が悪いんだ。血が出ている。性交するよりも気持ちがいい。血が出て、痛みががまんできなくなるまで掻く。猿どもも同じことをする。血を出して真っ赤な尻をした猿を動物園で見たことはないか？

先へいこう。風変わりなことに興味があるというのなら人殺しについて話そう。私が部屋の夢と呼んでるそれは、数年ぐらい前からはじまった。最初はフィラデルフィアにいたときだった。ほとんど仕事をしていなかったから、ひょっとしたら家賃を心配していたんだろう。ワインとビールをほんの少ししか飲んでいなかった。セックスやギャンブルはまだ私にのしかかってきていなかった。当時は娼婦と暮らしていた。変なのは彼女が昼夜何人かの客をとったあとでも私とやりたがったことだ。それを彼女は「愛」と呼んだ。私はなんにおいても路上の騎士と同じくらいたくさんのことを経験してきている。そこでいうのだが、いつも**あれをした**あとには突き刺したという実感が持てたのに、それが逆になってひどい思いをした。「かわいこちゃん」というのが彼女の口癖だった。「あたいが**愛してるの**わかんなきゃだめよ。ほかの男とではなんにも感じないの。あんたは女を知らないのよ。女が入れてあげてるの。あんたは入れてるつもりでしょうけど、まだ入っちゃいないのよ。さあ、入れてあげる」おしゃべりは役に立たなかった。ただ壁が狭くなっただけだった。そしてある晩、夢をみていたのかもしれないし、そうじゃなかったかもしれない、とにかく私は起きていて彼女といっしょにベッドの中にいた（または起きてる夢をみていた）。そしてあたりを見ると三十人か四十人の小人の男たちが、ベッドに横になったわれわれ二人を針金で縛っていた。ベッドの上にあがり、下にもぐり、銀色の針金をぐるぐる巻いてい

た。彼女は私がいらいらしてるのを感じたはずである。彼女は目を明けていた。そして私を見た。

「静かにしろ！」と私はいった。「動くな！　連中はおれたちを感電死させようとしてるんだ！」

「**誰があたしたちを感電死させようとしてるって？**」

「うるせえな、**静かにしろっ**ていっただろ！　今はじっとしてろ！」

私は眠ったふりをして、けっこう長いあいだ連中にされるがままにしておいた。それからありったけの力を振りしぼって起き上がろうともがいたところ針金が切れ、連中を驚かした。一人に殴りかかったもののパンチが外れた。どこに消えたのかは知らないが、追っ払えてよかった。

「おれたちの命を救ったんだぞ」と私は女にいった。

「キスして、おとうちゃん」と女はいった。

話を現在に戻そう。朝起きると、身体に打たれたような跡がある。青あざだ。私は一枚の毛布に目をつけている。就眠中にこの毛布が私になにかしでかしてるような感じなのである。息苦しくて目が覚めると、喉のあたりが締めつけられてるということがある。いつも同じ毛布だ。だが私は気にしないできた。ビールを開けて、競馬新聞を親指でめくって窓の外の雨を眺め、すべてを忘れようとする。もめごともなく、快適に暮らしたいだけなのである。私は疲れた。あれこれ想像したり、ものを作ったりしたくない。

毛布は、にもかかわらず私を悩ます。まるで蛇のように動く。形をいろいろと変える。ベッドに平べったく広がってるということがない。つぎの夜。毛布を床に、ソファのそばに蹴落としてやる。それから動くのを見る。私が目をそらす隙をねらって、たいへんなすばしっこさで動くのである。私は起きて明かりを全部つけて、新聞を読む。株式市場、最新のファッション、ひなバトの料理法、雑草の除草法、投書欄、政治欄、求人広告に死亡記事などなど、すみからすみまで読む。その間、毛布は動かない。私はビールを三本か四本、ときにはもう少し飲む。するとその

れと戦[illegible]

最後にはその毛布をはがして床に放り投げ、電気をつけた。これでおしまいになるだろう！

明かりだ、明かりだ、明かりだ！

だめだった。明かりのもとで、ぴくっとしたり、四、五センチ動くのを見てしまった。坐って[illegible]私はそこでちょっとの間、毛布のことを、ひとりで留守してるのがいやで、あとをついてくる老犬なんだと思ってみた。だけどやっぱりこの犬は、この毛布は、殺しに出てきたとしか思えず、急いで階段を下りた。

きた、きた、毛布は後をついてきた。思いのままの速さで階段を下りてくる。音は立てない。確信にみちている。

私は三階に住んでいた。毛布は私について下りてきた。二階へ。一階へ。はじめは外に飛び出そうと思った。外は真っ暗で、大通りからかなり奥まったこのあたりはしんと静まり返って人気がまったくないので、やめにした。つぎに頭に浮かんだのは、いま置かれてる状況が本当かどうか確かめるには、誰か人に会ってみればいいということだった。現実を現実のものとするには少なくとも二票いる。時代に先駆けて仕事をした芸術家たちはそのことを見抜いていた。痴呆や、幻視者といわれる人たちもやはり見抜いていた。幻覚をみてるのが自分一人だったら、聖人か狂人と呼ばれることになる。


私はアパートの一〇二号室をノックした。ミックの奥さんが出てきた。

「あら、ハンク」と彼女はいった。「さあ入って」

ミックはベッドの中にいた。水がたまって全身がむくみ、足首は二倍に腫れて、腹は妊婦のよりも大きかった。大酒飲みで、肝臓がやられていた。退役軍人病院のベッドが空くのを待っていた。

「よう、ハンク」と彼はいった。「ビールを持ってきたか？」

「ミックったら」と老夫人がいった。「お医者さまがいってたでしょ。もう飲めないのよ、ビールも」

「なんだ、その毛布は？」と彼がきいた。

私は下を見た。毛布は人目につかずに中に入ろうとして、私の腕にからんできていた。

「そうなんだ。たくさんあって余ってるから、使ってもらえるだろうと思ってさ」といって私は毛布をソファに放り投げた。

「ビールを持ってこなかったのか？」

「持ってこなかったよ、ミック」

「ビールならば、すぐにいただくんだがな」

「ミック」と老夫人がいった。

「長年飲んできたからな、すぱっとやめるのは難しいんだよ」

「じゃあ一本ならいいことにしましょう」と老夫人。「買ってくるわね」

「いかなくて大丈夫」と私はいった。「うちの冷蔵庫から持ってこよう」

立って毛布を見ながらドアまで歩いた。やつは動かなかった。ソファに坐ったままで、こっちを見ていた。

「すぐ戻ってくる」といってドアを閉めた。

おれは思いこみが強い、と私は思った。毛布が当然私を追ってくるものと想像した。私の世界は狭すぎる。もっと人と交わってくるべきだった。

部屋に上がってビールを三本か四本紙袋に入れて、また下りていった。二階あたりにきたときだ、大声でののしる声が聞こえた。それから銃声がした。残りの階段を駆けおりて一〇二号室にいくと、全身むくんだ体のミックが三十二口径のマグナムを持って立っていた。銃口からはうすく煙が出ている。毛布は私が置いたソファの上にあった。

「ミック、あんたいかれてるわ！」と老夫人がいっていた。

「そのとおり」と彼はいった。「おまえが台所へいったらすぐに、その毛布が、信じられんだろうがな、その毛布がドアめがけて飛びはねたんだ。ノブを回して外へ出ていこうとしたんだ。だけどノブがつかめなかった。そしておれがショックから立ち直って、ドアの方へ近づいたら、やつはノブから飛びはなれて、おれの喉元めがけて飛んできて、おれを絞め殺そうとしたんだ！」

「ミックは病気なの」と老夫人はいった。「治療してもらってたの。幻覚を起こすの。酔うといつも幻覚を起こすのよ。病院に入れてもらえばよくなるわ」

「なにいってんだ！」と全身むくみきった体にパジャマを着たミックが叫んだ。「そいつはな、おれを殺そうとしたっていっただろ。このマグナムに弾が入っててよかったよ。クロゼットに走ってって取って、こいつがおれに向かってくるところを撃ったのさ。そいつは引き下がった。這うようにソファに戻ってって、いまそのままだ。おれがぶち抜いた穴が見えるよ。作り話なんかじゃないんだ！」

ドアをノックする音がした。管理人だった。

「うるさいじゃないですか」といった。「テレビ、ラジオ、大声出すの、午後十時を過ぎたらい

ころには日が昇って、楽に寝つくことができる。

こんな夜もあった。午後にはもうはじまっていた。眠れないでいたので午後の四時ころにベッドにいった。そして目がさめると、あるいは部屋の夢のなかで、あたりは暗くなっていて、毛布が喉にからみついていた。今こそチャンスと決めていたのだ。本番だ！　私を狙っていた。強い力だ。というよりむしろ、私の方が夢の中にいるかのようで力が入らない感じだった。息ができなくなったら終わりだから、こっちも必死だが、つきまとってやまず、私が油断するスキをつこうとしている。額から汗が流れ落ちるのがわかった。こういうこと、誰が信じてくれるだろう？毛布が動きだして人を殺そうとしてるなんて、こんなばかげた話を、誰が一体信じるだろうか？

じっさいに起きるまでは信じられないものだ。ヒロシマの原子爆弾とか、宇宙にいったロシア人とか、地上に降りてきた神が自分がつくった十字架にはりつけにされるとか。みな同じである。これから起ころうとしていることが誰に信じられるというのか？　燃え尽きる最後のにおいがするって？　八人から十人の男女を乗せた宇宙船ニュー・アーク号が別の惑星にいって人間の種をまいてくるって？　そしてこの毛布が私を絞め殺そうとしていると、信じる男あるいは女がどこにいるだろう？　いるわけがない。見たことがないんだから！　そしてそんなことをいってたら、事態はもっとひどくなった。私は大衆が私のことをどう思おうとほとんど気にかけないのだが、なぜかこの毛布のことはわかってほしかった。おかしいか？　どうしてだ？　そう、たしかにおかしい。私は自殺についてよく考えたものだ。いま毛布が手助けしようとしているのに、私はそ

けませんよ」

そしていなくなった。

私は毛布のところへいった。確かに穴があいている。毛布は動きそうもなかった。生きてる毛布の急所っていうのは、どこにあるんだろう？

「さあビールを飲もうぜ」とミックはいった。「死んだってかまいやしないんだ」

老夫人がビールを三本あけた。ミックと私は煙草に火をつけた。

「おまえが帰るとき」と彼はいった。「その毛布を持っていくんだぞ」

「おれはいらないんだ、ミック」と私はいった。「持っててくれよ」

彼はビールを胃に流しこんだ。「こんなものここに置いていくんじゃない！」

「死んでるんじゃないのか？」と私はきいた。

「そんなことおれが知るか」

「ハンクったら、あなたも毛布のこんな馬鹿げた話を信じてるっていうの？」

「ええ、奥さん」

彼女はのけぞって笑った。「あきれた、あなたたち二人そろっていかれてるわ。こんなのってはじめてだわ」それから彼女はきいた。「あなたも飲むんでしょう、ハンク？」

「ええ」

「かなり？」

「ときどきは」

「大事なことはだな、そのド阿呆の毛布をここから持っていくってことだ！」

私はあおった。これがウォッカならいいのにと思った。

「わかったよ。いらないんなら、持って帰るよ」

それを四角にたたんで腕に抱えた。

「おやすみ」

階段を上がっていった。毛布はじっとしていた。弾にやられて死んだのかもしれなかった。部屋に戻ると椅子に投げ出して、しばらく坐って眺めた。そうしているうちに、ある考えが浮かんだ。

「おやすみ、ハンク。ビールありがとうね」

洗いおけを持ってきて中に新聞紙を入れた。果物ナイフも持ってきた。おけを床に置き、椅子に坐って毛布を膝にのせた。ナイフを握った。毛布を切るのには骨が折れた。椅子に坐ったままでいたら、ロスアンジェルスの腐った街の夜風が吹いてきて首すじを撫でた。切るのは難しかった。もしかしたらこの毛布は、かつて私を愛した女のうちの一人なのかもしれない。そうではないとどうしていえる？　毛布に化けて私のもとに戻ろうとしてるのかもしれない。二人の女が思い出された。それからもう一人。私は台所にいってウォッカのボトルをあけた。医者からは、これ以上強い酒を飲んだら死ぬといわれた。だが私は医者をだましていた。ほんのちょっとしか飲んでません、飲んだとしても二杯だけ、とかなんとかいって。そしていまグラスいっぱいに注いだ。問題は死ぬことではない、悲嘆すること、驚嘆することの方にある。心優しいごく少数の人が夜中に泣き叫んでいる。心優しいごく少数の人たち。もしかしたら毛布は女で、私を殺して自分のもとに引き寄せようとしているのかもしれない。または毛布になって私を愛そうとするものの、やりかたがわからないでいるのかもしれない。それにまた、私の後を追ってドアから出ようとするのを邪魔されたのでミックを殺そうとしたということもある。狂ってるというのか？　もちろんそうだ、狂ってないものがあるのか？　生きるということは狂うことではないのか？　われわれはみんな人形のようにネジで巻かれている。二、三回ぜんまいを巻かれて、止まる、それ

でおしまい……歩き回って、あれこれ考え、計画を立て、市長を選んだり、芝を刈ったり……狂ってる。これで狂ってないなら、何が狂ってるというんだ？

ウォッカを一気に飲んで、煙草に火をつけた。そして毛布を手にとった。これが最後だった。私は切った！　切って、切って、切りまくって、毛布だったことがわからなくなるまで切りきざんだ。それから洗いおけに入れて火をつけ、窓のそばに持っていって、煙を外へ逃がすために扇風機をまわした。火が回ってるあいだ、台所にいってウォッカを注いだ。戻ってきたときには赤々とよく燃えていた、ボストンの魔女たちのように、ヒロシマのように、愛のように、または愛なんかではないかのように。私の気分はよくなかった。ちっともよくなかった。二杯目のウォッカを空けたら、ほとんど何も感じなくなった。果物ナイフを持って、またウォッカを注ぎに台所へいった。ナイフを流しに投げて、ボトルのふたを外した。流しのナイフにもう一度目をやった。片側にはっきりと血の跡があった。

自分の両手を見つめた。傷がないか探した。キリストの手はきれいだった。私は両手を見つめた。かすり傷ひとつなかった。切り傷ひとつなかった。傷をした跡さえなかった。

涙があふれてきた。足のない、重い無感覚な生きもののように頬を這って落ちていった。私は狂っていた。本物の気ちがいにちがいない。

あとがき風に二、三のこと

青野　聰

「ありきたりの狂気の物語」をお届けする。先に出た「町でいちばんの美女」の姉妹編である。そのあとがきでも触れてるように、この二冊の短編集はもとは一冊の本だった。一九六七年に「勃起、射精、露出、日常の狂気にまつわるもろもろの物語」というコピー調のタイトルをつけて世に出た。表紙はブコウスキー自身の顔のアップ。そこにタイトルよりも大きくて目立つ白抜きで「ブコウスキー」の字が重なっている。重要なのはタイトルではなく作者の名前である、と版元は考えていたにちがいない。その意味が、日本の読者はすでにわかっていることと思う。長くて十数ページ、短いのは五、六ページという短編、掌編の群れ。彼（らしい人物）が出てくるのもあれば、そうでないものもある。登場人物が不在で、作者が一方的に（麻薬と称されているものについて）まくしたてる作品もある。だがどれをとっても、読者が出会うのは作者ブコウスキーの個性なのである。タイトルなんかどうでもいい、ブコウスキーに会ってやってくれ、と思ったであろう担当者の人間臭さが、この本を手にとると、それこそ手にとるようにわかる。

娼婦の滅んでいく美しさとの関わりを書いた「町でいちばんの美女」に心を動かされて、ひとつ日本語に書き換えてみようと思いたった。表紙のブコウスキーの重苦しい顔に向かって、おれが訳してやるからな、といってから十年以上たった。やっと私の仕事は終わった。そのあいだにはいろいろな

ことがあった。「町でいちばんの美女」とほかのいくつかを雑誌「新潮」に載せたあと、これといった反応がなかったことや、創作がいそがしかったことなどがあって、ブコウスキーのことは一時どうでもよくなった。意識の表から消えたといっていい。それが第一番目の大きな出来事だった。つぎはそれから数年して、なんとしてでも出したいと主張する編集者、矢野優があらわれたことだった。そして三番目はブコウスキーが意外に日本の読者に受け入れられたこと。

だが最大の出来事は、当のチャールズ・ブコウスキーが死んでしまったことである。「町でいちばんの美女」が発売される二週間前のことだった。


雑誌「スイッチ」に発表したものをもとにして、あらためてここに追悼文を載せることにする。


心を寄せた作家の訃報は、いつも突然やってくる。ブコウスキーがこの世からいなくなったことを告げているその日の夕刊は、そのわずか数行のために、いまも机の上にあって、持つ気がしないほど重い。日がだいぶたってアメリカにいる知人から送られてきた、ロスアンジェルス・タイムズのブコウスキー追悼記事の切り抜きよりも重い。見た瞬間の衝撃が、まだそこに残っているのである。手遅れだったかという思い。親の死に目に会えなかった、だめな息子役を引き受けてしまった思い……。私自身がいろいろな思いの破片となって飛び散ったのだった。

ブコウスキーは死なないはずだった。体内の水分をすべて赤と白のワインといれかえたって、ぶつぶついいながら元気にタイプを打ってるはずだった。とくべつ頑丈な身体の持ち主なのである、すくなくとも百歳は生きるはずだった。なのに……。

ベルギーの知り合いに、この男の書いたものを読んだことあるか、タフでヘビーだぞ、と手渡された一冊の本。「勃起、射精、露出、日常の狂気にまつわるもろもろの物語」という短編集。その夜、最初に載っていた「町でいちばんの美女」を読んで、翻訳してみようと思ってから八年。独立した一

冊になった前半部の日本語版がいよいよ出版されることになった。その二週間前の死。……なにも見計らったように、いま退場しなくてもいいじゃないか。それはないだろう。

追い込みの期間は、朝から晩までいっしょだった。べったりくっついて寝起きをともにしていたようなものだった。荒っぽい言葉づかいに、いいかげんくたびれはてて、あとがきの最後にこのような一行を書いた。

「じゃあな、チャールズ、とうぶんあんたの顔はみたくないよ」

やがて彼に会ったときに、そこを読んできかせてニヤッと笑うことを楽しみにしていたのだった。いま後悔する。こう書いたことを。訂正したいとか消したいというのではなく、ただ後悔する。許してもらいたい。

気持ちの中では、近々彼に会うことになっていた。一度は私がロスのそばの港町サンペドロに会いにいき、もう一度は彼が日本にくることになっていた。空想の中では、とはいいたくない。そうなるように手筈がととのった、ほとんど「事実」といってよかった。そしてロスでは日本語の達者な人をみつけて、私が訳した日本語版を二、三ページ英語に「訳し戻し」てもらい、彼をびっくりさせる予定だった。すでに多くの言語に訳されているが、それぞれを訳し戻した場合、原文からいちばん離れるのは、私の日本語版だろうと思う。彼は腹を立てはしない。日本語が世界でも一、二をあらそうふしぎな言語で、英語とのあいだに、無傷でいったりきたりできる通路などないことをよく知っている。彼は、こんなものをおれは書いたのかと大いに喜ぶ。そのくしゃくしゃになった顔の真ん前で、持参したワインを注いだグラスをぶつけあって乾杯するはずだった。そして日本では、競馬についての小説や詩をたくさん書いてる競馬ファンの彼を、競馬場にたっぷり案内することになっていた。中央競馬よりも地方競馬がいい。重い橇をひっぱる北海道のばんえい競馬なんかを見たら、感動して涙を流すことだろう。誰かカメラマンを連れていって行動をともにし、おたがいの心の温度が感じられる写真をたくさん撮ってもらって、フォト詩集を出す予定だった……。

作家の死は不滅という語を喚起する。多産な彼がのこした作品は、活字を並べるだけで壮大な敷物ができあがる。その点では、しのこした仕事がいっぱいあるだろうに、といった感傷とは無縁である。あそこまで書きまくって死んだんだから悲しむことはない……。そうはいってもブコウスキーはやはり別格ではなかったか、と思うのだ。

私にとって彼は、どのようなガイドブックにも載っていない、現代の秘境だった。自分の足をたよりに世界を歩きまわった旅人によって見つけられ、旅する者たちのあいだでゆっくりと知られていった場所だった。思えばブコウスキーという秘境がまだこの世界にあったおかげで、本をプレゼントしてくれたベルギーの友人にはじまって、ブコウスキーの著作をそれぞれの国語に翻訳している詩人や作家など、多くの人に出会えた。感じたことをいいあうことで、理解しあえる領域の多さを発見して、よい時を共有できた。

こんなこともあった。ベルギーのあとのフランス滞在で、ある女をはさんだ三角関係にはまりこんだときだ。相手の男にたいして、顔を合わすのもいやという型通りの感情が湧いた。それからしばらくのち、女とのやりとりを通じて、男がブコウスキーを愛読している、自分が語られてるような気がして高揚するといってると聞き、急に内臓がなまぬるく微笑んだような感じになった。そして女をまじえていっしょに酒を飲み、おしゃべりをし、数日後には三人で仲良くスキーをしにいった……。

いま私の中では、ブコウスキーがいたことでつながったすべての知り合いが、ひとところに向かって頭をさげ、静かに瞑想している。そのひとところとは、各自の胸のうちに広がる荒野の果てだ。ハイかロウかでいえば、ハイではない、としかいいようのないブローを徹底して打ちまくったブコウスキーのユーモアと凄味。そのおかげで、われわれ自身の荒野の果てが、彼の秘境につづいているということを知ったのである。

ブコウスキーの小説は、少ない語彙でできていて、そんなに難しい単語は出てこない。同じ単語が

くりかえし、くりかえし出てきたりする。それは同じことをいろんな言い回しに変えることが、小説作法上大事とする考え方の正反対である。美辞麗句は無用。なんでもないことを、小難しく表現することは愚の骨頂。小説の命というのは、そんなところにはない。ありふれた日常の言葉さえあれば充分。そう考えていたはずである。いってみれば市民権を得ていたアメリカの文学とは絶縁したところから書き出し、生涯その姿勢を変えなかった。彼の魅力はそこからくる。彼は笑いたいときは笑えばよかった。泣きたいときは泣けばよかった。みじめったらしい気分のときはみじめったらしいサマを書けばよかった。彼自身が風土で、そこの風を、匂いを、バイ菌を、あるいは雑草の種子を飛ばせばよかった。そのレベルに達した作家はほかにもいるだろうが、彼が特異なのは、高貴なるもの、善なるもの、世界知なるものといったプラスの性格づけがなされてきた要素を唾棄して、地べたを這うようにして生きつつ、自分の弱さ、醜さ、ずるさ、アル中の意地汚さ、冷淡さなど、マイナスの性格づけがなされてきた要素を、堂々とさらすことで自分の文学を確立した点である。そうしたからこそ、精神の荒野に、秘境に、その城を築くことができたのである。

とはいっても彼は作家である。実生活でどのていどの大酒飲みだったのかはわからない。弱さや醜さというのも、どのていど真実なのかはわからない。かなりの割合でポーズ、つまりは戦術であったということもありうる。そのことは生前、自分が死んだら頭を愛用していたタイプの上にのせて埋めてほしい、といいのこしていたことからうかがえる。彼はどんなときでもタイプを打ちつづけた。酔っていても部屋に帰ればタイプの前に坐って打った。彼はタイプのマシンガンのような音が大好きだ、不調で書けそうもないときでも、この音を聞くと元気が出て創作の助けになってくれると書いている。私は彼のこういうところが好きなのである。信用できる。律儀な作家だったのである。

小説というのはこの社会、この世界にたいしての異議申し立てである。もし一冊の本でこの社会を爆破することができたら、こんなに素晴らしいことはない。できない。できないがゆえに書きつづける。同化することは腐ること。堕落することだ。であるならば死ぬその日まで異議申し立てできる姿

勢を崩さず、書きつづけることである。多民族国家のアメリカ。なかでも有色人が多いロスアンジェルス。個人的に生きていれば、なにか一言いわずにはいられなくなる出来事が日々見えることだろう。であっても、くりかえしや反復をおそれずに作品を量産した彼の姿勢には感服する。

私はブコウスキーを読んで、こんなんでいいんならオレにも書ける、と思ってくれる読者があらわれることを期待している。こんなんでいいのである。どんどん書いて、どんな媒体でもいいから発表してくれることを心待ちにしている。こんなんでいいのである。日頃つかってる言葉をつかうだけでいい。漢字がわからなかったら平仮名で充分。むしろ辞書をひいて漢字をつかおうとすることのほうがみっともない。かんじんなのはこの日本社会にたいして異議申し立てをしているかどうかということにある。もっといえば、異議申し立てをしつづける覚悟が作品から見えるかどうかということだ。あと数年で二十一世紀というこの時代を生きていて、テレビ、新聞、学校、親、世間などから入ってくる情報。それにシステム。いろいろあるだろう。それにたいしてオレはちがう、アタシはちがうと孤立した地点でいいつづけること。そこだ。

これでいい。いいたいことはいった。ブコウスキーからのメッセージも伝えた。気分のいいときにブコウスキーと二人きりで乾杯していただきたい。

ありがとう。

この本を手にしたすべての人に。

そして、最後に。一冊の本が出るにあたっては多くの人の助けがいる。編集部の栗原正哉氏、柴田光滋氏、鈴木力氏、矢野優氏、それから仕事を手伝ってくれた橋本典子さんに。

ありがとう。

一九九五年六月二十五日

町でいちばんの美女
C・ブコウスキー　青野聰訳
ディープ・アメリカの路上に繰り広げられる、時におかしく、時にせつない三〇のエピソード。P・ボウルズ、W・バロウズと並び称されるカルト作家の最高傑作短篇集。　定価二六〇〇円

幽霊たち
ポール・オースター　柴田元幸訳
探偵ブルーが、ホワイトから依頼された、奇妙な、ブラックという男の見張り……。ミステリ小説のスタイルで、世界の色を変える、「アメリカのカフカ」の新しい文学。定価一五〇〇円

孤独の発明
ポール・オースター　柴田元幸訳
父の突然の死。生前には書けなかった父の秘密を作家は語り始める。ある事件、それは作家自身のルーツでもあった――カルト的作家の劇的「自伝」。待望の翻訳。　定価一九〇〇円

ムーン・パレス
ポール・オースター　柴田元幸訳
一九六五年の秋、僕はニューヨークへやって来た――80年代のアメリカ文学はオースターを生んだことで記憶されるだろう、と賞讃される作家が描く、絶品の青春小説。　定価二二〇〇円

百年の孤独
ガルシア＝マルケス　鼓直訳
架空の町マコンドと奇矯きわまるブエンディーア一族の、百年間にわたる孤独の世界。現実と非現実が神話のように溶けあい、奔放なイメージで描く〈巨大な人間劇場〉。　定価二〇〇〇円

何を見ても何かを思いだす
―ヘミングウェイ未発表短編集―
E・ヘミングウェイ　高見浩訳
悔恨で人は死なないが、絶望は人を殺すんだ――旅の途中で、戦場で、女の腕の中で、作家を捉えた記憶の閃光。表題作ほか「死の遠景」「異郷」など、遺稿七編を収録。　定価一七〇〇円

Tales of Ordinary Madness
by Charles Bukowski

ありきたりの狂気の物語

チャールズ・ブコウスキー

青野　聰訳

発　行　1995. 9. 30

発行者　佐藤亮一

発行所　株式会社新潮社　郵便番号162 東京都新宿区矢来町71
振替00140-5-808
電話：編集部 (03) 3266-5411
読者係 (03) 3266-5111

印刷所　大日本印刷株式会社

製本所　加藤製本株式会社

ISBN4-10-527602-6　C0097

価格はカバーに表示してあります

人生の日付を求めて　青野聰

「青野聰」とは誰なのか？　時空をさすらう小説家をめぐる虚構と現実のめくるめくラビリンス。青野文学の新たな代表作となる、歓びと企みに満ちた長篇純文学作品。　定価一八〇〇円

友だちの出来事　青野聰

雪の中に消えた女。その魂の軌跡を追う男。唐突であるがゆえに曖昧な悲劇は、「出来事」として激しく立ち上がるのか——。野心的手法と緻密な構成で描く感動の長編小説。定価一五〇〇円

ノヴァーリスの引用　奥泉光

十数年前に起きた仲間の死は、集団殺人だった？　現実が非現実にねじれ込んでいくスリルで一気に読ませる、謎と思弁の迷宮小説。芥川賞作家の野間文芸新人賞受賞作。定価一三〇〇円

マシアス・ギリの失脚　池澤夏樹

南洋の暑熱の中で展開する日本政府の陰謀、それと対峙する島の霊力。倒れる鳥居、燃える日の丸…孤独な独裁者の運命を描く谷崎賞受賞作。

《純文学書下ろし特別作品》定価二五〇〇円

猫に時間の流れる　保坂和志

トットットットットッと早足で歩くボス野良猫クロシロが出現し　やがてぼくとの誇り高い関係を失うまでに流れた五年の時間。猫への深い愛と洞察に満ちたふたつの物語。　定価一四〇〇円

◆第百十三回芥川賞　受賞作

この人の閾（いき）　保坂和志

僕と真紀さんの十年振りの再会を、夏の日射しが祝福している……。ただ在ることが素晴しい〝日常〟、虚飾のないリアリティに読者を誘う、保坂ワールドの最高傑作！　定価一三〇〇円